Jan-Sverre Syvertsen

Blaue Augen

Jan-Sverre Syvertsen

Blaue Augen

Kriminalroman

Deutsch von Hanne Hammer

DUMONT

Die norwegische Originalausgabe erschien 2007
unter dem Titel »Øyne Blå« bei Piratforlaget, Oslo

Erste Auflage 2008

Aus dem Norwegischen von Hanne Hammer
Umschlag: Zero, München
Gesetzt aus der Haarlemmer und der Bell Gothic
Gedruckt auf säurefreiem und chlorfrei gebleichtem Papier
Satz: Fagott, Ffm
Druck und Verarbeitung: Clausen & Bosse, Leck
Printed in Germany

ISBN 978-3-8321-8038-6

1

Er sah sie quer durch den Raum an. Sie hatte gegessen. Zum ersten Mal seit drei Tagen.

»Siehst du. Jetzt wird alles besser.«

Sie schwieg, sah ihn nicht an, sagte nichts, saß ruhig am Fenster, das zum Wald hin lag. Ein typischer Teenager in einem Körper, der einen Schuss gemacht und sich so schnell von einem Mädchen zu einer jungen Frau entwickelt hatte, dass sie nicht wusste, wie sie sich ihm gegenüber verhalten sollte.

Sie macht mir was vor, dachte er. Die Intensität ihres Blicks, wenn sie ihn ansah, verriet sie. Sie hatte nicht aufgegeben.

Er wusste, dass sich das ändern würde. Mehrere Wochen waren vergangen, doch die Zeit war kein Problem. Niemand wusste etwas. Hier waren sie sicher, und die wenigen Menschen, die jeden Tag auf einem Spaziergang oder beim Joggen vorbeikamen, kannten ihn so viele Jahre vom Sehen, dass sie sich keine Gedanken machten. Solange alles wie immer war, spielte die Zeit keine Rolle. Und es war alles wie immer.

Ihr blondes Haar war verfilzt gewesen, deshalb hatte er es abgeschnitten. Anschließend hatte er sie beim Schlafen beobachtet. Stundenlang konnte er an der Tür sitzen, ihrem gleichmäßigen Atem lauschen und warten, dass sie sich bewegte. Vielleicht glitt die Decke ein wenig zur Seite, vielleicht kam im scharfen Morgenlicht ihre milchweiße Haut zum Vorschein. Er dachte an Gemälde, die er in Museen in ganz Europa gesehen hatte. Er erinnerte sich an Bilder, die einige der anderen geschickt oder ins Internet gestellt hatten. Manche hatte er aufgehoben. Jetzt hatte er Tonje.

Manchmal glitt das Schöne in Gefühle ab, mit denen er nicht umzugehen wusste. In Lust. Begierde. Der Anblick ihres Slips, der flachen Brüste. Nur einmal den Arm ausstrecken, die hellroten Brustwarzen mit dem Finger berühren, ohne dass sie es merkte …

Und in Scham, die ihn wie ein Faustschlag in den Unterleib traf. Er wusste, die Scham würde kommen, und konnte es trotzdem nicht lassen. Manchmal weinte er, ganz leise, damit sie es nicht hörte, musste ins Erdgeschoss hinuntergehen, ein Fenster öffnen und die kalte Nachtluft einatmen, bis er die Schluchzer und Tränen, die ihn zu übermannen drohten, wieder im Griff hatte.

Sie nannte ihn nur beim Nachnamen. »Nenn mich Alfred. Du kannst mich Alfred nennen«, hatte er zu ihr gesagt, wenn sie mit ihm gesprochen hatte. Er hieß Alfred. Sie wollte nicht. Sie hat nicht aufgegeben, dachte er und kontrollierte nochmals das Türschloss zu dem Kellerraum, wie er es immer tat, wenn die Angst, dass sie es schaffen könnte, sich zu befreien, zu groß wurde.

2

»Sie ist hin und wieder vorbeigekommen, aber nicht regelmäßig, wie ein Patient es getan hätte.«

»Ein Patient?«

»Ja, oder ein Klient, wenn es sich um eine offizielle Behandlung gehandelt hätte. Aber so läuft das hier nicht. Die Schüler schauen vorbei, wenn sie über etwas reden wollen, manche kommen öfter als andere. Tonje kam vielleicht zwei-, dreimal im Monat. Irgendwann im Herbst hatte ich das Gefühl, dass es Dinge gab, über die sie nicht sprechen wollte.«

»Zum Beispiel?«

»Nicht unbedingt Probleme, vielleicht sogar eher das Gegenteil. Dinge, über die sie eigentlich gerne gesprochen hätte, wozu sie sich aus dem einen oder anderen Grund jedoch nicht durchringen konnte. Ich weiß nicht, es war nur ein Gefühl, aber es hat sich den ganzen Winter gehalten.«

»Worüber hat sie denn geredet, wenn sie gekommen ist?«

»Über alles und nichts. Manchmal schien sie einfach jemanden zu brauchen, der ihr zuhörte. Über die Eltern, das Abnehmen, einen Film, den sie sich angesehen, einen Jungen, in den sie sich verliebt hatte.«

»Einen bestimmten?«

»Hä?«

»Ging es um einen bestimmten Jungen?«

»Nein.«

»Haben Sie herauszufinden versucht, was es sein könnte?«

»Was?«

»Worüber sie nicht sprechen wollte.«

»Ich weiß doch nicht einmal genau, ob sie über etwas nicht reden wollte, das war nur so ein Gefühl. Wonach hätte ich sie denn fragen sollen?«

»Ich weiß es nicht«, sagte Lisa Lunde und seufzte.

Sander Mørk spürte, dass er sich auf dem tiefen Sofa, auf dem er unbedingt hatte Platz nehmen sollen, allmählich verkrampfte. »Wir müssen das nicht so formell machen, schließlich haben Sie nicht einmal Zeugenstatus«, hatte sie gesagt. Eine halbe Stunde später fragte er sich, ob er jemals wieder aus der Tiefe der weichen Polster herauskommen würde. Er hätte auf dem Vernehmungszimmer bestehen sollen.

»Ich auch nicht. Ich weiß nicht, was ich sie hätte fragen sollen«, sagte Sander. »Und wahrscheinlich war da auch nichts – bis auf mein Gefühl. Außerdem dürfte es für das, was passiert ist, ohnehin keine Rolle spielen. Für ihr Verschwinden, meine ich.«

»Da bin ich mir nicht so sicher«, erwiderte Lisa. Sie hatte sich in einen Sessel auf der anderen Seite des Tisches gesetzt und schien sich in den weichen Polstern ebenso unwohl zu fühlen wie er.

»Wie meinen Sie das?«

»Wenn ich eins in meinem Job gelernt habe, dann, nichts unbeachtet zu lassen, auch wenn es keinen Bezug zu etwas Bestimmtem oder zu konkreten Beweisen zu haben scheint. Ich kann das nicht erklären, aber eine Ahnung oder Intuition oder wie Sie das nennen wollen, ist oft in etwas Realem verankert. Wir verstehen es nur oft erst, wenn es zu spät ist.«

Sander begegnete Lisas Blick, antwortete jedoch nicht. Sie war auf jungenhafte Weise schön, aber nicht sein Typ. Schlank, fast mager, kurze Haare, 7/8-Jeans und eine enge, weiße Baumwollbluse. Die drei obersten Knöpfe standen offen. Der Schatten eines BHs zeichnete sich unter dem Stoff ab und Sander dachte, dass sie den eigentlich gar nicht brauchte.

»Dieses Gefühl … können Sie das konkretisieren?«, fragte Lisa und lehnte sich vor. Um sie nicht anzustarren, ließ er den Blick zum offenen Fenster wandern und spürte die Sonne, die ihm in die Augen stach.

»Ich glaube, es hatte mit Lena zu tun«, sagte er. »Sie waren eine kleine Clique, Tonje, Lena, Aina und Marte, sie hingen immer zusammen. Jedenfalls in der Schule. Haben Sie mit ihnen gesprochen?«

»Wir haben mit Lena gesprochen«, sagte Lisa. »Aber nichts Brauchbares erfahren.«

»Vielleicht sollten Sie es noch einmal versuchen?«

»Wozu sollte das gut sein?«

»Ich weiß nicht … Jedenfalls sind sie ein paar Mal zusammen gekommen. Sie saßen vor meinem Schreibtisch, und vielleicht war das Gefühl dann besonders stark. Es war wie ein Spiel, als wollten sie mich provozieren und versuchen, das Gespräch auf mich zu bringen. Und zwar auf ausgekochte … fast schon verführerische Art. Vielleicht ist es das, worauf ich reagiert habe, dass ihr Verhalten so eindeutig sexuelle Untertöne hatte, wenn sie zusammen waren, als wollten sie mich testen, sehen, wie weit sie gehen können. Oder wie weit ich …«

»Ja?«, fragte Lisa.

»Oder wie weit ich zu gehen bereit bin. Es ist schließlich nicht ungewöhnlich, dass Jugendliche ihre Sexualität an Erwachsenen austesten, in der Regel ist das nur viel unschuldiger als bei den beiden. Außerdem schienen Lena und Tonje auf eine Weise miteinander verbunden zu sein, die ein Eindringen unmöglich machte, so als wüssten sie etwas oder als würde irgendetwas sie anders machen. Hört sich etwas von dem, was ich sage, halbwegs vernünftig an?«

Sander war sich peinlich bewusst, dass seine Äußerungen reine Spekulation waren und er vorsichtig sein musste. Vor allem, wenn Lisa Lunde ihn als Fachmann betrachtete und seine Worte als Expertenmeinung nahm.

»Ja, eigentlich schon. Es untermauert jedenfalls den Verdacht, dass das, was passiert ist, nicht zufällig, ohne irgendeine Art von Vorgeschichte passiert ist. Außerdem ziehen wir mehrere Theorien in Betracht, weshalb ich finde, dass Sie nicht befürchten müssen, was Sie sagen, könnte die Ermittlungen auf ein falsches Gleis bringen.«

Sie lächelte. Sander entspannte sich.

Sie begleitete ihn nach unten, führte ihn hinten herum auf den Parkplatz gegenüber dem Rathaus hinaus.

»Haben Sie schon einmal mit der Polizei zusammengearbeitet?«, fragte sie ihn auf dem Weg zu seinem Auto.

»Nein, noch nie«, antwortete Sander. »Ich arbeite streng genommen nicht …«

»Nein, so habe ich das auch nicht gemeint. Ich bin einfach nur neugierig, wie viel ein Psychologe zu den Ermittlungen beitragen kann. Man sieht das doch immer wieder in Fernsehserien und Filmen. Haben Sie ›Das Schweigen der Lämmer‹ gesehen?«

Sander lächelte. Einer seiner Lieblingsfilme.

»Ja. Hannibal Lecter und Clarice Starling, ich finde die Art, wie er sie durchschaut, nicht sehr realistisch. *Redneck corn pussy*, nennt er sie nicht irgendwie so?«

»Ja, ich erinnere mich«, antwortete Lisa. Sie hatte den Film fünfmal gesehen.

»Hat er Ihnen gefallen?«, fragte Sander.

»Ja, er hat etwas … ich weiß nicht was, aber …«

»In Hannibals Ausführungen erkennt Clarice ihre eigene unglückliche Kindheit wieder. Den Vater, der erschossen wurde, als sie noch jung war, und der ihr gefehlt hat. Sie identifizieren sich mit ihr, stimmt's? Die Ohnmacht, die Ungerechtigkeit und die Angst zu scheitern. Völlig logisch, dass Sie Polizistin geworden sind, nicht?«

Lisa starrte ihn verblüfft an. Sander sah sie an, versuchte ernst auszusehen.

»Ups«, sagte er und lachte. »Das wollte ich nicht. Sie sehen aus, als hätte Ihnen jemand eine Ohrfeige verpasst. Das war ein Witz. Niemand kann nach einem einstündigen Gespräch solche Schlüsse ziehen. Nicht einmal Hannibal Lecter, das war ja die Pointe.«

Sie schien sich an einem Lächeln zu versuchen. Ihre Mundwinkel zuckten.

»Das habe ich schon verstanden«, sagte sie. »Ich habe mich nur gefragt … ob Sie ernsthaft versucht haben, mich zu analysieren. Dann sind sie also gar nicht so realistisch, diese Fernsehserien und Filme?«

»Nicht besonders. Ein Psychologe kann zu manchen Ermittlungen einiges beitragen, aber er braucht eine spezielle Ausbildung und eine gute Portion Demut angesichts der Tatsache, dass ein Fall trotz allem auf Fakten und konkreten Beweisen basiert. Vor allem in Norwegen, wo den Indizien aus irgendeinem Grund von den Gerichten so viel Gewicht beigemessen wird.«

»Natürlich.«

»Ich habe vor allem mit Essstörungen und Ähnlichem gearbeitet, mit Menschen, die sich selbst und nicht anderen Schaden zufügen.«

Sander gab Lisa die Hand. Sie fühlte sich kalt an, als käme das Blut nicht bis in die Fingerspitzen.

»Wir hören voneinander«, sagte er. »Rufen Sie an, wenn Sie Fragen haben.«

»Ja, das werde ich. Schönes Wochenende.«

3

Tonje Kvamme war eine talentierte Spielerin des Handballvereins Piker 14, als sie eines Abends Ende Mai auf dem Heimweg vom Training verschwand. Anfangs glaubten ihre Eltern, sie würde bei einer Freundin übernachten. Nach einem Rundruf dachten sie, dass sie vielleicht jemanden getroffen hatte und mit auf eine Party oder sonst wohin gegangen war. Um zwölf wussten sie nicht mehr, was sie glauben sollten, und um eins riefen sie die Polizei an.

Der diensthabende Beamte begann, wo die Eltern am früheren Abend auch begonnen hatten, und brauchte zwei Stunden, um festzustellen, dass Tonje mit niemandem zusammen war, den sie kannte. Dann verging eine weitere Stunde, bis jemand Zeit fand, sich der Sache anzunehmen, den Weg abzufahren, den Tonje auf dem Heimweg vom Training genommen haben musste, und mit den Freundinnen zu sprechen, die sie vorher per Telefon geweckt hatten. Vorläufig hatte man es bei den Nachforschungen nicht besonders eilig und niemand hatte das Gefühl, dass Zeit eine Rolle spielen könnte.

Erst als ein junger Mann ein Handy vorbeibrachte, das er ein Stück den Idrettsvei hinauf gefunden hatte, und der diensthabende Beamte umsichtig genug war, die Nummer mit Tonjes zu vergleichen, erkannten die Beamten, die noch auf der Wache waren, dass es sich bei Tonjes Verschwinden um etwas anderes handeln könnte als um einen Teenager, der zu spät nach Hause kam.

Drei Wochen später bezweifelte niemand mehr den Ernst des Falls. Sie hatten alle verfügbaren Kräfte darauf angesetzt, Hilfe von Kripos, der Zentrale der Kriminalpolizei, bekommen, mit Kollegen im Ausland gesprochen, waren fast siebzig Hinweisen nachgegangen und hatten in Tonjes Umfeld, in Nachbarschaft und Schule, alles und jeden überprüft. Nach außen hin liefen die Ermittlungen auf Hochtouren. Intern fragten sich die Beamten immer häufiger, wo sie ansetzen sollten, nachdem man eine Möglichkeit nach der anderen eliminiert und eine Akte nach der anderen geschlossen hatte. Die Situation war frustrierend, die Ferien standen vor der Tür, und mit jedem Tag, der verging, waren sie einem Eingeständnis einen Schritt näher, das die Polizeiführung als totalen Bankrott bezeichnen würde: Wir tappen im Dunkeln, wir wissen weder, wo Tonje ist, noch was mit ihr passiert ist.

Kurz nach vier war Lisa Lunde die fünf Minuten bis zum Fitnessstudio Spenst gegangen, das gegenüber dem Einkaufszentrum von

Ski lag, und eine Stunde ohne Unterbrechung auf dem Laufband gejoggt. Sie brauchte das. Der Fall nahm sie genauso mit wie die anderen im Team. Und als wäre das nicht genug, ging ihr das Gespräch mit Sander Mørk nicht aus dem Kopf. Ohnmächtig, ungerecht, abwesend, alles, woran sie nicht denken wollte, was sie jedoch unmöglich aus ihren Gedanken verbannen konnte. Wüsste er, worin er herumgestochert hatte, er hätte ihr wahrscheinlich auf der Stelle eine Therapie angeboten.

Während sie lief, sah sie das Gesicht ihrer Mutter vor sich. Die Narbe auf der Oberlippe, den verlebten Ausdruck der Augen, der sich nicht wegblinzeln ließ. Lisa trocknete die Schweißtropfen nicht mehr ab, die ihr Gesicht herabliefen. Sie schmeckten salzig.

Als sie die Polizeihochschule beendet hatte, war ihre Mutter mächtig stolz gewesen. Sie hatte ihre Tochter zum Abendessen eingeladen, zu einer Pizza bei *Mama Rosa*, dem einzigen Restaurant in Oslo, das die Mutter kannte. Lisa hatte es ihr auszureden versucht, es war nicht nötig, extra mit dem Zug aus Voss zu kommen, nur um ein Examen zu feiern, doch ihre Mutter war nicht davon abzubringen gewesen. Die Fahrt und das Abendessen schienen eine größere Bedeutung für sie zu haben, aber Lisa hatte nicht verstanden welche. »Aber du darfst mich nicht festnehmen, verstanden?«, hatte die Mutter geulkt, doch Lisa hatte sie gebeten aufzuhören. Das sei zu ernst, um Witze darüber zu reißen, hatte sie gesagt.

»Du weißt, dass ich es für dich getan habe?«, hatte ihre Mutter erwidert. Sie hatte Lisa dabei nicht in die Augen sehen können, sich stattdessen auf die Pizza konzentriert, die ein lächelnder Kellner vor ihr abgestellt hatte. »Eine Calzone für die schöne Dame«, hatte er in gebrochenem Norwegisch proklamiert, ehe er die gedrückte Stimmung bemerkte und zwischen den Tischen verschwand.

»Ja, ich weiß«, hatte Lisa voller Angst geantwortet, die Mutter könnte plötzlich über die Vergangenheit und das Geheimnis sprechen wollen, das sie seit Lisas fünfzehntem Lebensjahr teilten.

»Um dich zu beschützen«, hatte ihre Mutter wieder das Wort ergriffen, bevor sie reglos sitzen geblieben war und auf die Schinkensauce gestarrt hatte, die aus der Pizza tropfte.

Sie waren so viele Male umgezogen, dass Lisa sich kaum noch erinnern konnte, wo sie waren, als er sie das letzte Mal ausfindig gemacht hatte. Aber sie wusste, dass von dem Tag an, als es plötzlich keinen Vater mehr gegeben hatte, vor dem man Angst haben musste, sie ihre Mutter beschützt hatte und nicht umgekehrt.

»Ist etwas nicht in Ordnung, Mama?«

Die Mutter hatte regungslos dagesessen. Lisa hatte das Gefühl gehabt, dass sie etwas sagen wollte.

»Mein Mädchen«, hatte die Mutter geantwortet. Ihre Augen waren feucht gewesen. »Es ist alles in Ordnung. Wie soll heute etwas nicht in Ordnung sein können, wo du dein Examen in der Tasche hast und Polizistin bist?«

Einige Monate später, als sie am Krankenbett der Mutter saß, hatte sie bereut, nicht mehr darüber gesprochen zu haben, was damals passiert war. Bereut, an dem Abend bei *Mama Rosa* nicht die Gelegenheit ergriffen zu haben, als die Mutter ihr versichert hatte, es sei alles in Ordnung, obwohl in Wirklichkeit nichts war, wie es sein sollte. Gegen den Tod war Lisa machtlos, aber sie hätte es ihrer Mutter und sich selber leichter machen können, bevor es zu spät war. Beim Begräbnis hatte sie das Gefühl gepackt, dass die letzte Chance, wie alle anderen zu werden, mit dem Sarg ihrer Mutter im Erdboden versank. Gleichzeitig war sie bei aller Trauer erleichtert gewesen. Jetzt wusste nur noch sie davon und mit diesem Geheimnis würde sie zu leben lernen.

Und das hatte sie. Bis zu jenem Abend, an dem alles aus dem Ruder gelaufen war und sie einem Mann, der seine Freundin verprügelt hatte, eine halbe Dose Pfefferspray ins Gesicht gesprüht hatte. Seine Schreie hatten ihren Kollegen aus dem Streifenwagen, zwei Stufen auf einmal nehmend, herbeieilen lassen. Sie erinnerte sich an seinen Blick, als er zwei Flaschen Mineralwasser über dem Gesicht des gewalttätigen Mannes geleert hatte, der plötzlich zum Verletzten geworden war.

Um ihre Suspendierung aufzuheben, hatten ihre Vorgesetzten sie zu einer Therapie gezwungen. Die Psychologin hatte alles geschluckt, was sie ihr erzählt hatte, und die Gespräche hatten sich dahingeschleppt, nur unterbrochen von der einen oder anderen Frage oder einem unverständlichen Murmeln, das ihr wahrscheinlich ein Gefühl der Sicherheit vermitteln sollte.

Als sich die Chance zu einer Versetzung bot, hatte sie sofort zugegriffen. Sie hatte weniger als eine Woche gebraucht, um eine Wohnung in Ski zu finden und aus Oslo in die kleine Stadt eine halbe Stunde südlich der Hauptstadt zu ziehen.

Lisa war es gewohnt, angestarrt zu werden. Ihr Körper verführte manche Männer dazu, sich klischeegerecht zu verhalten, während andere, besonders in Diskotheken und Bars, nach Mitternacht handfester zu Werke gingen, um ihre Bewunderung auszudrücken. Nicht, dass sie besonders schön gewesen wäre. Aber Lisa Lunde hatte etwas. Der große, schlanke, jungenhafte Körper, das halblange Haar, die kleinen Brüste und die schmalen Hüften wirkten unwiderstehlich auf das andere Geschlecht. »Das macht die Mischung aus Männlichem und Weiblichem«, hatte eine Freundin gemeint, als die Clique auf der Polizeihochschule darüber diskutiert hatte, warum die Männer nicht die Finger von ihr lassen konnten. »Sie sehen einen Teil von sich in dir, Lisa, und sobald ihnen das bewusst wird, erwacht die Begierde, und sie verlieben sich, im wortwörtlichen Sinn.«

Es hätte schlimmer sein können. Der Mann, der sie vom Ergometerfahrrad aus ansah, war in ihrem Alter, hatte kurzes, dunkles Haar, war groß und schlank und wirkte eigentlich ein wenig deplatziert unter all den schwitzenden Leibern. Sie sah bewusst in die andere Richtung, um keine Signale auszusenden. Wie auch immer die hätten aussehen sollen. Es war über ein Jahr her, dass sie eine Beziehung zu einem Mann gehabt hatte, und streng genommen war von einer Beziehung keine Rede gewesen. Anfangs hatte er es spannend gefunden, doch als ihm ernstlich klar geworden war, was Lisa Lunde anmachte, hatte er nicht mehr angerufen.

Sie drehte plötzlich den Kopf und sah dem Mann direkt in die Augen. Als er ihr zulächeln wollte, rutschte ihm ein Fuß vom Pedal und sein Körper glitt in einer unkontrollierten Bewegung nach vorn, bei der er leicht auf die Nase hätte fallen können. Als er die Kontrolle wiedergewonnen hatte, war Lisa bereits mit einem nassen Handtuch um den Nacken auf dem Weg zur Damenumkleide. Sie lächelte.

4

»Der erste Ferientag in den Sommerferien …« Sander Mørk hatte *De Lillos* aufgelegt, als er nach Hause gekommen war, und so laut gedreht, dass er auf der Veranda jedes Gitarrenriff hörte. Er konnte immer noch leiser stellen, falls die Nachbarn sich beschweren sollten, was jedoch wenig wahrscheinlich war. Familie Bjørklund, die zur Linken wohnte, war zu Beginn der Ferien vor zwei Tagen in Urlaub gefahren. In dem Haus zu seiner Rechten, hinter einer Hecke, die doppelt so hoch war wie seine, hatten sie ihre eigene Stereoanlage, die kontinuierlich lief, wenn Herr und Frau Sato auf Reisen waren, auf Tjøme oder in der einen oder anderen europäischen Großstadt, die sie an einem verlängerten Wochenende noch nicht abgehakt hatten. Sander hatte nicht die geringste Ahnung, wo sie sich derzeit aufhielten, aber es war kaum anzunehmen, dass einer von ihnen *Klovner i Kamp* zum Vergnügen der restlichen Nachbarschaft aufgelegt hatte.

Ihn kümmerte das nicht weiter. Er hatte tagtäglich mit Teenagern zu tun und nur wenige Monate gebraucht, um sich nicht mehr über ihr provozierendes Auftreten zu ärgern, das in der Regel allein dem Zweck diente zu brüskieren – ihn oder einen der Lehrer. Das machte ihn in gewisser Weise unangreifbar. Er versuchte nicht, wie sie zu sein, und ließ sich nicht provozieren. Nach einer Weile hatten sie bei ihm vorbeigeschaut, und schon bald kamen einige Schüler wöchentlich, um über hoffnungslose Eltern, Teenagerdepressionen, Essstörungen und Liebeskummer zu reden. Und er hörte zu, kommentierte das Gesagte und machte Vorschläge.

Er war in Ski aufgewachsen, und obwohl seine Eltern nicht mehr lebten, war das Gefühl heimzukehren sehr stark gewesen, als er Stockholm aufgeben musste, und zurück in das Haus seiner Kindheit zog. Er hatte es nach ihrem Tod nicht verkauft und sich immer gefragt, was er damit anfangen sollte. Jetzt wohnte er hier, während er versuchte, die Sicherheit wiederzufinden, an die er sich aus seiner Kindheit erinnerte. An die Decke, in die er an kalten Winterabenden eingepackt worden war, oder an das Licht in der Nacht. An die Geräusche aus dem Wohnzimmer im Sommer, bevor sie in Urlaub gefahren oder nachdem sie zurückgekommen waren. An den Geruch des Essens an Weihnachten und an die Tage mit einem Krimi auf dem Sofa an Ostern.

Die Kissen auf den Terrassenstühlen waren noch warm. In einem nahegelegenen Garten ging jemand dem Freitagsritual nach und grillte Würstchen. Der Geruch von verbranntem Fleisch zog die Hauswände entlang, kroch durch die Hecken und zu den Fenstern hinein, die bei einer Temperatur, die auch nachts nie unter achtzehn Grad fiel, niemand schloss. Sander stellte das Essen auf den Tisch und ging in die Küche zurück, um sich ein Bier zu holen. Nach dem Gespräch mit Lisa Lunde und stundenlangem Ausfüllen von Formularen war er mit dem Auto zum Feinkostladen Jacobs gefahren und hatte importierte Getränke für die kommende Woche eingekauft. Er hatte keine Pläne, freute sich aufs Nichtstun. Wenn ihm die Tage zu lang wurden, war er nur wenige Stunden von Europa entfernt, von seinen Psychologenkollegen, die in der Stille der Sommerpause mehr als gerne Besuch empfingen, oder von irgendeinem Designhotel, in dessen sterilem und unpersönlichem Minimalismus er in der Gewissheit, dass niemand ahnte, wo er war, zur Ruhe kommen konnte.

Er hatte seinen Eltern viel zu verdanken, und ganz oben auf der Liste stand Geld. Richtig viel Geld. Und Geld bedeutete Freiheit. Niemand ertrug geduldig mehr Zwang, Routine, öde Tage und Wiederholungen als jemand, der wusste, dass er es eigentlich nicht musste. So ist mein Leben geworden, dachte er ab und zu und erinnerte sich an den Cartoon mit dem Eisbär, der Jahr für Jahr in seinem Käfig im Kreis lief und plötzlich befreit wurde, aber weiter in derselben Spur lief, als der Käfig fort war.

Er holte ein Tsingtao aus dem Kühlschrank, hebelte den Kronkorken ab und setzte die Flasche an den Mund. Der erste Schluck war immer der beste, und wenn er es recht bedachte, war es mit fast allem in seinem Leben so. Alles verblasste mit der Zeit, und hätte er seinen Beruf auf sich anwenden sollen, hätte er wahrscheinlich auf das Fehlen von etwas Beständigem hingewiesen, von etwas, das sich nicht mit Geld kaufen oder gegen ein neueres Modell eintauschen ließ.

Zurück auf der Terrasse aß er den Serranoschinken, die Honigmelone und den gekochten Spargel. Er blieb sitzen und fragte sich, ob eine Mahlzeit, die in weniger als fünf Minuten verzehrt war, eine Autofahrt von über einer Stunde und eine Zubereitungszeit von dreißig Minuten wert war. Die Schlussfolgerung war einfach: Er zelebrierte nicht das Essen, sondern seine Einsamkeit.

Mit der Dunkelheit kamen die Mücken. Er hatte keine Ahnung, wo sie herkamen, und meinte gelesen zu haben, die Larven bräuchten stilles Wasser, um zu schlüpfen und die ersten Tage zu überleben. Stilles Wasser gab es nur wenig zwischen den Villen, Reihenhäusern und Wohnblöcken, die sich in einem Umkreis von mehreren hundert Metern in Øvre Hebekk ausbreiteten. Mücken gab es dagegen reichlich.

Das Haus war vor seinem Einzug renoviert worden und er hatte viele Stunden mit dem Innenarchitekten verbracht, um sich ein eigenes Heim zu schaffen, ohne den Nippes und die Bilder seiner Eltern, die Kiefernmöbel, die Läufer und die wuchtigen Schranktüren. Er hatte mehr als zwei Millionen Kronen in eine neue Inneneinrichtung investiert. Das Souterrain hatte sich in einen hochtechnisierten Arbeitsplatz verwandelt, das Internet funktionierte drahtlos, der neue Wide-Screen-Bildschirm von Apple nahm den größten Teil seines Schreibtisches ein, und der Computer hatte mehr Zubehör, Mikrofone, Kameras, Joysticks und Brenner, als er bisher Zeit gefunden hatte, sich damit vertraut zu machen. In der oberen Etage befand sich die Küche von Poggenpohl. Das Wohnzimmer war sparsam möbliert mit weichen Möbeln von R.O.O.M. und einigen großen Bildern, die den größten Teil der nackten Wände bedeckten. Georg Gudni, Per Maning, Håvard Vikhagen, Namen, die er vor ein paar Jahren noch nicht gekannt hatte, die ihm jetzt jedoch ein Image verliehen, das außerhalb von Oslo verschwendet war.

Das Schlafzimmer war japanisch inspiriert und die Wand zum Bad durch Milchglasscheiben ersetzt worden. Schließlich hatte er in sein Traumhaus einziehen können, und obwohl es genauso der Traum des Innenarchitekten war wie sein eigener, war er zufrieden.

Sander sah auf die Uhr, deren Zeiger elf passiert hatten, ließ sich in einen der beiden tiefen Sessel in der Bibliothek fallen, griff nach der Fernbedienung und schaltete den Film an, dessen eine Hälfte er am Vortag gesehen hatte. Schon nach wenigen Minuten wusste er, dass der Schlaf ihn auch an diesem Abend übermannen würde, ehe der Film zu Ende war.

5

Sie hatte kein Gefühl mehr im Arm. Als sie versuchte, nach dem Handy zu greifen, das auf dem Nachttisch sein vibrierendes Eigenleben führte, spürte sie zunächst nichts. Dann verbreitete sich von den Fingerspitzen bis zum Ellenbogen und in die Schulter hinein ein warmes Prickeln, das schließlich in einen stechenden Schmerz überging, der sie veranlasste, sich umzudrehen und den anderen Arm auszustrecken, um den kleinen grünen Knopf auf der Tastatur zu drücken.

»Lunde.«

Lisa hörte, dass die Stimme ihr nicht gehorchte, doch der Mann am anderen Ende hatte nicht erwartet, jemand anderen unter dieser Nummer zu erreichen, und ließ sich nicht abschrecken. Sie hörte sofort, wer anrief, und zwang sich im Bett in eine halbwegs sitzende Position, als stünde der Anrufer direkt vor ihr und forderte ihre Aufmerksamkeit.

»Hej, Lisa. Hier ist William. Habe ich dich geweckt?«

Die Zeiger der Armbanduhr zeigten halb sechs, es war Samstag, und sie wusste nicht, was sie darauf antworten sollte.

»Äh, natürlich habe ich das. Sorry. Wir brauchen dich im Büro, der Fall Tonje. Es ist etwas aufgetaucht.«

»Was heißt das? Ist Tonje aufgetaucht? Habt ihr sie gefunden?«

»Nicht direkt. Oder doch, in gewisser Weise. Komm ins Büro, dann siehst du es.«

»In zwanzig Minuten?«

»In fünfzehn.«

William legte auf, ohne ihre Antwort abzuwarten, und Lisa sehnte sich bereits nach der Tasse Kaffee, die sie doch nicht mehr würde trinken können. Sie stieg schnell aus dem Bett, ging ins Bad. Kaltes Wasser ins Gesicht, warmes Wasser in die Haare, die Kleider vom Vortag und die Autoschlüssel vom Haken in der Diele. Die Sonne war schon aufgegangen, Tau lag auf dem Gras. Ein seidenweiches Juniwochenende wartete nur wenige Stunden entfernt. In einem der Fenster sah sie plötzlich das Gesicht eines Mannes, der sie anstarrte. Als er merkte, dass sie ihn entdeckt hatte, verschwand er.

Lisa steckte den Schlüssel ins Schloss des roten Polo, den sie sich gekauft hatte, als sie den Job in Ski angenommen hatte. Der Motor sprang an und *Prefab Sprout* strömte aus den Lautsprechern. ›The King of Rock'n'roll‹, kühle Morgenluft, die durchs Fenster kam, und das Leben kam einem gleich ein wenig leichter vor. Eine Zigarette und ein Kaffee hätten es noch angenehmer gemacht. Der Kaffee wartete in zehn Minuten auf sie. Das Rauchen hatte sie vor zwei Jahren aufgegeben.

Irgendwann in den siebziger Jahren war Ski einmal ein idyllischer Eisenbahnknotenpunkt gewesen, von dem aus Züge nach Moss und ins Ausland, nach Mysen und Kornsjø gegangen waren. Die alten Holzhäuser wurden instandgehalten, Beton ferngehalten und das Kleinstadtflair gepflegt.

Als Zugezogene wusste Lisa Lunde bereits mehr über Ski, als ihr eigentlich lieb war. Jetzt aber dachte sie an die alte Stadt mit ihren Holzhäusern, als sie das Auto auf der Rückseite des langgestreckten Backsteinbaus im Idrettsvei parkte, in dem unter anderem die Polizei untergebracht war, und sich an Williams entrüstete Stimme bei einem Bier und einer Pizza im *Don Pablo* vor einigen Tagen erinnerte.

»Backsteinhölle« war das Wort gewesen, mit dem er das heutige Stadtzentrum beschrieben hatte. Während die Holzhäuser anfangs ein Argument gegen den Beton gewesen waren, war eines der letzten vor einigen Jahren abgerissen worden, weil es nicht zum Stil des übrigen Zentrums passte.

William Horgen war in Ski geboren, und obwohl er streng genommen zu jung war, um sich an die alte sørländische Variante seiner geliebten Stadt zu erinnern, schaffte er es problemlos, sich über den samstäglichen Verkehr, das Einkaufszentrum und die menschenleeren Straßen aufzuregen.

Dass er darüber hinaus ein Ortskundiger mit einem Elefantengedächtnis war, nie ein Gesicht vergaß und irgendwo in seinem Kopf die Gelben Seiten gespeichert hatte, kam immer wieder der ganzen Polizeiwache zugute. Und wenn er sich nicht gerade in dem winzigen Büro, aus dem er einfach nicht ausziehen wollte, in Akten vergrub oder in Ermittlungen unterwegs war, bei denen es um alles – von der Jagd auf Äpfel klauende Jugendliche bis zu Dealern an der Schule – gehen konnte, spielte er für seine vier Töchter den Taxifahrer. Er lebte mit ihnen alleine, nachdem seine Frau ihn und das Kleinstadtleben verlassen hatte und mit ihrem neuen Mann auf eine Schaffarm nach Neuseeland ausgewandert war. Sie kam mehrmals im Jahr nach Norwegen, um Kontakt zu den Mädchen zu halten, aber es bestand wenig Zweifel, wer die Töchter großzog. William kümmerte sich um das meiste, sprach von seinen Töchtern mit Tränen in den Augen und bildete eine Art Messlatte für die übrigen Ermittler.

Es war fast sechs und die Sonne schien durchs Fenster, als Lisa sich im großen Besprechungsraum ans Tischende setzte. Das Licht blendete sie, und sie musste aufstehen und die Vorhänge zuziehen, um die wenigen Anwesenden voneinander unterscheiden zu können. Vis-à-vis sah sie William, mit schweren Augenlidern, die Nase in einem Kaffeebecher vergraben. Stian Kvist, einer der jüngeren Ermittler, aß ein Baguette, als wäre es das Letzte, was er in diesem Leben tun würde, und sein Partner, Aksel Bjerknesli, lag mit geschlossenen Augen eher in seinem Stuhl, als dass er auf ihm saß.

Noch vor wenigen Wochen war der Raum überfüllt gewesen von Ermittlern der Sonderkommission, die sich mit sexuellen Übergriffen, Kriminaltechnik, Internet-Kriminalität, polizeilicher Überwachung und Recherche beschäftigten; sie hatten sich auf Stühlen und Fensterbänken breitgemacht. Jetzt, nachdem Haraldsen und Henden von Kripos gestern in die Ferien gefahren waren und man sie offenbar nicht zurückgerufen hatte, war nur die kleine Kerntruppe anwesend. Und angesichts der wenigen Ansatzpunkte, die sich im Laufe der letzten Woche durch eingegangene Hinweise ergeben hatten, war die Bemannung mehr als ausreichend. Die einzige Lisa unbekannte Person war eine Frau, die gerade einen Beamer und einen Laptop auf den Tisch stellte. Sie hatte Lisa zugenickt und ihr kurz zugelächelt, als sie hereingekommen war, und dann ihre Arbeit fortgesetzt. Lisa sah William fragend an, der den Hinweis verstand.

»Lisa, darf ich dir Tone Helle von Datakrim aus Oslo vorstellen. Sie beschäftigt sich mit Internetkriminalität. Ihretwegen sind wir hier. Sie will uns etwas zeigen.«

Helle drehte sich um, lächelte erneut und streckte die Hand aus. Lisa lächelte ebenfalls und drückte die rundliche Hand.

»Hej, Lisa. Tut mir leid, dass ich dich so früh aus den Federn geholt habe.«

Sie beschäftigte sich weiter mit den Kabeln, startete den PC und übertrug das Monitorbild mit dem Beamer auf die Leinwand. Aksel lag immer noch in seinem Stuhl, den Kopf zurückgelehnt, während Stian sich die Finger abwischte, nachdem er den Angriff auf sein Baguette beendet hatte. Lisa spürte, dass der Kaffee allmählich wirkte und lächelte William zu. Sie wollte gerade eine Bemerkung über ihre Stimme machen, die ihr vor dreißig Minuten am Telefon nicht gehorcht hatte, als William plötzlich auf seinem Stuhl erstarrte. Stian legte die Serviette weg, Aksel richtete sich auf und Lisa drehte sich zur Leinwand um. Niemand sagte etwas, bis Tone Helle das Schweigen brach.

»Das haben wir also gefunden. Wir haben die Bilder kurz vor zwölf heute Nacht heruntergeladen, da standen sie erst zehn Minuten im Netz. Wir sind rein zufällig darauf gestoßen, in einem Forum, das wir unregelmäßig checken, um zu sehen, ob Bilder auftauchen, die sich mit Norwegen und Fällen, an denen wir arbeiten, in Verbindung bringen lassen. Es war mit anderen Worten Glück, dass wir sie so schnell entdeckt haben. Seltsam ist allerdings, dass die Bilder dreißig Minuten später, als ich in mein Büro gegangen bin, um mir die Dateien anzusehen, aus dem Forum verschwunden waren. Fast so, als gäbe es eine Vereinbarung, die Bilder hineinzustellen, eine bestimmte Zeit abzuwarten und sie wieder herauszunehmen. Das kommt mir seltsam vor, ich denke nicht, dass ich so etwas schon einmal erlebt habe. Doch dessen ungeachtet haben wir schnell begriffen, um was es da ging, und unmittelbar darauf Kontakt zu euch aufgenommen.«

Lisa beugte sich über den Tisch, um besser sehen zu können. Das Mädchen hatte kürzere Haare und wirkte erwachsener, als es ihr von Klassenfotos, die sie in den Ermittlungsakten gesehen hatte, in

Erinnerung war, aber es bestand kein Zweifel; es war Tonje Kvamme. Sie saß auf einer Fensterbank; vor dem Fenster war Wald und das Licht fiel schräg auf eine weiße, durchsichtige Bluse, die bis zum Nabel offen stand. Lisa sah die kleinen Jungmädchenbrüste, den gekrümmten Rücken, die halbgeschlossenen Augenlider, den gesenkten Blick, als würde das Mädchen über ein Kompliment erröten.

»Pfui Teufel.« William sah in die andere Richtung, und alle im Raum dachten augenblicklich an die vier Mädchen, für die er zu Hause die Verantwortung trug.

»Sie macht keinen verängstigten Eindruck, sie wirkt eher resigniert.« Aksel war zum Leben erwacht und plötzlich voller Energie. »Sie wirkt gefasst, sie hat keine blauen Flecken im Gesicht und ist definitiv am Leben.«

»Mit Schlussfolgerungen auf Basis dieser Bilder sollten wir ein wenig vorsichtig sein«, unterbrach ihn Tone Helle. »Erstens wissen wir nicht mit Sicherheit, wann sie gemacht worden sind, obwohl die Datenanzeige der Kamera gestern Abend angibt. Solche Daten lassen sich leicht manipulieren. Darüber hinaus ist es schwierig, stichhaltige Informationen aus den Dingen zu ziehen, die du erwähnst. Ich gebe dir zwar recht, dass sie nicht ängstlich wirkt und keine sichtbaren Verletzungen hat. Doch das Problem sind die Beziehungen, die in solchen Situationen oft entstehen. Stichwort Stockholmsyndrom, Geiseln, die für ihre Entführer Partei ergreifen. Wir wissen aus mehreren Fällen, dass die Männer, denn meistens sind es Männer, höchst raffiniert sind, wenn es darum geht, ein Vertrauensverhältnis zu den Kindern aufzubauen, an denen sie sich vergreifen. Demzufolge dürfte Tonje glauben, dass sie bis auf den Mann, der die Bilder von ihr gemacht hat, niemanden hat. Dass ihre Eltern sie aufgegeben haben und zu viel Zeit verstrichen ist. Wir dürfen nicht vergessen, dass drei Wochen vergangen sind und niemand gekommen ist, um sie zu retten. Wie lange hättet ihr es geschafft zu glauben, dass es einen Ausweg gibt?«

»Pfui Teufel«, sagte William erneut, diesmal leiser. »Was können wir tun, wenn uns das Bild nicht einmal mit Sicherheit sagt, dass sie noch lebt?«

»Ich kann euch nicht sagen, was ihr tun könnt«, antwortete Helle, und William sah in die andere Richtung, als ihm klar wurde, dass seine Gefühle ihn übermannt hatten. »Aber ich kann euch sagen, was wir bei Datakrim tun können. Wir überwachen natürlich weiter dieses Forum und andere Foren. Wir werden Suchprogramme starten, die Dateien mit demselben Namen aufspüren sowie mit einigen anderen Wörtern einschließlich Tonjes Namen, der möglicherweise als Dateiname verwendet wird. Dann werde ich einen unserer Leute bitten zu analysieren, was sich an Informationen auf diesem Bild findet. Wir haben zum Beispiel die Gardinen, die einen Hinweis darauf geben können, ob das Bild in Norwegen oder im Ausland aufgenommen wurde. Rechts sehen wir den oberen Teil eines Lehnstuhls oder eines Sofas, wir werden versuchen es aufzuspüren. Dann haben wir das Fenster, den Fensterrahmen, den Wald dahinter, das Licht, es gibt genug, dem wir nachgehen können. Und schließlich werden wir herauszufinden versuchen, ob das Bild selbst eine Information enthält, vorzugsweise durch die Kamera. Die Seriennummer könnte uns einen Hinweis auf einen Ort liefern und uns sagen, wann sie verkauft worden ist.«

Lisa fand, dass Tone Helle wie einer der Referenten in den Kursen in der Hochschule klang, fand es aber trotzdem faszinierend, was sich aus solchen Bildern herausholen ließ. Zwei Fotos mit fast identischen Motiven bargen offenbar eine Fülle von Daten, wenn man nur wusste, wo man ansetzen musste.

Tone Helle schwieg. Sie sah William an, und es war klar, dass sie von ihm die eine oder andere Form von Initiative erwartete.

»Gut, vielleicht taucht ja etwas auf.« Er wand sich auf seinem Stuhl. Im Grunde war nichts Neues aufgetaucht, dem nachzugehen sinnvoll erschien. Gleichzeitig deuteten die Bilder jedoch darauf hin, dass Tonje am Leben war, gefangengehalten wurde und die Polizei auf jeden Fall etwas unternehmen musste, egal was.

»Okay, dann machen wir jetzt Folgendes. Stian und Aksel, ich möchte, dass ihr noch einmal von vorne anfangt, alle Zeugenaussagen überprüft, alle Spuren, alle Leute, mit denen wir geredet, alle Anhaltspunkte, die wir aussortiert haben, geht alles erneut durch. Und wo auch nur der geringste Zweifel aufkommt, das nehmt ihr euch noch einmal vor, und wenn ihr auf etwas stoßt, dem wir nicht nachgegangen sind, untersucht es.«

Der Enthusiasmus war mehr als gedämpft. Aksel ließ sich in den Stuhl zurückfallen, und Stians Körpersprache sagte deutlich »Herrgott, nicht noch mal.« William übersah ihre Reaktionen geflissentlich und drehte sich zu Lisa um.

»Ich weiß, dass es ein Schuss ins Blaue ist, aber es ist einen Versuch wert, deshalb schlage ich vor, dass wir noch einmal mit Sander Mørk reden.«

»Mørk«, sagte Stian. »Ich war in seinem Büro, kurz nachdem Tonje verschwunden ist. War er nicht gestern hier?«

»Wir haben noch einmal über Tonje geredet«, sagte Lisa. »Er hat eine ganz gute Antenne dafür, was bei den Teenies in der Schule abgeht, dabei kann immer etwas Wertvolles auftauchen.«

»Das glaube ich«, lächelte Stian. »Immerhin sieht er nach einer Mischung aus Adel und Boygroup aus, die Mädchen rennen ihm bestimmt die Tür zu seinem Büro ein.«

Lisa verdrehte die Augen.

»Okay«, sagte William. »Stell eine Akte mit den wichtigsten Unterlagen, Vernehmungsprotokollen und so weiter zusammen, lies sie erst selbst und nimm sie dann mit zu Sander Mørk. Er soll sich in den Fall einarbeiten, und nimm ihn mit, wenn du noch einmal mit den Mädchen sprichst. Wenn wir nicht zu ihnen durchdringen, schafft er es vielleicht. Als Psychologe und Außenstehender hat er eine andere Wirkung, was den Fall betrifft, außerdem hat er viele Jahren mit Jugendlichen gearbeitet, ehe er letztes Jahr nach Ski zurückgekommen ist. Ich glaube, er war auf Island oder in Schweden oder so. Auf dem Gymnasium ist er in meine Parallelklasse gegangen, ein guter Typ. Und clever. Was er Lisa gestern erzählt hat, war an sich schon interessant, aber hör mal nach, ob er noch etwas Konkreteres sagen kann, womit wir arbeiten können.«

Da weiß jemand nicht mehr weiter, dachte Lisa, bevor sie lächelte und versuchte, enthusiastisch zu wirken. Nach nur wenigen Monaten im Büro war sie in das Team integriert. Mehr konnte sie eigentlich nicht verlangen. Was sie tun sollte, war da nicht so wichtig, und der Fall konnte schneller als gedacht eine andere Wendung nehmen.

6

Sander wachte davon auf, dass er sabberte. Sein Nacken verwandelte sich langsam in einen starren Körperteil. Er lag, den Kopf stark nach hinten gebeugt, in dem Stuhl, auf dem er am Vorabend eingeschlafen war. Wenn er das Wochenende nutzen wollte, um sich auszuruhen, war das sicher nicht die richtige Methode.

Er griff nach der halbvollen Tsingtao-Flasche, die auf dem Tisch stand, schaltete mit der Fernbedienung alle Geräte auf einmal aus und ging in die Küche, um Wasser zu trinken. Einige Schlucke Mineralwasser vermischt mit zwei Paracetamol aus einem Röhrchen, das er bei seinem letzten Stockholm-Aufenthalt gekauft hatte, waren innerhalb von Sekunden hinuntergestürzt.

Sein Körper fühlte sich schwer und fremd an, und er fragte sich kurz, ob er die Trainingssachen anziehen, sich aufs Fahrrad schwingen und versuchen sollte, das taube Gefühl aus seinem System zu vertreiben. Stattdessen ging er unter die Dusche, stellte das Thermostat auf blau und zwang sich, fast fünf Minuten stillzustehen.

Anschließend fühlte er sich ein wenig besser. Er hatte gerade beschlossen, sich ein Frühstück mit Ei und Bacon zu machen, den CD-Player einzuschalten und die Terassentür zu öffnen, als es schellte. Er holte die weiße Leinenhose und das Baumwollhemd von *Bruuns Bazar* aus der Tüte, zog beides an und riss auf dem Weg die Treppe hinunter die Preisschilder ab. Während er aufschloss und die schwere Glas- und Stahltür aufzog, mit der er die Eichentür seiner Eltern ersetzt hatte, legte er sich ein paar passende Sätze zurecht, um wen auch immer auf der anderen Seite der Tür wieder loszuwerden.

»Hej«, sagte Lisa Lunde, und keiner der Sätze, die Sander sich zurechtgelegt hatte, erwies sich als brauchbar. Stattdessen lächelte er und öffnete die Tür ganz.

»Das ging aber schnell. Haben wir uns nicht gerade erst verabschiedet?«

Sie lächelte und nickte Richtung Diele. Sander trat einen Schritt zurück und ließ sie herein.

»Ist etwas passiert?«, fragte er. »Möchten Sie mit heraufkommen?«

Sander zeigte zur Treppe und ging vor, um nicht unhöflich zu wirken. Er fragte sich, ob er ihr auf der Sitzgruppe im Wohnzimmer einen Platz anbieten sollte, doch als sie in die Küche hinaufkamen, schien die Sonne bereits durchs Fenster. Sie gingen auf die Terrasse hinaus.

»Kaffee?«

»Gerne«, antwortete Lisa. Sie schlug das Angebot von Milch und Zucker aus, und er machte einen Americano und einen Espresso und nahm beides mit hinaus. Lisa hatte sich bereits auf einem der Stühle niedergelassen. Er stellte den Kaffee auf den Tisch und setzte sich ihr gegenüber aufs Sofa.

»Danke«, sagte sie. »Sie lieben Kaffee?«

Er lächelte.

»Ist das so offensichtlich?«

»Ja«, sagte sie. »Wenn Sie länger als fünf Minuten brauchen, um zwei Tassen mit einem heißen Getränk zuzubereiten, muss schon was Besonderes daran sein. Damit sich die Mühe lohnt, meine ich.«

»Haben Sie *Black Hawk Down* gesehen? Die Invasion der Amerikaner in Addis Abeba und die Jagd auf den einen Warlord, Aidid-irgendwas.«

»Nein«, sagte sie.

»Einer der Soldaten schleppt eine Kaffeemühle und eine Kanne mit sich herum, die er nie aus den Händen gibt. Selbst als sie mitten in der Stadt in einem Ladenlokal eingekesselt sind und ständig von den Aufrührern beschossen werden, kocht er Kaffee, als säße er in einer Penthousewohnung in Manhattan und würde sich auf einen Tag in seinem Job als Börsengenie vorbereiten.«

»Das hört sich ein bisschen nach Realitätsflucht an, wenn Sie mich fragen«, sagte Lisa. »Und Sie fühlen sich wie der Soldat?«

Sie zog einen Stapel Papiere heraus und schien möglichst schnell dazu übergehen zu wollen, weshalb sie gekommen war.

»Vielleicht«, sagte Sander. »Vielleicht betrachte ich es aber auch nur als eine Art letztes Bollwerk in einer Welt, die völlig aus den Fugen geraten ist.«

Lisa sah sich um. Das Gras war gemäht, der Zaun um das Haus frisch gestrichen, die Stühle waren offensichtlich nicht in einem Ramschladen gekauft worden und Sander sah aus, als wäre er einem Modekatalog entsprungen.

Er musste lachen. »Okay. Dann sagen wir eben, dass ich einfach gerne guten Kaffee trinke.« Er wurde wieder ernst. »Was ist passiert?«

Lisa fischte die Bilder aus dem Stapel und legte sie vor Sander auf den Tisch. »Auf diese Bilder ist Datakrim heute Nacht in einem Forum gestoßen, das von Pädophilen genutzt wird, um Fotos auszutauschen.«

»Wann sind die aufgenommen worden?«, fragte Sander.

»Wir sind uns nicht sicher, aber wenn das Datum der Dateien stimmt, sind sie relativ aktuell, wahrscheinlich von gestern. Leider lässt sich das unmöglich mit Sicherheit sagen. Jedenfalls ist es eine Spur, ein Lebenszeichen.«

»Von Tonje?«

»Von den Leuten, in deren Gewalt sie ist. Oder war, das kann man natürlich nicht wissen.«

Sander konnte die Augen nicht von den beiden Ausdrucken abwenden.

»Bei Datakrim arbeiten sie jetzt mit den Bildern«, fuhr Lisa fort. »Man kann aus solchen Bildern einiges an Informationen herausholen, aus Hintergrund und Tapeten, Möbeln, Licht und dergleichen. Möglicherweise bekommen wir so eine Antwort auf einige unserer Fragen. Bis auf Weiteres haben wir nichts anderes, dem wir nachgehen können, als die Informationen, die wir bereits ausgewertet haben, und da sind Sie uns wieder eingefallen.«

»Ach ja?«

»Sie kennen William?«

»William, ja, natürlich. Er ist in meine Parallelklasse gegangen. Zwei seiner Töchter besuchen das Gymnasium in Ski. Ein guter Typ.«

»Er leitet die Ermittlungen und es war seine Idee, noch einmal mit Ihnen zu reden. Wir möchten, dass Sie diesen Auszug aus den Ermittlungsakten lesen, darin blättern, auf Assoziationen achten, auf Ideen. Wir fragen uns, ob Sie bei den Gesprächen mit den Mädchen dabei sein und versuchen können, etwas aus ihnen herauszubekommen. Lena war nicht sonderlich gesprächig, und mit den beiden anderen haben wir uns nur oberflächlich unterhalten.«

Sander sagte nichts. Er war sich nicht sicher, wonach sie ihn eigentlich fragte, und spürte einen unangenehmen Erwartungsdruck. Ehrlich gesagt hatte er größere Lust, ein paar Tage in Reykjavik oder Kopenhagen zu verbringen, als in Ski zu sitzen und in Ermittlungsakten zu blättern.

»Das klingt, als brauchten Sie eine Art Profiler. Sie haben doch bestimmt eigene Psychologen, die Sie auf so was ansetzen?«

»Wir haben nicht annähernd genug, um einen Psychologen anzufordern oder ein Täterprofil erstellen zu lassen. Und wir sind nicht auf der Suche nach einem Profiler …«

»… weil es keine gibt«, warf Sander ein.

»Darüber bin ich mir im Klaren«, fuhr Lisa fort. »Dass Sie Psychologe sind, ist nur ein besonderer Pluspunkt. Wir möchten, dass Sie sich die Akten durchlesen, weil Sie mit Jugendlichen gearbeitet haben und wissen, wie sie ticken. Sie kennen Tonje und haben im letzten Jahr regelmäßig Kontakt zu ihr gehabt, außerdem unterliegen Sie bei Ihrem Kontakt zu uns der Schweigepflicht. Wir sind kein gewöhnlicher Klient und es würde sich nicht gut machen, wenn herauskäme, dass wir … Sie wissen, was ich meine, nicht wahr?«

»Ich merke schon, dass ihr ein wenig im Trüben fischt.«

Er fragte sich, ob er das weiter vertiefen sollte, doch Lisa Lundes Hilferuf wirkte aufrichtig und er war schließlich dazu erzogen worden, hilfsbereit zu sein, wenn Menschen ihn um Unterstützung baten.

»Sind das die Unterlagen?«

Er zeigte auf den Stapel, den Lisa auf dem Schoß hatte.

»Ja. Ich habe einen Auszug zusammengestellt. Werden Sie ihn sich ansehen?«

»Ich kann ihn durchlesen, werde aber wahrscheinlich nichts finden. Vermutlich werde ich nicht einmal die Hälfte davon verstehen, das sind doch Ihre Arbeitsunterlagen?«

»Sie sprechen für sich selbst. Ich habe versucht, die wichtigsten Berichte und ein paar Zusammenfassungen auszuwählen. Es dürfte nicht allzu schwer sein, sich ein Bild zu machen.«

»Nicht?«

»Rufen Sie mich an, wenn Sie durch sind«, sagte Lisa, als sie ihm die Unterlagen reichte. Sander nickte.

»Ja, sicher. Wann brauchen Sie die ...«

»Am besten gestern. Wir wollen das vorhandene Material so schnell wie möglich noch einmal durchgehen, um herauszufinden, ob wir etwas übersehen haben.«

Sander seufzte. Ein Wochenende in Ski war vielleicht kein Schicksal, das schlimmer war als der Tod , aber verglichen mit einer Nacht im SAS Royal Copenhagen oder einem Abendessen bei Thora und Einar in Reykjavik gehörte es trotzdem nicht zu den Dingen, nach denen man sich die Finger leckte. Er legte die Blätter neben sich auf den Boden, um Lisa, die sich von ihrem Stuhl erhoben hatte, zur Tür zu begleiten.

»Und das bleibt unter uns?«

»Natürlich. Wem sollte ich auch davon erzählen?«

Lisa antwortete nicht. Sie griff nach ihren Autoschlüsseln, ging durch die Küche und die Treppe hinunter. Sander folgte ihr. Er dachte, dass sie für die Wärme zu dick angezogen war. Als hätte sie seine Gedanken gelesen, zog sie die Jacke aus und die gleißende Sonne schien ihr ins Gesicht.

»Wir sprechen uns, okay?«, sagte sie. Sie wirkte erleichtert.

»Ich rufe Sie heute noch an. Machen Sie's gut.«

Er kehrte ins Haus zurück, ging in die Küche hinauf und holte Eier und Speck, Bohnen in Tomatensauce und ungesalzene, gute Butter heraus. Dann bereitete er sich sein Frühstück zu, braute einen frischen Espresso, klemmte sich die Unterlagen unter den Arm, ging in den Garten und setzte sich im Schatten auf die Hollywoodschaukel.

Jemand hatte in großen, kantigen Buchstaben mit Tinte »Tonje« auf den Aktendeckel geschrieben. Ein Mann, dachte Sander und öffnete die Mappe.

»Es gibt da etwas, das ich nicht verstehe.«

»Ja?«

»Der PC. Sie haben absolut nichts auf Tonjes PC gefunden?«

»Nichts.«

Es war fast vier. Sander hatte zum Handy gegriffen, als er die Akten durchgelesen hatte. Erst zweimal und dann noch einmal, nachdem er drei Stunden in der Hollywoodschaukel geschlafen hatte, während die Temperaturen das Quecksilber in ungeahnte Höhen trieben. Schließlich hatte er den Zettel herausgeholt, auf dem Lisa ihre Nummer notiert hatte, alle Zahlen gewählt und eine fast dreißig Sekunden lange Mitteilung auf ihrem Anrufbeantworter abgehört. Sie rief zurück, noch ehe er eine Nachricht hinterlassen konnte.

»Das ist seltsam. Wenn Sie nichts gefunden hätten, was für den Fall relevant ist, hätte ich das noch verstanden, aber gar nichts, das ist ungewöhnlich. Ich glaube nicht, dass ich im letzten Jahr irgendeinen Teenager getroffen habe, der nicht im Net chattet oder mailt oder Musik herunterlädt.«

»Ich kann das überprüfen, wenn Sie wollen«, sagte Lisa. »Bei den Kollegen nachfragen, die sich die Festplatte angesehen haben. Denn soweit ich weiß, ist ›nichts‹ ihre Art zu sagen, dass sie nichts von Interesse gefunden haben. Ich weiß es nicht.«

»Können wir mit den Eltern reden? Wissen sie von den Bildern, auf die Sie im Internet gestoßen sind?«

Sander fragte sich, wie er auf die Information reagiert hätte, dass ein Kind, an dem ihm lag, nach seinem Verschwinden vor mehreren Wochen im Internet auftauchte.

»Ja, sie sind informiert. Die Mutter von Tonje hat es sehr mitgenommen. Der Vater ist ziemlich verschlossen, wirkt fast ein wenig kalt.«

»Das ist nicht weiter ungewöhnlich«, meinte Sander. »Es gibt eigentlich keine Standardreaktion für solche Situationen. Vielleicht schützt er sich nur.«

»Warum wollen Sie mit ihnen sprechen?«, fragte Lisa.

Es blieb einige Sekunden still, bevor Sander antwortete. »Da ist etwas … Ich weiß nicht was. Ich finde das mit dem PC seltsam. Ich will wissen, ob sie überhaupt diesen oder einen anderen benutzt hat. Vielleicht im PC-Raum der Schule? Und ich will sehen, wie es ihnen geht. Eigentlich fällt das ja auch ein wenig in meine Verantwortung, da Tonje zu Gesprächen zu mir gekommen ist. Ich hätte schon mit ihnen reden sollen, als es passiert ist.«

»Okay. Wir haben vermutlich bereits danach gefragt, aber wir können das Ganze noch einmal durchgehen«, sagte Lisa. »Aber wir warten bis Montag. Sie brauchen etwas Zeit, um diese neue Information zu verdauen, und wir brauchen Zeit, um die Bilder zu analysieren.«

»Gut. Dann verschiebe ich meinen Urlaub, ich habe ohnehin ein paar Kleinigkeiten, die ich im Büro erledigen muss. Am Montag bin ich allerdings mit ein paar Freunden in London verabredet, nur am Abend, aber das möchte ich ungern absagen. Schaffen wir die Eltern und die Mädchen, bevor Montagnachmittag mein Flieger geht?«

»Wahrscheinlich reicht uns der Vormittag, wenn wir alle erreichen, mit denen wir sprechen wollen. Soll ich Sie Montag um neun abholen, dann fangen wir mit den Eltern an?«

»Abgemacht«, antwortete Sander.

Es gab nicht viel anderes zu tun. Er lag in der Hollywoodschaukel, las Val McDermid auf der Terrasse, guckte einen Film, schlief im eigenen Bett und fuhr Sonntagnachmittag nach Oslo, um englische Zeitungen zu kaufen, bei *Coco Vika* zu sitzen, die Leute zu beobachten und ein Wok-Gericht zu essen.

Er hatte das Gefühl, an der falschen Haltestelle ausgestiegen zu sein und den Bus in der Ferne verschwinden zu sehen, ohne dass ein neuer auftauchte. Aber er hatte keine Wahl gehabt. Ein paar Jahre in Ski waren ihm als die vernünftigste Alternative erschienen, weit weg von Stockholm, weit weg von Kollegen und Freunden und denen, die nichts begriffen, aber alles zu wissen glaubten.

Trotzdem vermisste er sein früheres Leben. Das fachliche Umfeld, die langen Tage mit Artikeln und Büchern und den Terminen zwischendurch. Er vermisste die Mädchen, die Abneigung, die sie bei den ersten Gesprächen wie eine dicke Schicht umgab, und die Befriedigung, wenn er merkte, dass die Therapie Wirkung zeigte. Ein paar Gramm extra auf den ausgehungerten Körpern war oft mehr, als er erhoffen konnte.

Um neun war er zum Auto gegangen und nach Ski zurückgefahren. Um elf lag er im Bett, kurz nach Mitternacht war das Buch ausgelesen, und um eins schlief er wie ein Kind.

7

Siv Kvamme hatte Tränen in den Augen. Sie trug einen grauen Jogginganzug, das Haar war zerzaust, als wäre sie gerade erst aufgestanden, und die Schminke vom Vortag lag noch immer um die Augen. Sie tat Sander leid. Er fragte sich, wie es sein mochte, in einem Loch zu leben und darauf zu warten, dass jemand einen herauszog, wie es sein mochte, sich an kleine Strohhalme zu klammern und ein ums andere Mal unterzugehen, wenn eine Hoffnung zerplatzte.

Lisa hatte Tonjes Eltern am Vortag angerufen und ihr Kommen angekündigt. Montagmorgen um neun hatte sie Sander vor seinem Haus im Hebekkvei aufgesammelt. Er war um sieben aufgewacht, ausgeschlafen nach einer Nacht ununterbrochenen, traumlosen Schlafs, und hatte sich die Unterlagen in der Mappe noch einmal durchgelesen, bevor der rote Polo aufgetaucht war.

»Guten Morgen«, hatte Lisa gelächelt, als er sich ins Auto setzte. »Na, ist es schön, Urlaub zu haben?«

Er lächelte auch und sah sie an, während er sich anschnallte. »Das richtige Urlaubsgefühl hat sich noch nicht eingestellt. Ich hoffe, dass sich das ändert, wenn ich außer Landes komme.«

»Wollen Sie weit?«, fragte sie. »Weiter als London, meine ich?«

»Ich weiß es noch nicht. Ich entscheide das spontan, reise irgendwohin, wo ich Leute kenne. Vielleicht nach Reykjavik, da ist es jetzt nicht so heiß.«

»Ich wollte immer schon mal nach Island.«

Das Auto fuhr sanft an und Sander fiel ein, dass er nicht wusste, wo Tonjes Eltern wohnten.

»Wohin fahren wir?«, fragte er.

»Nach Finstad. Sie wohnen in einem der alten Atriumhäuser im Atriumvei. Kennen Sie die?«

Sander wusste genau, wo das war.

»Ja, Klassenkameraden von mir haben dort gewohnt. Ich glaube, wir haben da auch einen Abi-Brunch veranstaltet, bei einem der Mädchen aus unserer Klasse.«

»Sie haben nur Tonje. Keine anderen Kinder.«

»Ich weiß«, antwortete Sander.

»Ist das nicht etwas ungewöhnlich?«, fragte Lisa.

»Das fragen Sie mich?«, lachte Sander gedämpft. »Wirke ich wie ein Experte in Fragen Familienleben?«

Lisa grinste. »Nein, wahrscheinlich nicht. Und ich sicher ganz genauso wenig.«

Auf dem Nordbyvei war nur wenig Verkehr. Ferientypisch ruhig, dachte Sander und erinnerte sich an lange Tage, ohne etwas zu tun, als er selbst Sommerferien hatte und die Freunde verreist waren.

»Übrigens«, sagte Lisa, »ich habe heute Morgen eine Mail von Datakrim bekommen. Sie sind fertig mit den Bildern und das Ergebnis lässt einen nicht gerade jubeln. Ich denke, ich sollte die Eltern davon unterrichten, wenn wir uns mit ihnen treffen.«

»Haben sie überhaupt etwas gefunden?«, fragte Sander.

»Sie sagen, dass das Haus alt ist, die Gardinen aus den siebziger Jahren, die Möbel unmöglich zu identifizieren sind und selbst die Bilddateien keine brauchbaren Informationen hergeben. Nur Verschlusszeiten, Blende, Kameramodell und so etwas. Die Datei war ein nicht retouchiertes jpeg. Und das Licht vor dem Fenster lässt darauf schließen, dass die Bilder im Frühling oder Frühsommer aufgenommen sind, aber sie können ebenso gut zwei Wochen alt sein wie zwei Tage.«

»Soso. Also nichts, mit anderen Worten.«

»Vielleicht haben wir unsere Erwartungen ein wenig zu hoch gesteckt. Es war eine Möglichkeit, und wir brauchen dringend Hinweise, die uns weiterhelfen.«

»Was ist mit Ihren Kollegen? Haben die was in den Papierstapeln gefunden, die sie durchgegangen sind?«

»Fürs Erste nicht, aber es dauert seine Zeit, Dinge ein zweites

Mal zu überprüfen. Da läuft einiges an Routinearbeit auf, die immer mit Vermisstenanzeigen verbunden ist und im Allgemeinen nichts bringt, aber getan werden muss.«

Lisa hatte vor einem der charakteristischen Atriumhäuser gehalten und zog die Handbremse an. Sander löste den Sicherheitsgurt.

»Und ich habe geglaubt, Ermittler sei ein spannender Beruf.«

»Im Fernsehen, ja«, sagte Lisa. »*Cold Case* und *CSI* und *Martin Beck* – die ganze Bande. Wenn ich in einem Jahr so viel erleben würde wie die in einer einzigen Folge, könnte ich das Wort Routine aus meinem Wortschatz streichen.«

Als Lisa klingelte, machten Siv Kvamme und Ole Tom Strøm zusammen auf. Er trug Arbeitskleidung, ein hellblaues Hemd, Schlips, Sommeranzug. Siv Kvamme entschuldigte sich mit einem Blick für ihr Aussehen.

Der Küchentisch war für vier gedeckt und der Kaffee fast fertig. Lisa erzählte zunächst, was die Techniker in Oslo herausgefunden hatten, und während sie redete, weinte Siv Kvamme lautlos mit offenen Augen, den Blick starr auf die gegenüberliegende Wand gerichtet. Ole Tom Strøm saß ausdruckslos da, ohne aufzublicken. Er unternahm nichts, um seine Frau zu trösten. Sander fühlte sich hilflos und unwohl.

Abgesehen von der Unterhaltung in der Küche wirkte das Haus still und leer. Lisa war verstummt.

»Wie geht es Ihnen eigentlich?«, fragte Sander und widerstand dem Drang, seine Hand auf Siv Kvammes zu legen. Sie sah ihn an, während sie in ein Kleenex schniefte.

»Es ist nicht so leicht …«, sagte sie. Im selben Moment konnte man den Eindruck gewinnen, jemand hätte Ole Tom Strøms Körper wieder ans Netz angeschlossen. Er sprach, an Lisa gewandt.

»Die Unsicherheit ist schlimm«, sagte er. Lisa nickte. »Wir wissen nicht, was wir glauben sollen, und die Bilder haben uns erst Hoffnung gemacht, und jetzt bringen sie doch nichts. Und Tonje …«

Er schluckte. »Wir haben die Tür zu ihrem Zimmer abgeschlossen, ertragen es nicht … Sie verstehen?«

»Das muss hart sein«, antwortete Lisa leise.

»Bekommen Sie Hilfe?«, fragte Sander. »Haben Sie jemanden, mit dem Sie reden können? Jemanden, den Sie anrufen können?«

»Die Polizei hat uns Namen und Nummer eines Psychologen gegeben«, sagte Siv. »Wir haben noch keinen Gebrauch davon gemacht … schließlich hoffen wir, dass die Sache bald ein Ende hat, nicht?«

»Vielleicht sollten Sie ihn anrufen. Wenn Tonje wieder auftaucht, wird sie Sie brauchen.«

Siv strahlte und Sander bereute seine Formulierung sofort.

»Sie glauben, dass sie lebt? Dass sie zurückkommt?«, sagte sie.

»Ja, aber ich weiß es natürlich nicht, es gibt schließlich keine Garantien.«

Er spürte, dass Lisa, die neben ihm saß, langsam unwohl wurde. Warum konnte er auch nicht einfach den Mund halten? Die Fragen stellen, wegen denen er gekommen war. Immer musste er so verdammt hilfsbereit sein.

»Wir hoffen das ebenso wie Sie«, ergriff Lisa das Wort. »Wir arbeiten auf Hochtouren und ich weiß, dass alle, die an dem Fall dran sind, von morgens bis abends an kaum etwas anderes denken. Und die Bilder, die wir gefunden haben, sind zumindest eine Entwicklung, die von Bedeutung sein könnte.«

»Sie wollten mit uns über etwas reden?«, sagte Ole Tom Strøm und rettete sie aus der Situation. Er sprach noch immer an Lisa gewandt.

»Ja, das ist richtig«, antwortete sie. »Einige von uns gehen das Material noch einmal durch, um sicherzustellen, dass wir nichts übersehen haben. Außerdem haben wir Sander Mørk gebeten, uns zu helfen. Er hatte in der Schule Kontakt zu Tonje und ist Psychologe. Vielleicht sieht er den Fall aus einem etwas anderen Blickwinkel.«

Ole Tom sah von Lisa zu Sander und wartete, dass dieser fortfuhr. Sein Blick war intensiv, sein Rücken gerade, sein Körper muskulös, und Sander musste an eine Raubkatze denken, die ganz still liegt, während sie auf Beute lauert.

»Eigentlich will ich gar nicht so viel wissen«, sagte Sander, »und ich fürchte, meine Fragen sind Ihnen bereits gestellt worden, vielleicht sogar mehrmals. Es geht um den PC und Tonjes Computergewohnheiten.«

»Ja?« Siv hatte geantwortet.

»Den Polizeiberichten zufolge hat man auf ihrem Computer nichts gefunden, als man ihn überprüft hat. Ich frage mich, ob Tonje ihn überhaupt benutzt hat, was für ein Verhältnis sie zum Internet, zum Chatten mit Freunden und so weiter hatte.«

»Ich denke, sie war wie alle anderen«, antwortete Siv. »Sie hat den Computer für die Hausaufgaben benutzt, Briefe geschrieben, Bilder von der Kamera hinübergeladen. Ich weiß nicht, wie viel sie gechattet hat, aber sie ist hin und wieder aus dem Keller hochgekommen und hat gesagt, dass sie sich mit Lena oder Marte oder jemand von den anderen verabredet hat, und da habe ich schon angenommen, dass sie übers Internet miteinander gesprochen haben. Machen das nicht alle Teenager?«

»Wir haben mit ihr gesprochen«, mischte Ole Tom sich ein. »Wir haben mit ihr darüber gesprochen, wie man sich im Internet verhalten muss, und ihr gesagt, dass sie Fremden nicht sagen darf, wer sie ist. Dass sie vorsichtig sein muss und nur mit Leuten sprechen darf, von denen sie weiß, wer sie sind. Irgendwo gibt es solche Internetregeln. Damit ist sie einverstanden gewesen. Ob sie sich immer daran gehalten hat, weiß ich nicht so genau. Sie kennt sich mit dem Internet besser aus als ich, ich brauche es nicht so oft.«

»Wissen Sie, ob sie andere Computer benutzt hat, zusammen mit ihren Freundinnen zum Beispiel?«, fragte Sander. Er wusste im Grunde nicht, worauf er aus war. Oder ob er überhaupt auf etwas aus war, das war streng genommen Lisas Job.

»Das wissen wir nicht«, sagte Siv. »Sie war viel mit den anderen Mädchen zusammen.«

»An wen denken Sie da speziell?«, fragte Lisa.

»An Lena. Und Marte und Aina, die waren auch oft mit dabei. Aber … Sie wissen ja, wie das ist, sie bleiben unter sich, und wenn wir fragen, was sie so treiben, sagen sie nichts.«

Sander wusste, wie das war. Er hatte ein paar Jahre seines Lebens darauf verwandt, die Nichts-Antworten von Teenagern zu durchdringen, die viel lieber woanders als in seinem Büro gewesen wären.

Es war still um den Tisch. Lisa sah Sander an, und Sander hatte nichts mehr zu sagen. Vielleicht gab es irgendwo einen Computer, auf dem Tonje mit finsteren Gestalten aus dem Internet gechattet hatte, doch nichts deutete darauf hin, dass die Eltern wussten, wo dieser stand. Aber er wusste jetzt, wen er fragen konnte, und als ihm klar geworden war, wer mehr Informationen haben könnte, gab er das Zeichen zum Aufbruch.

Sie bedankten sich für den Kaffee und versprachen, die Eltern auf dem Laufenden zu halten. Draußen in der Diele bückte sich Sander, um seine Sneaker zuzumachen, die er bei ihrer Ankunft ausgezogen hatte. Als er sich wieder aufrichtete, fiel sein Blick unter eine Reihe von Wintermänteln, die an einer Garderobe hingen. Die Tasche, die er dabei in der hintersten Ecke sah, erinnerte ihn in der Form an eine, die er aus seinem eigenen Büro kannte.

»Ich frage mich, ob …«, sagte er plötzlich, ohne sich ganz aufzurichten. »Diese Tasche …«

»Welche Tasche?«, fragte Ole Tom Strøm, er schien überrascht.

»Meinen Sie die Arbeitstasche von Ole Tom«, sagte Siv, und Ole Tom fing sich sofort wieder.

»Ach, die Arbeitstasche. Was ist damit?«

»Benutzen Sie ein Notebook bei der Arbeit?«, fragte Sander. Er sah, dass Lisas Interesse geweckt war.

»Ja ...«, sagte Ole Tom Strøm gedehnt. »Ich habe ein Notebook, ja. Aber ich brauche es nicht oft. Hauptsächlich für E-Mails und so.«

»Hat die Polizei es sich nach Tonjes Verschwinden angesehen?«, fuhr Sander fort.

»Nein, ich hatte es nicht zu Hause. Ich meine, das ist schließlich meines, Tonje benutzt es nicht.«

»Sind Sie da sicher?«, fragte Lisa. Sie verstand, worauf Sander hinauswollte. »Haben Sie es nie zu Hause?«

»Doch ... aber es ist immer in meiner Tasche, die nehme ich schließlich mit nach Hause. Aber ich schließe es hier so gut wie nie an. Ich arbeite nicht gerne zu Hause.«

»Theoretisch könnte Tonje es demnach benutzt haben, ohne dass Sie es wissen?«

»Theoretisch, ja. Aber das ist ziemlich unwahrscheinlich.«

»Wir können es uns nicht leisten, diese Möglichkeit nicht zu überprüfen. Können wir den Computer mitnehmen? Wir sehen zu, dass Sie ihn möglichst schnell zurückbekommen.«

Lisa hatte schnell reagiert. Sander begriff, dass die Eltern nicht merken sollten, wie weit hergeholt das im Grunde war, aber eine Spur war eine Spur.

Ole Tom Strøm war nicht sonderlich begeistert.

»Jetzt? Sofort?«

»Dann geht es zumindest schneller. Wir sollten ihn möglichst bald überprüfen«, sagte Lisa.

»Na schön, ich brauche ihn nicht unbedingt. Ein Kollege hat mir eine Website gezeigt, wo ich meine Mails lesen kann, wenn ich das Gerät nicht dabeihabe. Damit kann ich mich ein paar Tage behelfen.«

»Dann machen wir es so«, sagte Lisa und zeigte auf die Tasche. Ole Tom Strøm griff danach, holte ein Dell-Notebook heraus und händigte es ihr aus. Sie wollten gerade gehen, als Sander noch etwas einfiel.

»Chatten Sie selbst?«, sagte er an Ole Tom Strøm gewandt.

»Ich? Nein. Ich weiß nicht einmal richtig, wie das geht.«

»Dann gehört Messenger nicht zu den Programmen, die Sie oft benutzen?«, fuhr Sander fort.

»Was ist das?«

»Ein Chat-Programm, das auf allen PCs ist und das Sie nutzen können, um mit anderen zu chatten, die es auch nutzen.«

»Das ist mir noch nie aufgefallen.«

Ole Tom Strøm schien aufrichtig verwirrt. Sie bedankten sich für die Hilfe und gingen die Treppe hinunter zum Auto.

»Man kann nie wissen«, sagte Lisa. »Und oft sind es die Zufälle, die einen Fall in die eine oder andere Richtung lenken. Außerdem haben wir nicht viel anderes, dem wir nachgehen können.«

Sie sah auf das Notebook hinab, als wäre es eine Arbeitsbeschaffungsmaßnahme des Arbeitsamtes.

»Einen Versuch ist es wert«, sagte Sander.

Im Auto platzierte Sander den Computer auf seinem Schoß, klappte ihn auf und drückte den Startknopf. Lisa holte ihr Handy heraus, wählte eine der drei Nummern, die Tonjes Mutter ihr auf einen Zettel geschrieben hatte, und wartete auf eine Antwort. Es folgte ein kurzes Gespräch und Lisa legte auf.

»Sie sind alle drei bei Lena. Wir können vorbeikommen, wann wir wollen.«

Sander antwortete nicht. Er hatte das Gerät gestartet und direkt das Icon angeklickt, das den Windows-Messenger aufrief. Jetzt starrte er auf einen Benutzernamen, der ihm zwar nichts sagte, ihn jedoch darüber informierte, dass jemand das Gerät benutzt hatte, um zu chatten.

»Sehen Sie mal.«

Er drehte den Laptop so, dass Lisa den Bildschirm sehen konnte. Sie blinzelte in dem grellen Licht.

»Playme? Was ist das für ein Name?«, sagte sie.

»Das ist irgendein Benutzername. Ein Hotmail-Konto. Nicht Ole Tom Strøms, wenn wir ihm Glauben schenken dürfen. Und Tonje Kvammes auch nicht, wenn es stimmt, dass sie das Gerät nicht benutzt hat.«

»Was wir nicht mit Sicherheit wissen«, fuhr Lisa fort. »Können Sie sich einloggen?«

»Ich bräuchte das Passwort. Und der Internetzugang dürfte hier im Auto auch ziemlich begrenzt sein.« Er lächelte Lisa an.

»Wir nehmen ihn mit auf die Wache und lassen ihn von unseren Leuten checken«, sagte sie. »Wenn die es nicht schaffen, das Passwort zu knacken, rufen wir bei Microsoft an, sie verwalten Hotmail und Windows-Messenger. In der Regel sind sie in solchen Fällen kooperativ.«

8

Ole Tom Strøm hörte Siv in der Küche weinen. Nachdem die Polizistin und der Psychologe vor fünfzehn Minuten gegangen waren, hatte sie aufgeräumt, und jetzt saß sie am Tisch und schluchzte leise vor sich hin, während sie an dem kleinen Bären herumfingerte, den sie sich aus Tonjes Zimmer geholt hatte.

Er war in den Keller gegangen und hatte gewartet, dass auf dem Monitor der Windows-Hintergrund aufleuchtete. Das Gerät wählte sich automatisch ein und innerhalb weniger Sekunden war er im Internet.

Er hatte die Adresse vor einigen Wochen erhalten, sich in die Seite eingeloggt, Zugang bekommen und die versprochenen Dateien gefunden.

Das Passwort änderte sich jede Woche. Es wurde an die von ihm eingerichtete Adresse gemailt.

Routiniert bewegte er die Maus über den Bildschirm, gab die Adresse ein und wartete. Wenige Sekunden später tauchte im linken Teil des Fensters eine Ordnerstruktur auf. Nachdem er einen davon angeklickt sowie Passwort und Benutzernamen eingegeben hatte, erschienen in dem anderen Fenster drei Dateien.

Genau genommen war das nicht nötig. Er hatte sie schon gesehen und wusste, was sie enthielten. Trotzdem konnte er es nicht lassen. Er kopierte die erste Datei auf seine Festplatte, loggte sich aus dem Server im Internet aus und löschte den Verlauf, der anzeigte, welche Adresse er besucht hatte.

Die Datei war ein mpeg, ein kleiner Film von fast zwanzig Sekunden. Als er ihn anklickte, öffnete Windows automatisch den Media Player, und er wusste, dass die Silhouette des Mädchens, das er durch das Fenster sah, zu Tonje gehörte. Im Gegenlicht konnte er ihr Gesicht nicht erkennen, aber er wusste es. Und er hörte die Stimme hinter der Kamera, die sie aufforderte, etwas zu sagen.

Ole Tom Strøm sah sich den Film viermal an. Blieb anschließend minutenlang sitzen, während er das Weinen unter Kontrolle zu bekommen suchte, das wie ein Kloß in seinem Hals saß. Seine Augen waren feucht, doch Tränen liefen keine seine Wangen herab.

Schließlich hatte er sich wieder unter Kontrolle. Das hatte er gelernt. Doch was sollte er tun? Er war es gewohnt zu handeln. Das

Warten nagte an ihn. Plötzlich wäre er am liebsten die Treppe hinauf in die Küche gegangen, hätte sich über Siv gebeugt und sie lange und fest umarmt.

Doch Ole Tom Strøm blieb sitzen. Dann löschte er die Datei und leerte den Papierkorb auf dem Desktop.

9

Die Adresse führte sie zu einem großen Einfamilienhaus im unteren Teil des Kråkstadvei. In den Briefkästen, die an einem Ständer oben an der Straße hingen, steckten bereits mehrere Zeitungen und viel Post, und Sander fragte sich, ob die Leute, die hier wohnten, keine Angst vor Dieben hatten.

»Sie könnten auch gleich die Türen offen stehen lassen«, seufzte Lisa.

Sie ließen das Auto den Hang hinunterrollen und parkten vor einem der Garagentore unterhalb des Hauses. Als sie den Weg zur Eingangstür hinaufgingen, hörten sie einen alten Eminem-Song aus dem Garten auf der Rückseite des Hauses, und das Mädchenlachen bestätigte ihnen, dass sie richtig waren.

Der Mann, der ihnen aufmachte, war in den Vierzigern, trug Shorts und ein abgetragenes Muscleshirt mit einem Logo. Sein Körper war schlank, sehnig und verriet schon von weitem den Marathonläufer. Er hatte eine Sporttrinkflasche mit Wasser in der Hand und wirkte überrascht. Lisa zeigte ihm ihren Dienstausweis und erklärte ihm, weshalb sie gekommen waren.

»Ich wollte gerade joggen gehen, die Mädchen sind im Garten. Die Treppe hinauf, durchs Wohnzimmer und den Wintergarten. Ist das okay? Oder muss ich dabei sein?«

Es war okay und der Mann, der sich als Lena Holms Vater vorgestellt hatte, verschwand hinter ihnen, als sie die Treppe hinaufgingen. Das Wohnzimmer war aufgeräumt, roch aber verraucht. Der Wintergarten war üppig und feucht, viele der Blumen blühten. Sander erschrak, als jemand sie plötzlich von hinten ansprach.

»Die sind Mamas ganzer Stolz. Ich glaube eigentlich nicht, dass sie überhaupt blühen sollen oder es vor tausend Jahren getan haben, als sie noch wild wuchsen, aber sie bekommt sie immer wieder zum Blühen und ist verdammt stolz darauf.«

»Deine Mutter?«, sagte Lisa.

»Jepp. Sie ist auf der Arbeit. Im Einkaufszentrum. Haben Sie Papa getroffen?«

Lisa zeigte erneut ihren Dienstausweis, doch Lena Holm sah an dem Plastikviereck vorbei Sander an, der nicht wusste, wo er hingucken sollte.

»Er ist joggen gegangen«, sagte Lisa und ließ den Arm sinken.

Lena Holm trug einen Hauch von einem Bikini. Das Unterteil saß in dünnen Fäden um ihre Hüften, und Sander war klar, dass es nichts verdeckt hätte, wäre Lena nicht rasiert. Der BH war entsprechend klein, die Brüste drohten herauszuhüpfen und ein Eigenleben zu führen. Lena wusste offensichtlich genau, welche Wirkung sie hatte. Sie sah Sander unverwandt an und machte weder Miene sich zu bedecken, noch in den Garten zu gehen. Erst als Lisa sich räusperte und zum Rasen hin zeigte, lächelte sie und ging voraus. Sander schloss die Augen und schaute zu Boden. Er spürte Lisas Ellbogen in der Seite und hörte ein leises Kichern, als sie an ihm vorbeiging.

»Sie sind fünfzehn Jahre zu spät, Sander, die Party ist vorbei«, sagte sie mit fröhlicher Stimme. Sander war froh, dass sie ihn wegen seines Starrens nicht kritisierte. Relaxed war das Wort, das es traf. Sie ist ziemlich relaxed, dachte Sander und war eigentlich ganz zufrieden mit dem Beginn der Ferien.

Kelly Osbourne grölte ›Come Dig Me Out‹ aus den Lautsprechern, als sie um die Ecke bogen und auf die Veranda traten, die entlang der Sonnenwand lag. In Liegestühlen lagen zwei weitere Mädchen, die keine Anstalten machten sich zu bewegen. Auch sie trugen Bikinis, die der Fantasie kaum Spielraum ließen.

»Die Polizei«, sagte Lena. »Schon wieder.«

Sie ließ sich auf der hintersten Liege nieder, hob eine Flasche mit Sonnenmilch vom Boden auf, schraubte den Verschluss ab und sah Sander auffordernd an.

»Sind Sie so lieb und …« Sie zeigte auf ihren Rücken und die beiden anderen Mädchen kicherten. Sander sah Lisa an.

»Verdammt, Lena«, sagte Lisa. »Wir sind nicht zum Spaß hier.«

»Schade«, erwiderte Lena. »Das hätte spannend werden können.«

Sander fragte sich kurz, ob er wieder gehen, im Auto warten und die Befragung Lisa überlassen sollte. Lenas Spielchen hatten ihn gelinde gesagt aus dem Konzept gebracht, und er fühlte sich in die Zeit in Stockholm zurückversetzt, zu den jungen Mädchen, denen er versucht hatte zu helfen, als solche Spielchen zu seinem Alltag gehörten.

»Ich denke, ihr wisst, warum wir hier sind«, sagte er stattdessen. »Und ich denke, ihr versteht selber, dass die Sache zu ernst ist, um Spielchen zu spielen. Ich dachte, Tonje wäre eure Freundin, und in meiner Welt ist man für seine Freunde da.«

»Erzählen Sie mir nichts davon, für seine Freunde da zu sein«, gab Lena schnippisch zurück. Erneut fühlte Sander sich überrumpelt, diesmal von ihrem aggressiven Ton. »Wir würden alles für Tonje tun, verstehen Sie? Aber wir haben es verdammt noch mal satt, immer wieder die gleichen Fragen zu beantworten. Haben Sie jetzt vor, sie zu finden, oder nicht? Ist sie vielleicht tot?«

»Kennt ihr Playme?«

Sander wechselte die Strategie. Lisa hob die Augenbrauen und schien überrascht, dass Sander das Gespräch an sich riss. Dann blickte sie wieder zu den Mädchen, um ihre Reaktion zu beobachten. Sie sagten nichts. Marte und Aina sahen Lena an, die den Hang hinabschaute.

»Wie kommen Sie darauf?«, fragte sie.

»Spielt das eine Rolle?«, antwortete Sander. Er sah forschend zu Lisa hinüber. »Playme. Kennt ihr diesen Benutzernamen, ja oder nein? Hat Tonje den Namen benutzt?«

Lena blickte auf und setzte sich gerade hin. »Tonje hat den Namen nicht benutzt. Sie kennen doch ihren Benutzernamen, wir haben ihn Ihnen letztes Mal gesagt …«

»Aber es spricht nichts dagegen, im Internet mehrere Namen zu benutzen, sie kann mehrere Konten haben, bei Hotmail zum Beispiel. Das stimmt doch – oder?«, fuhr Sander fort.

Lena schien um die Antwort verlegen. Sie sah die beiden anderen an, die wiederum sie ansahen. Es war offensichtlich, dass sie gewöhnlich für alle sprach, wenn es darauf ankam.

»Lena, das ist wichtig«, mischte sich Lisa ein. »Du sagst, dass Tonje den Namen Playme nicht benutzt hat. Aber wie kannst du dir da so sicher sein? Hast du Playme im Internet getroffen?«

Lena seufzte, als würde sie Anlauf nehmen. »Ich habe Playme im Internet getroffen, aber ich weiß nicht, wer er ist. Oder sie. Und ich habe ihn oder sie auch nur einmal getroffen, und wir haben nur gechattet. Und ich weiß, dass es nicht Tonje gewesen ist, weil sie neben mir gesessen hat. Das war ein paar Tage, bevor sie verschwunden … oder entführt worden ist oder was sonst mit ihr passiert ist.«

»Ihr habt also nur gechattet?«, sagte Sander.

»Ja«, antwortete Lena.

»Wie habt ihr Playme das erste Mal getroffen? Du brauchst doch den Benutzernamen der Person, mit der du reden willst, nicht wahr, ungefähr so wie eine Telefonnummer? Oder der andere muss deinen haben?«

»Wir haben ihn auf einer Chatseite getroffen, wir haben mit allen geredet, und dann war da ein Typ, der auf MSN reden wollte, und ich habe ihm meine Adresse gegeben.«

»Ihm?«, sagte Sander.

»MSN?«, sagte Lisa.

»MSN ist Messenger. Ich hatte den Eindruck, dass es ein Mann war. Ich weiß nicht … es war schon ein bisschen unheimlich, okay?«

Lena schien aufrichtig zu sein und Sander stand auf. Er wollte sie nicht zu sehr bedrängen.

»Danke, Lena«, sagte er. »Das hat uns weitergeholfen und ist auch schon alles, was wir im Moment wissen wollen. Und du weißt, dass wir tun, was wir können …«

»Ich weiß …«, antwortete Lena.

Während des ganzen Gesprächs hatten Aina und Marte nicht ein einziges Wort gesagt. Jetzt standen sie auf und setzten sich neben Lena auf die Liege. Lisa folgte Sander. Keins der drei Mädchen blickte ihnen nach, als sie durch den Wintergarten hinausgingen.

Im Auto waren es mindestens fünfzig Grad. Sander spürte, dass sich unter seinen Armen Schweißflecken bildeten. Lisa ließ den Motor an und drehte die Klimaanlage voll auf. Es roch nach warmem Plastik, Polsterbezügen und Deodorant. In den ersten Minuten sagte keiner etwas, sie schwiegen und atmeten, als bräuchten sie alle Energie, um den Sauerstoff aus der überhitzten Luft zu ziehen.

»Mir kommt das alles so undurchdringlich vor.«

Lisa brach das Schweigen als Erste. Sie versuchte, den T-Shirtstoff vom Körper fortzuziehen und Luft in den engen Zwischenraum zu lassen, indem sie mit den Fingerspitzen daran zog, was ihr nur teilweise gelang. Sander erging es da besser. Er hatte unter dem leichten Hemd nichts an und spürte, wie die kalte Luft aus den Düsen des Armaturenbretts ihn sanft kühlte.

»Ich meine ... Wenn wir Glück haben, bekommen wir eine dünne Schicht abgeklopft. Aber darunter ist nur wieder eine Schicht, genauso kompakt und undurchdringlich wie die erste. Und ohne den Rest ist die dünne Schicht wertlos.«

Sie sah Sander an. »Bin ich die Einzige, die das Gefühl hat, dass sie uns etwas verschweigen?«

»Nein«, antwortete er. »Irgendetwas verschweigen sie uns und ich verstehe nicht warum, denn der Fall ist so ernst und sie sind sich durchaus darüber im Klaren, dass Tonje möglicherweise irgendwo gefangengehalten wird. Wenn es etwas gibt, das sie sich nicht zu sagen trauen, müssen sie höllische Angst oder etwas Wichtiges zu verbergen haben. Andererseits ...«

»Ja?«

»Vielleicht bilden wir uns das alles auch nur ein. Wärst du, entschuldige, dass ich einfach du sage, nicht auch etwas von der Rolle, wenn dein bester Freund verschwunden wäre? Entführt. Würdest du dich nicht auch etwas merkwürdig verhalten? Heißt es nicht irgendwo, dass jeder etwas zu verbergen hat? Jeder hat vor etwas Angst, wenn jemand anfängt, nach der Wahrheit zu suchen. Wie du das jetzt tust. Du weißt ja nicht, in was da noch herumgestochert wird.«

»Das mit dem du ist okay. Sprichst du aus Erfahrung?«, sagte Lisa.

»Es ist mein Job, so viel Mist auszugraben wie möglich, erst dann kann ich wirklich aufräumen. Aber es stimmt, oft taucht sehr viel mehr auf, als man erwartet, wenn man erst eine Barriere durchbricht. Oder jemand sich entschließt zu reden, die meisten brauchen trotz allem einen Menschen, der ihnen zuhört.«

Sander schwieg. Er spürte, dass er Lust auf Urlaub hatte, aber die Neugier überwog noch immer.

»Was jetzt?«, fragte er.

»Ich glaube nicht, dass wir uns das nur einbilden. Sie sind nicht nur von der Rolle, sie verschweigen etwas. Ich verstehe nur nicht warum. Hoffentlich wissen wir mehr, wenn wir uns Ole Tom Strøms Notebook angesehen haben, vorausgesetzt, wir schaffen es, uns in das Konto von Playme einzuhacken. Was Lena erzählt hat, spricht jedenfalls nicht gegen die Möglichkeit, dass dieser Computer eine Rolle in dem Fall spielt, aber wir brauchen mehr. Immerhin verdächtigen wir ihn, etwas mit dem Verschwinden der eigenen Tochter zu tun zu haben. Und wir möchten, dass du uns noch ein wenig hilfst.«

»Wir? Wer ist wir?«, fragte Sander.

»Ich habe mit William gesprochen, bevor ich dich heute Morgen abgeholt habe. Du hast recht, dass wir trotz der Bilder nicht so viel haben, dem wir nachgehen können. Und wir wollen keinen formellen Antrag auf einen Polizeipsychologen stellen. Wir haben nichts, worauf man ein psychologisches Profil aufbauen könnte. Aber William fragt sich, ob du nicht ein bisschen Recherche für uns betreiben könntest, ganz inoffiziell. Internetpornografie, Pädophilie, Übergriffe … gib uns eine Einführung mit deinem Fachwissen als Ausgangspunkt. Was für Menschen sind das, was glauben sie, was kennzeichnet sie, was haben sie gemeinsam, was unterscheidet sie? Ich denke, du weißt, was ich meine.«

»Bin ich angestellt?«

Lisa lachte plötzlich. »Bist du auf einen Job aus, Sander?«

»Nein. Ich habe einen Job. Ich bin vor allem auf Urlaub aus.«

»Natürlich. Aber wie gesagt, William fragt dich. Ich bin nur der Bote.«

Sander seufzte. Flugtickets rückten in weite Ferne. Doch wieder war da diese Neugier. Das Gefühl, dass mitten in der Stille des Sommers etwas passierte. An der Haltestelle, während er wartete und nichts anderes zu tun hatte.

»Okay, ich werde ein paar Nachforschungen anstellen. Und vielleicht ist es gar nicht …«

Er zögerte. War sich nicht sicher, wie viel er sagen sollte. »Und vielleicht ist es gar nicht so dumm, dass ich heute Nachmittag nach London muss. Ich werde sehen, was ich herausbekomme.«

»Danke«, sagte Lisa. »Wir wissen das zu schätzen.«

»Braucht ihr einen offiziellen Bericht? Und eine Rechnung?«

»Ähh, wenn wir das weiter diskret handhaben könnten«, sagte sie. Ihr schien nicht wohl dabei zu sein, ihn um etwas zu bitten, ohne selber etwas anbieten zu können. »Im Moment möchten wir, dass nichts in die Zeitungen kommt, du verstehst. Dass wir dich auf diese Weise fragen, wirkt vielleicht etwas verzweifelt und …«

»Vielleicht?«, sagte Sander.

»Okay, ich weiß, was du meinst. Und ich weiß, dass du verstehst, was ich meine.«

Sander hörte auf sich zu zieren. Er wollte helfen und rettete Lisa aus der Verlegenheit. »Sicher. Kein Problem, das bleibt unter uns.«

»Ausgezeichnet«, sagte Lisa. »Kann ich dich irgendwo hinbringen?«

10

Sie war in Sicherheit. Er wollte, dass sie verstand, dass sie bei ihm in Sicherheit war. Gleichzeitig war er so erschöpft, dass er es kaum schaffte, die Kamera hochzuheben. Er wollte so gerne spielen, verharmlosen, ihr zeigen, dass er ihr nichts Böses wollte. Alles, was von ihr kam, waren scheinbar resignierte Blicke, keine Antwort, nichts, obwohl er bereit war, ihr alles zu geben. Wenn sie nur begriff, dass sie sich auf ihn verlassen konnte.

Es eilte nicht. Sie aß, war tagsüber wach, saß meistens auf der Fensterbank und tat, worum er sie bat. Vor einigen Tagen hatte er nicht mehr widerstehen können. Zwei Bilder konnten nicht gefährlich sein. Er wusste, dass es falsch war, aber er musste sie haben. Es bedeutete ihm so viel und von Tonje ging keine Gefahr aus. Er hatte sie nur leihweise, nur für kurze Zeit.

Er erhielt täglich Mails, kurze Bescheide, praktische Dinge, Fragen, wie es ihr ging. Er antwortete geduldig, während er sich in seinem Innersten ärgerte. Sie mussten ihm vertrauen. Das war einfach so. Sie wussten, dass er tat, was man von ihm verlangte. So ist das mit der Loyalität. Das sollten sie eigentlich wissen.

Er wollte weiter Bilder machen. Das war sein gutes Recht, er trug das ganze Risiko. Das hatte er verdient, ganz gleich, was die anderen sagten. Doch wenn er sie bat aufzustehen, sich mitten in den Raum zu stellen, blieb sie einfach sitzen. In diesen Momenten sah er ihn, den Blick, die Glut, die nicht verschwand und die ihm sagte, dass sie nicht aufgegeben hatte.

Er betrat den Raum. Seine Hände hingen herab, in der einen hielt er die Kamera.

»Steh auf.«

Keine Reaktion.

»Tonje.«

Er hörte, dass seine Stimme schärfer klang, als er beabsichtigt hatte, spürte die Wut, die sich langsam aufbaute. Sie trotzte ihm. Nach so langer Zeit müsste sie es eigentlich besser wissen. Stattdessen wendete sie sich noch weiter ab, kehrte ihm den Rücken zu und starrte aus dem Fenster, auf die Erde zwei Stockwerke tiefer.

Wut löste die Verzweiflung ab, Macht die Ohnmacht. Sie wusste, und er wusste, dass sie es wusste: sie hatte keine Wahl. Sachte näherte er sich ihr von hinten, legte die Kamera auf den Tisch an der Wand und ging fast ganz bis zu ihr. Er atmete schneller, spürte ihren Geruch, und als sie sich aufrichtete, um sich zu ihm umzudrehen, griff er nach ihrem Nacken und stoppte die Bewegung. Sie musste. Inzwischen müsste sie wissen, dass er ihre einzige Hoffnung war. Das wollte er. Dass sie das verstand, bei ihm war sie in Sicherheit.

11

Der sommerliche Großputz hatte begonnen und es roch antiseptisch. In einigen Wochen würde es muffig riechen, nach vielen Tagen ohne frische Luft. Wenn Ende August die Schüler eintrafen, würden die Klassenräume, erstickt im Gestank von Bohnerwachs und Putzmitteln, nach Sauerstoff lechzen. Sander erinnerte sich daran aus seiner eigenen Schulzeit. Er liebte den Geruch heute noch eben so sehr wie damals.

Sein Schreibtisch sah aus, als hätte jemand den Papierkorb auf die Tischplatte ausgeleert. Eigentlich hatte er vorgehabt, erst kurz vor Schulbeginn aufzuräumen. Jetzt saß er auf dem alten Bürostuhl, den er von seinem Vorgänger geerbt hatte, und fragte sich, ob er nicht doch jetzt damit anfangen sollte.

Es gab ein Fenster, eine Topfpflanze und eine Kaffeemaschine, die schon vor einem Jahr hätte entkalkt werden müssen. Im Vergleich zur Krankenschwester, in deren Zimmer es weder ein Fenster noch eine Topfpflanze gab, hatte er Glück. Wenn er überlegte, was er hätte haben können, ein Eckbüro, eine Assistentin, ein eigenes Budget, sah die Sache schon anders aus. Aber das war nicht wichtig. Er hatte einen Entschluss gefasst und würde dazu stehen.

Sander ließ die Augen über das Bücherregal wandern. Sexuelle Übergriffe, Internet, Jugendliche, sogar kleinere Kinder, Pädophilenringe, er hatte im Grunde keine Ahnung, wo er anfangen sollte.

Außerdem ging es in seinen Büchern um andere Dinge. Das alles waren Themen, mit denen er sich nur am Rande beschäftigt hatte.

Der Gedanke war zunächst abstoßend, dann absurd, und er verstand nicht, warum er ihn Lisa gegenüber beinahe erwähnt hätte, als sie im Auto saßen. Doch je mehr er darüber nachdachte, desto vernünftiger wurde er. Warum über den Bach gehen, um Wasser zu holen? Er lehnte sich in seinem Stuhl zurück, während er sich davon zu überzeugen suchte, dass es ein Fehler war. Aber es wollte ihm nicht gelingen. Er öffnete Outlook, rief die Adressliste auf und gab den Namen ein. Er konnte sich nicht erinnern, den Eintrag gelöscht zu haben, und täuschte sich nicht. »Göran Bard. Prof. LSE.«

Da standen Telefonnummer und E-Mail-Adresse. Er hatte beides beim Empfang der letzten Nachricht gespeichert, ohne wirklich zu wissen warum. Jetzt brauchte er sie vielleicht. Er nahm den Hörer ab, zögerte, wählte zweimal die Null, die Vorwahl von England, dann die restlichen Ziffern. Und wartete.

Die Stimme am anderen Ende war dunkel und antwortete in akzentfreiem Englisch.

»Bard. How may I help you?«

Sander schwieg zunächst. Dann meldete er sich mit »Sander«.

»Sander? Verdammt, das ist aber eine Überraschung. Du hast doch noch nie bei mir angerufen?«

Dann verstummte Bard plötzlich, wartete, dass Sander fortfuhr.

»Ist etwas passiert? Mit Elin?«, fragte Bard, als Sander weiterhin schwieg.

»Nein«, sagte Sander. »Es geht nicht um Elin. Du kennst unsere Abmachung. Ich muss mit dir über etwas anderes reden. Fachlich. Über Dinge, von denen du mehr verstehst als ich.«

»Fachlich? Mein Fach betreffend?«, fragte Bard.

»Ja.«

»Warum?«

»Ich könnte es dir jetzt erklären, aber ich möchte dich treffen, nur für ein paar Stunden. Es ist wichtig.«

Sander hörte Bard in ein paar Unterlagen blättern, als würde er nach etwas suchen.

»Natürlich«, sagte er. »Morgen?«

»Das wäre mir am liebsten«, sagte Sander. Ihm fiel plötzlich ein, dass es in den Sommerferien schwieriger war, Flugtickets zu bekommen, und er sie besser längst bestellt hätte.

»Okay, morgen um zehn. Allein, ich lege keinen Wert auf Gesellschaft. Weißt du, wo Clabon Mews liegt?«

»In Knightsbridge?«, fragte Sander.

»Ja. Eine kleine Straße mit kleinen Häusern. Ich wohne ganz am Ende, habe mein Büro im Haus, in der ersten Etage. Der Name steht an der Klingel. Um zehn.«

»Okay. Danke.«

»Wir sehen uns.«

Bard legte auf. Sander merkte, dass er zitterte, und war irritiert, dass er sich nicht besser im Griff hatte. Vielleicht war noch nicht genug Zeit vergangen.

Alle Flüge nach Heathrow waren ausgebucht, und er ärgerte sich, dass er nicht schon vor langer Zeit Tickets bestellt hatte. Doch dann ergatterte er bei Norwegian einen der letzten Plätze von Oslo nach Stansted. Besser als nichts. Die Hotelreservierung ging problemlos via Internet und Sander wollte gerade nach Hause fahren, um seine Tasche zu packen, als er merkte, dass jemand hinter ihm stand.

»Konrektor Kant? Wie können Sie sich nur so anschleichen!«

Sander hörte, dass sein Lachen wenig überzeugend klang. In Wahrheit hatte er Todesangst bekommen, bis ihm klar geworden war, wer hinter ihm stand.

»Tut mir leid, es war nicht meine Absicht, Sie zu erschrecken. Sie sehen beschäftigt aus?«

»Nein, nicht wirklich. Ich muss nur meinen Flieger erreichen, aber erst in einer Stunde. Allerdings will ich vorher noch einmal nach Hause.«

»Urlaub?«, fragte Kant.

»Nur ein Kurzbesuch bei Freunden. In London. Ein Abendessen, das ich zugesagt habe. – Sie sehen blass aus, Kant, geht es Ihnen nicht gut?«

Sander wusste, dass es Kant nicht gut ging. Er hatte in den letzten Monaten mehrere Gespräche mit ihm geführt. Eine normale, leichte Depression war die wahrscheinlichste Diagnose. Er hatte gehofft, dass die Gespräche ausreichen würden, um dem Konrektor über das Loch, in das er gefallen war, hinwegzuhelfen.

»Schlafen Sie schlecht?«, fragte Sander und zeigte auf den Stuhl vor dem Schreibtisch. Kant setzte sich.

»Ja. Ich wache dauernd auf und kann nicht wieder einschlafen.«

»Hört sich stressig an. Warum wachen Sie auf?«, fragte Sander.

»Ich weiß es nicht. Oder ... ich weiß es, erinnere mich aber nicht. Ich erinnere mich nicht an die Träume, die mich wecken, und wenn ich erst einmal wach bin, kann ich nicht wieder einschlafen, weil ich mich frage, was mich geweckt hat.«

»Sie erinnern sich an nichts?«, fragte Sander.

»An nichts«, antwortete Kant.

Sander räusperte sich. Er war sich nicht sicher, was er tun sollte. Das Letzte, wozu er jetzt Zeit hatte, war ein langes Gespräch mit Kant.

»Gegen Ihre Schlafstörungen lässt sich was machen. Ich werde einen Freund bitten, Ihnen ein Rezept für Schlaftabletten auszustellen und es an die Apotheke zu faxen. Okay? Sie können die Tabletten morgen abholen. Außerdem halte ich es für das Beste, ich überweise Sie an jemanden, der Ihnen helfen kann, wieder auf die Beine zu kommen. Ich glaube nicht, dass Sie eine ernsthafte Depression haben. Ich denke eher, Sie brauchen ein wenig Orientierungshilfe. Ab und zu kann es hilfreich sein, mit einem Außenstehenden zu reden, einem Menschen, mit dem Sie nichts verbindet. Klingt das für Sie nach einer Lösung?«

»Danke«, sagte Kant. »Das ist sehr nett von Ihnen. Sie wissen, ich will Ihnen nicht zur Last fallen, es ist nur …. wenn ich nicht schlafen kann, bekomme ich auch sonst nichts auf die Reihe.«

»No problem.«

Sander beugte sich über den Tisch und gab Kant die Hand, wie um das Gespräch abzuschließen. Kant begriff und stand auf.

»Dann gute Reise«, sagte er und lächelte angespannt.

»Danke«, sagte Sander. Das schlechte Gewissen regte sich bereits.

12

Lena war zeitig von zu Hause losgegangen, um sich bei dem warmen Wetter nicht beeilen zu müssen. Das Thermometer zeigte fast fünfundzwanzig Grad und der Himmel war noch so wolkenlos wie am Vormittag, als sie auf der Terrasse abgehangen hatten.

Sie hatten Respekt vor ihr. Sie war ein oder zwei Jahre älter als die meisten von ihnen und blieb in der Regel für sich. Und sie war die Beste. Im Wasser war sie unschlagbar, ungeachtet der Distanz, ungeachtet des Stils. Und in der Umkleide war sie die Prinzessin. Sie hatte die größten Brüste, rundere Formen, glattere Beine und einen Streifen zwischen den Beinen, von dem sie wusste, dass die anderen heimlich darauf guckten. Die Jüngsten hatten wahrscheinlich noch nie einen Rasierer in der Hand gehabt. Die Älteren trauten sich nicht.

Es war die Macht, die sie faszinierte. Sie wusste noch genau, wie es war, als ihr zum ersten Mal klar geworden war, dass einer der

Jungen sie ansah, wie sein Blick an ihrem Körper geklebt hatte, egal, wo sie sich im Klassenzimmer befand. Als sie mit der Zeit erkannte, wie die Dinge lagen, lernte sie die Möglichkeiten auszunutzen, die sich damit eröffneten. Zunächst bei den anderen Jungen, dann bei den Lehrern und später, ohne dass sie weiter darüber nachdachte, bei den meisten Männern, denen sie begegnete.

»Ist das nicht noch ein bisschen früh?«, hatte ihr Vater eines Abends gefragt, als er sie im Badezimmer mit Rasierschaum und seinem Rasierer in der Badewanne überrascht hatte. Sie hatte auf die Tür gezeigt und ihn gebeten zu gehen. Am Tag darauf hatte ein neues Venus Divine-Set auf dem Waschbecken gelegen.

Sie stand nackt in der Umkleidekabine und suchte nach dem Badeanzug, der zuunterst in der Tasche gelandet war. Er roch nach Chlor, und sie bereute, dass sie ihn tagsüber nicht in die Sonne gehängt hatte. Jetzt war er noch feucht, und etwas in ihr sträubte sich, das elastische Teil anzuziehen.

Die anderen Mädchen hatten sich bereits umgezogen und waren in die Schwimmhalle gegangen. Sie hörte es platschen, wenn ein schlanker Körper nach dem anderen im Bassin verschwand, hörte die Rufe vom einen Ende des Beckens zum anderen und die Pfeife, die signalisierte, dass es bis zum Start nur noch wenige Minuten waren.

Jemand beobachtete sie. Das Gefühl, dass noch jemand im Raum war, ließ sie sich abrupt der Tür zuwenden. Aber da war niemand. Sie drehte sich langsam zurück und suchte weiter nach ihrer Schwimmbrille. Ihre Hand wühlte zwischen Feuchtigkeitscreme, Handtuch und Schminktäschchen herum, und als sie das Gummiband zwischen den Fingern spürte, sah sie ihn.

Vor der Tür, die zur Halle führte, war eine Trennwand, die Einblicke verhindern sollte, wenn die Tür auf- und zuging. Doch wer hereinkam, sah direkt in einen Spiegel, und der Spiegel zeigte so deutlich, wer im Umkleideraum war, als wäre die Trennwand gar nicht vorhanden. Sie hatten den Pförtner schon mehrfach gebeten, das in Ordnung zu bringen, aber immer hatte es etwas gegeben, das eiliger war. Es verging kaum eine Woche, ohne dass einer der Jungen dabei erwischt wurde, wie er heimlich durch die Türöffnung zum Spiegel und den Spiegelbildern linste, die sich über die quadratische Fläche bewegten.

Es war das Geräusch, das sie aufschauen ließ. Und als ihr Blick auf den Spiegel an der Wand fiel, sah sie den Rücken eines Mannes, der sich zur Tür hinausschlich. Er musste gesehen haben, dass sie ihn im nächsten Moment entdecken würde. Jetzt sah sie nur einen ausrasierten Nacken und einen Rücken in einer Trainingsjacke, der sich nach draußen bewegte. COACH stand in Großbuchstaben quer auf der Jacke und Lena hätte sie auf hundert Meter Abstand erkannt. Es gab nur einen ›Coach‹ für die Schwimmgruppe des Sportvereins von Ski, und das war Ole Tom Strøm.

Er hatte es bis auf die andere Seite der Halle geschafft, als sie herauskam. Er stand mit der Trillerpfeife im Mund am Beckenrand, als hätte er in den letzten zehn Minuten nichts anderes getan. Als er sie sah, lächelte er, grüßte und tat, als wäre nichts gewesen.

Sie hätte sauer werden, ihm eine Szene machen, ihn anschreien können. Sie hätte das schon vor langer Zeit tun können, als sie ihn das erste Mal hinter der Trennwand bemerkt hatte. Aber sie ließ es. Sie beherrschte das Spiel und wusste, dass ihr Lächeln, ihre Selbstsicherheit und ihr herausfordernder Blick ihn verunsicherten. Er wusste nicht, woran er mit ihr war oder was sie gesehen hatte, aber er achtete darauf, dass sie nie einen Grund zur Klage hatte. Das beste Zimmer im Trainingslager, eine gesponserte Ausrüstung, Stunden bei einem Spezialtrainer. Lena bekam alles. Sie war die Beste.

Jetzt ging sie auf ihn zu und bezog einen halben Meter entfernt

Stellung. Sie tat, als wäre sie mit Bademütze und Schwimmbrille beschäftigt, und merkte, dass er nicht wusste, was er sagen sollte.

»Hast du wirklich die Kraft, das Training weiter zu leiten?«, fragte sie. »Trotz Tonje und allem?«

Er senkte den Blick und sein Körper schien leicht in sich zusammenzusacken. Zuerst suchte er nach Worten und sah weg. Dann seufzte er und sah Lena direkt an. »Ich habe nicht die Kraft, nicht hier zu sein. Zu Hause zu sitzen ist furchtbar, nichts zu wissen, nur zu warten. Die paar Stunden hier lassen mich wenigstens an etwas anderes denken.«

»Das muss furchtbar sein«, sagte Lena. »Nichts zu wissen, meine ich. Wenn wir wenigstens etwas tun könnten ... Marte und Aina ... das ist alles so hoffnungslos.«

»Wir müssen der Polizei vertrauen, Lena. Die wissen schon, was sie tun.«

»Dann hätten sie Tonje längst gefunden. Irgendwo muss sie doch sein.«

Lena hatte die Stimme erhoben, sie war aufrichtig verzweifelt.

»Versuch an etwas anderes zu denken, Lena«, sagte Ole Tom Strøm und sah aus, als versuche er es auch. Er hatte ihr die Hand auf die Schulter gelegt und drückte sie leicht. »Denk an etwas anderes. Und beeil dich. Wir müssen anfangen.«

Lena ging langsam zum Beckenrand und spürte seine Hand von ihr abgleiten. Sie schauderte. Sie mochte es nicht, wenn jemand sie anfasste. Und der schon gar nicht.

Sie blieb lange unter Wasser, bevor sie auftauchte, um Luft zu holen. Dann schloss sie sich den anderen an, die sich schon fast zehn Minuten aufgewärmt hatten, schwamm Bahnen und spürte die Muskeln arbeiten. Bald würde sie sich konzentrieren müssen, erschöpft sein, und am Ende würde der Gedankenstrom versiegen und sie alle Energie darauf verwenden, Bewegungen, Atmung und

Wenden zu koordinieren. An diesen Punkt wollte sie kommen, an den Punkt, an dem die Bilder von Tonje, die Gedanken und Ole Tom Strøms Hand auf ihrer Schulter nicht mehr existierten.

Gegen halb neun war die schlimmste Hitze vorüber und Lena Holm genoss die laue Abendluft auf dem Weg den Skolevei hinunter Richtung Zentrum. Ihr Haar war nach dem Duschen noch feucht. Sie war wie üblich die Letzte. Die anderen gingen zusammen, zu zweit oder zu mehreren in einer Gruppe, direkt nach Hause zu den Eltern, die an der Tür auf sie warteten. Lena machte, was sie wollte.

Im Idrettsvei bog sie links ab, zum Gymnasium hinauf, statt den kürzesten Weg Richtung Einkaufszentrum zu nehmen. Auf dem Weg den Hang hinauf traf sie andere Jugendliche, die vom Training in der alten Sporthalle kamen. Auf der anderen Straßenseite stand eine Gruppe von Eltern, die den Abend genutzt hatten, um ehrenamtlich an einer neuen Halle zu bauen.

Am Ende des Gymnasiumsvei überquerte sie den Parkplatz und ging auf das kleine Wäldchen zu, das an das Schulareal grenzte. Ein Pfad führte geradewegs hindurch, zum Åsenvei auf der anderen Seite. Nach hundert Metern wurde das Licht allmählich schwächer und die Vegetation üppiger. Als Lena stehen blieb, waren die Laute der Stadt kaum noch zu hören, die Nadelbäume um sie herum schufen die Illusion eines geschlossenen Raumes, eines Ortes, von dem man unmöglich fliehen konnte. Fünfzehn Meter weiter unten, links vom Pfad, im Schatten eines Stammes, stand jemand, ohne sich zu bewegen, und starrte auf einen Punkt direkt hinter Lena.

Zunächst tat sie nichts, überließ es ihm, die Initiative zu ergreifen. Sie wollte den Pfad nicht verlassen. Als er sich nicht rührte, fragte sich Lena kurz, ob man im Stehen schlafen konnte. Dann ging sie die letzten Meter bis zu der Stelle, an der er stand.

»Hej.«

Er war vielleicht fünfundzwanzig. Sein Blick wanderte von dem Punkt hinter ihr zu dem Hügel vor ihnen, aber er sagte nichts. Sie hörte seinen Atem.

»Hast du es?«, sagte Lena und versuchte seinen Blick einzufangen. »Ich habe nur wenig Zeit.«

Er hob den Kopf, atmete ein und nahm eine Hand aus der Tasche. Sie war leer.

»Ich will nicht mehr«, sagte er. »Es ist genug.«

»Genug? Vor ein paar Monaten konntest du gar nicht genug bekommen. Und jetzt willst du nicht mehr?« Lena lächelte höhnisch und streckte die Hand nach dem Schritt des Jungen aus. Er zog sich zurück, wurde jedoch vom Stamm aufgehalten.

»Ich glaube, du weißt nicht, wie das läuft«, sagte sie und verringerte den Abstand zwischen ihnen, sodass sie ihm fast von Angesicht zu Angesicht gegenüberstand. »Ich bestimme, wann es genug ist, nicht du.«

Sie spürte das Adrenalin durch ihren Körper strömen und ihr Herz rasen. Er hatte Angst vor ihr. Sie genoss das. »Aber du kannst natürlich versuchen aufzuhören. Du kennst die Konsequenzen, die Wahl liegt bei dir.«

Der Junge atmete schwer, stand gegen den Stamm gepresst, fühlte sich unsicher und unwohl. Dann zog er die andere Hand aus der Tasche, wischte sich umständlich mit dem Handrücken den Schweiß von der Stirn und warf einen Umschlag vor Lena auf die Erde. »Verdammte Fotze. Das wirst du noch bereuen.«

Er sprach lauter, drehte sich um und trat ein paar Schritte zurück, während er seine Drohung wiederholte. »Nutte. Wenn du noch einmal anrufst …«

Er drehte sich um und lief zurück Richtung Schule. Lena lächelte, hob den Umschlag auf und sah ihn aus dem Wäldchen verschwinden.

Er hatte den Umschlag zugeklebt, und Lena öffnete die Leimstelle mit den Nägeln. Ganz unten in der Ecke steckte, wonach Lena suchte. Sie nahm die fünf Hundertkronenscheine und die Geldkarte heraus, steckte sie in ihre eigene Brieftasche und warf den Umschlag auf die Erde. Dann ging sie zum Pfad zurück und weiter Richtung Åsenvei.

Lena hatte rote Flecken auf den Wangen und spürte ihre Halsschlagader unter der Haut. Sie wusste, dass er nichts unternehmen würde. Er hatte zu viel Angst, riskierte zu viel. Er tat, was sie sagte.

13

Vom Fenster seiner Suite im *Pont Street Hotel* sah er direkt auf Göran Bards Eingangstür. Clabon Mews war eine Sackgasse, die ein langes Z mit Zufahrt vom Cardogan Square bildete. Sie lag mitten in Knightsbridge, wo sich einige der teuersten Wohnungen Londons befanden.

In dem Flieger am Vortag hatte er sich in den mittleren Sitz einer Dreierreihe gequetscht und zwei Sprachstudentinnen zugelächelt, die beide nervös in ihre Englisch-Wörterbücher geschaut hatten. Er hatte einen Augenblick überlegt, ob er Lisa hätte erzählen sollen, mit wem er sich traf, aber er hätte ihr ohnehin nur gesagt, dass Bard und er in Stockholm so etwas wie Kollegen gewesen waren. Und wenn Bard ihm die Informationen geben konnte, auf die er hoffte, würde Lisa wahrscheinlich mehr mit ihnen beschäftigt sein als damit, in Sanders Vergangenheit zu wühlen. Manche Hunde lässt man am besten begraben, dachte er, und falls er einen Fehler gemacht hatte, war er bestimmt nicht größer als der, den er bereits vor einem Jahr begangen hatte. Jetzt war es ohnehin zu spät.

Als er dem Mädchen zugelächelt hatte, das rechts von ihm saß, war sie rot geworden. Sander sandte ein stilles Dankgebet an die höheren Mächte, dass seine Teenagerzeit schon lange zurücklag, lehnte den Kopf nach hinten und schlief seltsamerweise ein, noch ehe das Flugzeug in der Luft war.

Er hatte sich in Stansted in den Zug gesetzt, von Victoria Station aus ein Taxi genommen, im Hotel eingecheckt, geduscht, sich umgezogen und mit den anderen getroffen.

Auf dem Weg den Beauchamp Place hoch, von teuren Boutiquen flankiert, die von noch teureren Restaurants abgelöst wurden, hatte er Autos für mehr als fünfzehn Millionen Kronen gesehen. Jaguar, Bentley und Rolls Royce, mit Fahrern am Steuer und Männern in Anzügen auf dem Rücksitz, die auf dem Heimweg von der Arbeit waren. Professor für Kriminologie und Psychologe zu sein, scheint überaus lohnenwert, dachte Sander und nahm sich fest vor, Bard zu fragen, wo all das Geld herkam. Wahrscheinlich würde die Antwort »aus Buchverkäufen« lauten. Sander wusste, dass Bard nicht nur einer der gefragtesten Referenten war, wenn es um sexuelle Übergriffe auf Minderjährige ging, sondern dass seine Bücher zum Pensum unzähliger Universitäten in aller Welt gehörten. Tausende von Studiendarlehen hatten wahrscheinlich die drei Etagen des alten Hauses finanziert, das Sander von seinem Hotelzimmer aus sehen konnte und das früher einmal ein Stall gewesen war.

Am 28. Mai 1996 war die zwölf Jahre alte Sabine Dardenne auf dem Weg zur Schule. Bevor sie dort ankam, wurde sie von Marc Dutroux und einem Mithelfer angehalten, vom Fahrrad gezerrt, in eine Metallkiste gesteckt und zu dem Haus gebracht, in dem Dutroux im Keller eine kleine Zelle eingebaut hatte. Der kleine Raum blieb allen verborgen, auch der Polizei, die, Wochen bevor sie Sabine tatsächlich fand, auf der Suche nach anderen Mädchen das gesamte

Haus durchforstet hatte. Man hatte Sabine achtzig Tage gefangengehalten, sexuell missbraucht und als Sklavin im Haus ausgenutzt. Vier andere Mädchen hatten weniger Glück gehabt, falls ein solcher Ausdruck hier überhaupt angebracht war. Sie waren verhungert und im Garten begraben worden.

Sabine war überzeugt gewesen, dass Dutroux ihre einzige Chance und der Mann war, der sie vor Leuten beschützen konnte, die ihr noch Übleres wollten. Trotzdem hatte sie nie die Hoffnung aufgegeben, wieder nach Hause zu kommen. Und als sie als Zwanzigjährige Dutroux im Gerichtssaal gegenüberstand und eine Art Rache nahm, indem sie eine Antwort auf die Frage forderte, warum er sie nicht getötet hatte, konnte er ihr nicht in die Augen sehen, sondern blickte zu Boden und sagte »Ich weiß es nicht«.

Sander schauderte. An Sabine Dardenne hatte er als Erstes denken müssen, als man an seine Tür geklopft hatte, um ihm zu erzählen, dass Tonje Kvamme verschwunden war, und er wusste, wenn er mit irgendetwas Brauchbarem zu Lisa und William zurückkommen wollte, musste er ihnen einen Hinweis darauf geben, wo sie suchen und wen sie sich genauer ansehen sollten, wie ein möglicher Täter dachte und gestrickt war und was er Tonje antun konnte.

Es waren noch fast zwei Stunden, bis er sich mit dem Professor treffen wollte. Sander hatte ein Handtuch um die Hüften geschlungen, während Wassertropfen kleine Flecken auf dem Boden um ihn herum bildeten und die Vorhänge noch immer den größten Teil des Morgenlichts fernhielten.

Nachdem er das zweite Mal geklingelt hatte, hörte Sander, dass sich in der oberen Etage etwas regte. Kurz darauf kam jemand langsam die Treppe herunter. Als Göran Bard die Tür öffnete und überaus herzlich lächelte, verstand er auch, woher das klickende Geräusch, das die Schritte begleitet hatte, gekommen war; in der Hand hielt

Bard einen schwarz lackierten Stock mit einem silbernen Griff und Sander erinnerte sich plötzlich an das Hinken und die Medikamente, die der Professor immer eingenommen hatte, um seine Schmerzen zu betäuben.

Sie gaben sich die Hand und Bard öffnete die Tür ganz, um Sander eintreten zu lassen. Das Stockwerk lag im Zwielicht, als wären die Fenster von innen verblendet. Sander ging automatisch Richtung Treppe, und das Licht aus der oberen Etage strömte ihm entgegen. Bard folgte ihm.

»Das war wirklich eine Überraschung, Sander. Ich habe geglaubt … nun ja, ich weiß ja, worauf wir uns geeinigt haben, und dass du plötzlich anrufst und am Tag darauf vor der Tür stehst …«

»In der Not frisst der Teufel Fliegen. So einfach ist das. Ich hätte diese Reise nicht gemacht, wenn es nicht wichtig wäre. Und du weißt genau, woran du bei mir bist. Das ist kein Freundschaftsbesuch.«

»Natürlich nicht, Sander, und das ist vollkommen in Ordnung. Es ist immer gut zu wissen, wo der andere steht, nicht wahr. Ich rechne nicht damit, dass du mir Ärger machst, und umgekehrt gilt das Gleiche.«

Sie hatten das Ende der Treppe erreicht und kamen in einen Raum, der die gesamte Länge und Breite des Hauses einnahm. Das grelle Sommerlicht blendete und Sander sah flüchtig einen großen Schreibtisch mit einem riesigen Flachbildschirm, einen auf dem Boden stehenden Computer, eine Sitzgruppe und einen Konferenztisch. Die Wände waren voller Bücher und jede freie Fläche im Raum unter Stapeln von Papier und Büchern begraben.

»Ich verbringe so viel Zeit zu Hause, dass ich diese Etage zu einem Büro ausgebaut habe. Unten sind Küche, Esszimmer und ein Trainingsraum. Oben gibt es ein Schlafzimmer, ein Gästezimmer und ein Bad. Etwas groß für eine Person, aber die Lage, die Straße, die Restaurants … du kennst das von früher?«

»Die Gegend kenne ich gut«, sagte Sander. »Ich wohne in der Regel hier oder in Cumberland, wenn ich in London bin.«

»In Cumberland? Das hat Klasse, ich hätte nicht gedacht, dass ein Schulpsychologe … ich vergesse immer wieder, dass du einen Haufen Geld hast«, sagte Bard und lächelte. »Papas Geld, nicht wahr?«

»Es ist bestimmt auch nicht gratis, hier zu wohnen«, konterte Sander und bereute es sofort. Er wollte wegen Geld keine Missstimmung aufkommen lassen, es gab schon genug anderes, worüber sie sich in die Haare geraten konnten. Doch Bard nahm ihm seine Bemerkung nicht übel. Im Gegenteil.

»Knightsbridge bekommt man nicht umsonst, nein. Und es vergeht kaum eine Woche, ohne dass jemand anruft und fragt, ob ich vorhabe zu verkaufen. Aber ich brauche kein Geld. Tantiemen sind eine großartige Erfindung. Hast du erst einmal mit einem Buch Erfolg gehabt, ist das wie eine offene Tür. Und zu der strömt das Geld herein, mein Geld. Dieses Gefühl, Sander, ist fantastisch.«

Vielleicht war Bard doch ein wenig beleidigt.

»Können wir uns setzen?«, sagte Sander und zeigte auf den großen Tisch mit den hohen Arne-Jacobsen-Stühlen. Der kleine Empfangsbereich war wahrscheinlich auch von einem Namen entworfen, den Sander hätte wissen müssen.

»Setzen wir uns an den Tisch. Wenn es um Fachliches geht, ist es hilfreich zu zeichnen, um etwas zu erklären. Möchtest du einen Kaffee?«

Sander nahm dankend an und Bard verschwand die Treppe hinunter. Der klickende Laut der Metallspitze seines Stocks hallte im Treppenhaus.

Bard hatte die Holzrollläden ein wenig heruntergelassen, als sie heraufgekommen waren, und das Fehlen direkten Sonnenlichts erleichterte die Orientierung. Das Haus war mehrere hundert Jahre alt, mit dicken Querbalken an der Decke und einem matten Holzboden, der davon zeugte, dass Generationen von Menschen über ihn gegangen waren.

Es war unschwer zu erkennen, dass sein Bewohner von der Wissenschaft lebte und das gleiche Verhältnis zu Büchern und Informationen hatte wie ein Hamster zu Nüssen. Als Göran Bard Stockholm vor einem Jahr verlassen hatte, war es für ihn kein Problem gewesen, jemanden zu finden, der ihn für seine Erfahrung und die Informationen, die er im Laufe seines Lebens zusammengetragen hatte, bezahlte. Soweit Sander wusste, hatte man sich regelrecht um ihn gerissen, sobald mehrere Universitäten und Forschungsinstitute Wind davon bekommen hatten, dass der Professor auf dem Markt war. Und der Gewinner, das Mannheim Center for Criminology an der London School of Economics, hatte wahrscheinlich einen hohen Preis bezahlt. Dass sie einen Psychologen an einem Institut für Kriminologie eingestellt hatten, sagte einiges darüber, was sie sich von Bard erwarteten.

Zwei Stunden später schaute Bard seinen Gast tadelnd an, als dessen Handy klingelte. Sander entschuldigte sich mit einer kurzen Handbewegung. Auf dem Display stand Lisa und ohne nachzudenken wandte er dem Professor den Rücken zu, als er antwortete.

»Sander.«

»Ich bin's, Lisa.«

Die Verbindung war schlecht, aber er konnte sie verstehen. Sie klang niedergeschlagen.

»Hej, Lisa,wie geht's? Ich glaube, ich bekomme hier einiges an wertvollen Informationen. Weißt du inzwischen mehr über den Computer?«

»Ich rufe nicht wegen des Notebooks an, daran arbeiten wir noch. Man hat eine Leiche gefunden.«

Sein Magen zog sich zusammen. Sander ging zu der Sofagruppe und setzte sich.

»Tonje?«

»Ich weiß es noch nicht, die Leiche liegt in einen Sumpf oben an der Rundfunkstation. Aber wer sollte es sonst sein? Der Arzt sieht sie sich gerade an. Anscheinend trägt sie Tonjes Kleider.«

»Verdammt«, sagte Sander. Er war sich nicht ganz sicher, wonach er fragen sollte. Er wusste, wo die Rundfunkstation lag, und an dem Sumpf lief oder radelte er mehrmals die Woche vorbei. Bei dem Gedanken, dass Tonje dort gelegen haben könnte, als er da das letzte Mal beim Joggen gewesen war, wurde ihm übel und einen kalter Schauer lief ihm über den Rücken.

»Du, ich muss los«, fuhr Lisa fort. »Ich ruf dich an, sobald ich mehr weiß, wahrscheinlich heute Abend, aber im Moment haben die Ermittlungen Vorrang. Wir telefonieren auf jeden Fall morgen.«

»Ja, sicher. Ich ruf dich an. Oder wir rufen einander an oder schicken eine SMS. Ich fliege heute Nachmittag zurück.«

Lisa legte auf und Sander starrte auf den Tisch. Er hörte Bard atmen, auf der Straße ging jemand vorbei, ansonsten war es still. Plötzlich sah er Siv Kvamme an dem Küchentisch vor sich, ihren flackernden Blick und die lautlosen Tränen. Jetzt hat sie allen Grund zu weinen, dachte Sander, riss sich zusammen und stand auf.

14

Lisa hatte ihr Essenspaket gerade halb verzehrt gehabt, als William vorbeigestürmt war und ihr bedeutet hatte, ihm zu folgen. Jetzt kamen ihr die beiden Scheiben Brot fast hoch und sie schluckte zweimal kräftig, um die Übelkeit in Schach zu halten. Sich am Tatort zu übergeben musste nicht sein, und einem Neuling wie ihr würde man das noch Jahre später vorhalten. Der Körper, den die beiden Polizisten und die Feuerwehrleute aus dem Sumpf gezogen hatten, lag fünfzehn Meter entfernt. Zusammen mit William wartete sie stumm, bis die Ärztin ihre einleitende Untersuchung abgeschlossen hatte. Die Ärztin war eine ältere Frau und William schien sie zu kennen. Sie nickte ihm zu und winkte ihn zu sich, nachdem sie sich erneut einige Minuten über die Leiche gebeugt hatte.

Es war mitten am Tag, und am Himmel zogen keine Wolken, hinter denen sich die Sonne hätte verstecken können. Der angenehme Duft von warmem Wald, Nadelbäumen und Laub vermischte sich mit der Feuchtigkeit des Lehmbodens, der sich geöffnet haben musste, als sie die Leiche herausgezogen hatten. Lisa dachte im Stillen, dass sie sich nie an den Geruch von Verwesung gewöhnen würde, auch wenn der Körper noch nicht lange irgendwo gelegen hatte. Oder an den Anblick eines toten Menschen, weggeworfen, manchmal versteckt, andere Male einfach arrogant an einem beliebigen Ort entsorgt und unmittelbar darauf entdeckt.

Ein Glück, dass sie die Tote so schnell gefunden hatten. Hätte es geregnet oder die Schwerkraft in einigen Tagen das Ihrige getan, wäre sie wahrscheinlich tiefer gesunken und kaum noch zu sehen gewesen.

Die drei Sechzehnjährigen, die sie entdeckt hatten, Jungen mit Fußballschuhen und erstem Flaum, wurden abseits des Pfads in vertretbarem Abstand zu ihrem Fund behutsam vernommen. Sie schienen eher aufgeregt als schockiert und Lisa dachte an den Status, den ihnen der Leichenfund im Freundeskreis einbringen würde. Was für eine Geschichte, was für eine Trophäe.

Die Ärztin hatte sich an William gewandt, sah aber Lisa an und grüßte, bevor sie fortfuhr. »Weißt du, wer das ist?«

William sah das Gleiche wie Lisa: Die Kleider, in die der Mädchenkörper gehüllt war, stimmten mit der Beschreibung von Tonjes Kleidung an dem Abend überein, an dem sie verschwunden war. Doch das blonde Haar und was unter dem Schlamm, der den größten Teil des Körpers bedeckte, von den Gesichtszügen zu sehen war, machte sie unsicher.

»Du fragst dich, ob das Tonje Kvamme ist?«, fragte Lisa.

»Eine naheliegende Frage, findest du nicht? Und es würde bei der Identifizierung Zeit sparen.«

»Ich bin mir nicht sicher«, antwortete William. Er war auf die andere Seite der Leiche gegangen, weil er hoffte, dass die Schlammschicht dort dünner war. »Ich bin mir wirklich nicht sicher.«

Lisa hörte ein Auto den offenen Platz an der Sandgrube jenseits der Rundfunkstation überqueren und fragte sich, ob das die Kriminaltechniker waren, die aus Oslo anrückten. Der Fundort lag vierzig Kilometer von der Kripos-Zentrale in Bryn entfernt, und gewöhnlich dauerte es etwas, ein Team zusammenzustellen und ein Auto zu bepacken. Doch diesmal war es offensichtlich schnell gegangen und drei Männer Anfang vierzig zogen sich gleichzeitig die weißen Papieranzüge an und kamen auf William, die Ärztin und Lisa zu.

»Sie konnten es wohl nicht erwarten?«, fragte einer der Papieranzüge spöttisch.

»Bitte?«, antwortete die Ärztin, deren Namen Lisa noch immer nicht wusste. Es war unübersehbar, dass die Frage sie provoziert hatte, und William trat einen Schritt zurück.

»Dr. Munch hat viel Temperament«, flüsterte er Lisa zu, und sie sah, dass er ein Grinsen zu unterdrücken versuchte. Gleichzeitig erhob Dr. Munch sich langsam und ging auf den Techniker zu, der noch nicht begriffen hatte, dass er der falschen Frau die falsche Frage gestellt hatte.

»Die Leiche«, sagte er. »Wie sollen wir hier Spuren sichern, wenn Sie überall herumlaufen und die Leiche bewegen, als wäre sie eine Luftmatratze?«

»Junger Mann …«

Lisa schätzte Dr. Munchs Alter irgendwo um die Frührente.

»Junger Mann«, wiederholte sie. »Wenn Sie die Nachricht bekommen, dass eine Person mit dem Gesicht nach unten im Sumpf liegt, und Sie in den Krankenwagen springen und fast zehn Minuten mit Blaulicht anrücken und wissen, dass die Person wahrscheinlich schon eine Weile ohne Sauerstoff dagelegen hat, bevor der Anruf eingegangen ist, dann sind es nicht Ihre Pinzetten, Plastiktüten und der schicke Papieranzug, die zuoberst auf der Liste des Rettungspersonals stehen, das können Sie mir glauben. Oder hätten Sie so ein kleines Viereck mit einer Nummer auf ihrem Rücken angebracht, Beweis Nummer eins, statt sie herauszuziehen, den Puls und andere Vitalfunktionen zu prüfen und Wiederbelebungsversuche zu erwägen? Wozu Sie laut Gesetz verpflichtet sind?«

Der Techniker erkannte, dass er sich kräftig in die Nesseln gesetzt hatte, und trat einen Schritt zurück, um einen kleinen zusätzlichen Abstand zwischen seinen Schnitzer und die aufgebrachte Ärztin zu legen. Und dann kam die Antwort, mit der niemand gerechnet hatte, obwohl sie bei näherem Nachdenken die einzig vernünftige war:

»Entschuldigung. Das war gedankenlos von mir.«

Dr. Munch starrte ihn erstaunt an, William gab es auf, sein Grinsen zu verbergen, und Lisa machte unwillkürlich »hmmm«. Der Techniker nickte ihnen allen zu, drehte sich um und ging zum Auto zurück. Dort lud er die Koffer mit der Ausrüstung aus, die sie für die Tatortuntersuchung brauchten.

»Es ist also wirklich möglich, dir den Mund zu stopfen, Solveig«, lächelte William Dr. Munch an, die zu der Stelle zurückkehrte, an der die Leiche lag.

»Ich muss schon sagen«, murmelte sie. »Vielleicht besteht ja doch noch Hoffnung.«

»Kannst du uns schon irgendetwas sagen, bevor wir fahren?«, fragte William. Er lechzte dananch, etwas in die Hand zu bekommen, dem sie nachgehen konnten.

»Nicht viel, darauf müsst ihr, glaube ich, noch warten. Ich kann nicht sehen, woran sie gestorben ist, aber sie wirkt ausgehungert.«

Lisa sah einen verschlossenen, kleinen Raum in einem Keller und einen gekrümmten Mädchenkörper mit einer leeren Wasserflasche daneben vor sich.

»Da ist noch etwas«, fuhr Dr. Munch fort. »Etwas Merkwürdiges, um genau zu sein. Wie viel Grad haben wir jetzt?«

»Lufttemperatur?«, fragte Lisa.

»Ja, Lufttemperatur.«

»Fast fünfundzwanzig Grad«, schätzte Lisa. »In der Sonne bestimmt noch mehr.«

»Genau«, sagte Munch und holte einen länglichen Notizblock heraus. »Wir haben fünfundzwanzig Grad Lufttemperatur, doch die Messungen am Körper des Mädchens, als ich vor vierzig Minuten zum Fundort gekommen bin, haben gezeigt, dass ihre Körpertemperatur sechs Grad betrug. Natürlich spielt es auch eine Rolle, wie lange sie hier gelegen hat, ich tippe seit heute Nacht, aber ich denke, sie war tiefgefroren, als man sie in den Sumpf geworfen hat.«

15

»Adäquat« war das Wort, nach dem Sander suchte. Die Reaktion war nicht adäquat. Er hatte es sich angewöhnt, diesen Maßstab an Verhaltensweisen anzulegen, um sich eine Vorstellung davon zu machen, wie umfangreich die Probleme eines Patienten waren. Wie adäquat oder nicht adäquat eine Reaktion oder ein generelles Handlungsmuster war, sagte viel über einen Menschen. Möglicherweise jedenfalls. Man lief nur Gefahr, die Interpretation überzubewerten und in einem frühen Stadium eine offensichtliche Fehlerquelle als Grundlage für entscheidende Bewertungen im Verhältnis zwischen Therapeut und Patient zu nehmen.

Als Sander Göran Bard von der Leiche erzählte, die man in der Nähe von Ski gefunden hatte, war dessen Reaktion einfach nicht adäquat. Von einer Minute zur anderen war aus dem selbstsicheren Referenten, dem Professor von Weltklasse, ein Mann mit flackerndem Blick geworden, der außerstande war, sich zu konzentrieren oder einen Satz zu Ende zu führen. Er hatte versucht fortzufahren, wo sie unterbrochen worden waren, hatte aber immer wieder aus dem Fenster gesehen, sich auf seinem Stuhl gewunden und war schließlich mit einer Entschuldigung die Treppe hinauf verschwunden. Seitdem waren fünfzehn Minuten vergangen, und vor fünf Minuten hatte Sander begonnen, über das Konzept ›adäquat‹ nachzudenken. In Bards Kopf schienen zwei Welten zu kollidieren, die professionelle und die persönliche, und wenn Sander es recht bedachte, durfte ihn das vielleicht nicht wundern.

Nach zwanzig Minuten kam Bard die Treppe wieder herunter, lächelnd und so ruhig wie vor Lisas Anruf. Als er sich setzte, sah er auf die Uhr, und Sander wusste, dass der Besuch seinem Ende zuging.

»Ich habe um drei eine Vorlesung«, sagte Bard. »Ich brauche ein wenig Zeit, um mich vorzubereiten.«

»Dann kommst selbst du nicht darum herum?«, fragte Sander.

»Im Gegenteil. Je besser ich werde, desto ängstlicher werde ich auch, die höheren Erwartungen, die an meine Vorlesungen gestellt werden, nicht erfüllen zu können. Ich weiß, dass ich das routiniert durchziehen könnte, was in Stockholm auch funktioniert hat, aber die Studenten hier sind viel kritischer. Sie scheuen sich nicht, mich festzunageln und ein wenig aus dem Konzept zu bringen, wenn sie die Chance bekommen. Ich nehme an, das verleiht einem einen gewissen Status, und so soll es wohl auch sein.«

»Ich erinnere mich«, antwortete Sander.

»Das glaube ich gerne. Und ich schätze, du warst ziemlich aktiv, wenn sich die Chance bot.«

Sander antwortete nicht, sondern dachte an seine Zeit an der Universität zurück und an einen Teil der Professoren, die sich kaum aus ihren kleinen Büros herauswagten, in denen sie sich in Büchern und Artikeln vergruben und von einem Leben träumten, das ausschließlich aus Forschung bestand.

»Hast du erfahren, was du brauchst?« Bard stand auf, ohne auf eine Antwort zu warten, und stellte die Bücher, die er im Laufe ihres Gesprächs herausgeholt hatte, ins Regal zurück.

»Danke, ja, ich habe eine Menge erfahren. Und da ich vorher so wenig wusste, ist schon die kleinste Information eine Hilfe. Ich weiß jetzt besser, wonach ich Ausschau halten muss. Ich glaube, ich sollte die Akte noch einmal lesen, durch eine neue Brille sozusagen.«

»Mach das, Sander. Ein neuer Filter schafft eine neue Perspektive, es ist unglaublich, was mit einem etwas anderen Ausgangspunkt an Assoziationen und Dingen auftaucht. So ist es nun einmal mit der Forschung, alles verändert sich laufend, immer abhängig davon, was man weiß und wonach man zu suchen glaubt. Und jetzt weißt du vielleicht ein wenig besser, wonach du suchst.«

Bard brachte ihn zur Tür und streckte die Hand aus, als Sander sich verabschiedete. Sander drückte sie und die Berührung ließ ihn erschaudern. Er wollte nach Hause. Ein schneller Gang zum Hotel, ein Taxi zum Flughafen, und er war auf dem Weg. Er beschloss, sich nie wieder mit Bard zu treffen. Ihre Begegnungen verlangten ihm zu viel ab.

16

Das Gerücht hatte schon eine Stunde, nachdem die Einsatzwagen Richtung Møllerbakken und Langhus gefahren waren, überall die Runde gemacht. Kurz darauf kamen einige der Jugendlichen auf Fahrrädern mit Geschichten zurück, von denen eine blutrünstiger war als die andere. Oben an der Rundfunkstation wollten sie zumindest eine, vielleicht sogar zwei oder drei Leichen gesehen haben. Einige meinten, das Mädchen sei nackt, andere, es sei in Plastiktüten oder Plastikfolie eingepackt gewesen. Niemand wusste, wie sie umgekommen war, doch die Jungen, die sie gefunden hatten, behaupteten, sie sei noch am Leben gewesen, als sie ihren Puls gefühlt hatten.

Als Siv Ole Tom anrief, war sie am Rand eines Nervenzusammenbruchs. Sie hatte im Geschäft ein Gespräch zwischen zwei Müttern mitangehört, die wiedergaben, was ihre Söhne erzählt hatten, daraufhin ihren vollen Einkaufswagen stehen gelassen und war direkt nach Hause gegangen.

Ole Tom hatte in Rekordzeit seine Tasche gepackt, auf dem Weg nach draußen Bescheid gegeben, er werde nicht zurückkommen, und einen mitfühlenden Blick der Pförtnerin geerntet. Im Auto versuchte er erst erfolglos Lisa Lunde und dann die Polizei anzurufen, wo er einen Beamten am Apparat hatte, der ihm nur sagen wollte, dass man bald Kontakt zu ihm aufnehmen würde. Und obwohl Ole Tom sich weigerte zu glauben, dass es Tonje war, die sie gefunden hatten, wenn überhaupt jemand gefunden worden war, spürte er ein flaues Gefühl und einen Druck im Unterleib. Es war die Angst, dass es keinen Ausweg gab und ein einziger Fehler ihn sein Leben lang verfolgen würde.

Als er nach Hause gekommen war, hatte er Siv zusammengekauert auf Tonjes Bett gefunden, zitternd und bleich, mit einem panischen Blick, der ihn fast dazu gebracht hätte, es ihr zu erzählen. Doch das war unmöglich, und er wusste, dass er nichts tun konnte, als sie zuzudecken und sich den Gedanken aus dem Kopf zu schlagen.

Fast gleichzeitig hatte das Telefon geklingelt und Lisa Lunde ihm von dem Leidchenfund erzählt und sich entschuldigt, dass sie nicht schon früher angerufen hatte. Sie habe ganz sicher gehen wollen, sagte sie. Sie sei erleichtert, dass es nicht Tonje war, die sie gefunden hatten. Auf Ole Toms Frage, ob sie die Leiche identifiziert hatten, antwortete sie »nein« und erzählte, dass der Körper zur Identifikation und Obduktion in die Gerichtsmedizin im Reichskrankenhaus überstellt worden war.

Lisa Lunde hatte angeboten, einen Arzt anzurufen, der nach Siv sehen könnte. Ole Tom hatte das Angebot dankbar angenommen. Es nahm der Verantwortung etwas von ihrer Schwere, wenn noch andere da waren, die beruhigen und die Dinge so unkompliziert machen wollten wie möglich.

Die Tabletten hatten schnell gewirkt. Kurz vor neun war er mit einem Glas Wasser nach oben gegangen und hatte ihr noch etwas von der Medizin gegeben, die der Arzt dagelassen hatte. Siv würde bis zum nächsten Tag schlafen, und in gewisser Weise beneidete er sie.

17

Verdammter Charterscheiß. Nach dem Einchecken hatte Sander es noch geschafft, eine Flasche Red Breast zu kaufen, ehe er in einem Chaos betrunkener englischer Jugendlicher, die nach Ibiza wollten, um zu vögeln und die ganze Nacht in meterdickem Schaum zu tanzen, zu seinem Gate ging. Er wusste noch gut, wie das war, und er hasste es. Außerdem hatte er nie Lust auf diese Sorte Spaß gehabt, und die anderen Jungen in seiner Clique hatten ihn beim Knutschen und Flachlegen haushoch geschlagen. Als sie nach Norwegen zurückgekommen waren, hatte er sich geschworen, nie mehr auch nur einen Fuß in eine Chartermaschine zu setzen. Jetzt war er einem solchen gefährlich nahe, obwohl ein gradueller Unterschied zwischen den versoffenen Sonnenanbetern und den norwegischen Sprachstudenten auf dem Heimweg bestand.

Diesmal war er früh genug dran gewesen, um einen Sitz am Mittelgang zu ergattern, und der freie Platz zur Rechten verminderte das Gefühl, in einem kleinen Raum ohne Ausgang eingesperrt zu sein. Um zu entspannen, träumte er von der Business Class bei Air France, seinem letzten Flug von Senegal nach Paris an Ostern, den Sitzen mit dem elektrischen Einstellmechanismus, dem eigenen Toilettentäschchen, dem Essen auf Porzellangeschirr und den hellseherischen Stewardessen, die schon neben einem standen, wenn man nach ihnen rufen wollte.

Dann dachte er an Elin. Obwohl Monate vergangen waren, seit er das Bild in seiner Brieftasche zuletzt angesehen hatte, war es unmöglich, nicht an sie zu denken, nachdem er Göran Bard wiedergetroffen hatte. Das Foto war in einem Automaten gemacht worden. Es war zerknittert, nachdem er es unzählige Male herausgeholt und wieder zurückgesteckt hatte, und er dachte, was er immer dachte, wenn er ihr Gesicht sah; dass alles hätte anders kommen können, und wie wenig es brauchte, damit etwas schieflief. Eine kleine Entscheidung, im ersten Augenblick völlig unschuldig, deren Konsequenzen ihn jedoch den Rest seines Lebens verfolgen würden. Am schwersten wog das Wissen, dass er wahrscheinlich nie die Möglichkeit haben würde, es wiedergutzumachen. Und dass es ihr schlechter ging als ihm. Wäre es nur um ihn gegangen, hätte er damit leben können. Es war der Gedanke an Elin, der das Ganze so unerträglich machte.

Es war Viertel nach zehn, als Flug DY 1307 in Oslo landete. In der Fluggastbrücke war es noch immer unmenschlich warm und Sander fragte sich, wie viele alte Damen wohl zwischen dem Einchecken und dem Fröstelklima des Flugzeugs ohnmächtig wurden.

Das Gepäck kam schnell und er war dankbar, seinen erschöpften Mitpassagieren zu entkommen. Er fuhr zum Parkscheinautomaten hinunter, bezahlte und fand sein Auto, wo er es stehen gelassen hatte.

Als er sich auf der E6 vom Flughafen entfernte, schob er eine alte CD mit U2 in den CD-Player, während er gleichzeitig versuchte, die Klimaanlage höher zu stellen und den PIN-Code des Handys einzugeben.

Sowie das kleine Nokia ein Netz hatte, ging eine SMS ein. Er steuerte mit einer Hand und rief mit der anderen die Meldung auf. Sie war von Lisa.

»Nicht Tonje. Rufe dich morgen früh an.«

Sander wusste nicht, was er empfinden sollte. Freude darüber, dass Tonje vielleicht noch am Leben war, oder Angst, dass sie die Gefangenschaft möglicherweise nicht überleben würde.

18

Sander roch den nassen Asphalt, noch bevor er das Trommeln der Regentropfen gegen die Fensterscheibe hörte. Das Wetter musste im Laufe der Nacht umgeschlagen sein und er hätte daran denken müssen, vor seiner Reise nach London die Hollywoodschaukel und die Gartenmöbel zuzudecken.

Am Morgen nahm er für die Kaffeemaschine statt Stockfleths Spezialmischung einen extra starken Segafredo und machte sich einen doppelten Espresso. Dann schäumte Milch für einen Cappuccino auf, den er in der Tür zur Veranda stehend trank. Hin und wieder hörte er ein Auto starten. Einige arbeiteten trotz der Sommerferien.

Lisa rief kurz nach acht an. Sander hatte die nassen Kissen hereingeholt und in die Garage gebracht, einen hellbraunen Sommeranzug angezogen, ein Omelett zubereitet und sich unten vor den Computer gesetzt, während er wartete. Dort konnte er zwischen den Zeitungen surfen, die über den Fund bei der Rundfunkstation berichteten. Er las sich in einige der Themen ein, über die er am Vortag mit Göran Bard gesprochen hatte, und fragte sich, wer das tote Mädchen sein mochte, da es nicht Tonje war. Die schnelle Durchsicht der Treffer zu »Sabine Dardenne« war keine angenehme Lektüre und Sander schauderte bei dem Gedanken, dass Tonje die Person, in deren Gewalt sie sich befand, womöglich vorher gekannt hatte und er ihr auch schon einmal begegnet war.

Er erkannte den Klang der Hupe, als Lisa unten in der Einfahrt hielt. Wenige Minuten später saß er auf dem Beifahrersitz und stellte diskret die Heizung herunter, die Lisa voll aufgedreht hatte.

»Die Luft im Schlafzimmer war so nasskalt, als ich aufgewacht bin, dass ich bereut habe, das Fenster vor dem Schlafengehen nicht zugemacht zu haben«, sagte sie. Sie sah verfroren aus. »Ich habe fast eine halbe Stunde unter der Dusche gestanden, aber als ich ins Auto gestiegen bin, ist mir immer noch kalt gewesen.«

»Wenigstens liegst du nicht irgendwo in der Wildnis im Zelt«, gab Sander lächelnd zurück. Der Kaffee hatte seine Wirkung getan und die Temperatur in seinem Haus regulierte sich automatisch. Nur das Schlafzimmer war von dem Wetterumschwung ein wenig in Mitleidenschaft gezogen worden.

Sie waren erleichtert, dass es nicht Tonje war, die sie gefunden hatten. Das unangenehme Gefühl, es könne bei diesem Fall um etwas sehr viel Schlimmeres als um eine gewöhnliche Entführung gehen, dämpfte jedoch ihre Stimmung. Das Wetter trug auch nicht zu einer Besserung der Laune bei und Lisa musste die Scheibenwischer auf die mittlere Stufe stellen, als sie auf die Autobahn fuhren.

»Wir müssen in die Gerichtsmedizin«, hatte sie als Erstes gesagt, als Sander sich ins Auto hatte fallen lassen. »Sie haben vor einer Stunde mit der Obduktion angefangen, und Kripos ist schon da. William hat mit dem Arzt abgesprochen, dass sie uns briefen, sobald sie fertig sind, es reicht, wenn wir da sind, bevor sie das Mädchen zumachen. Wenn etwas auftaucht, das uns weiterhilft, können wir dem sofort nachgehen. Microsoft meldet sich hoffentlich auch bald.«

»Playme?«, hatte Sander gefragt und Lisa hatte genickt.

»Hast du mit ihnen gesprochen? Können sie was sagen?«

Das Nicken wurde zu einem langsamen Kopfschütteln.

»Sie haben sich den Laptop gestern angesehen«, antwortete sie. »Datakrim hat nichts darauf gefunden. Jetzt können uns nur noch die Konteninformation und persönliche Dateien des Benutzers bei Microsoft weiterhelfen.«

Sander wusste, dass ein MSN-Konto auch virtuelle Speichermöglichkeiten bei Microsoft bot, aber er bezweifelte, dass Microsoft der Polizei Zugang gewähren würde, wie auch immer die Begründung lauten mochte.

»So was war früher schwieriger«, sagte Lisa. »Als das Internet noch in den Kinderschuhen steckte und die Anbieter von Speicherplatz nicht beurteilen konnten, welche Verantwortung sie für die Inhalte anderer hatten, war die Antwort oft nein. Und für die Inhalte sind sie auch heute nicht verantwortlich, aber sie verschaffen uns schneller Zugang, wenn wir anfragen. Es sieht nicht gut aus, wenn ein Internet-Anbieter, in diesem Fall die größte IT-Firma der Welt, die Ermittlungen zu einem verschwundenen vierzehnjährigen Mädchen behindert.«

»Nein, das sähe wirklich nicht gut aus. Sie haben schließlich ein Image zu verlieren.«

»Ich glaube, dass sie auch an Tonje denken. Der Typ, mit dem ich gestern gesprochen habe, machte jedenfalls einen netten Eindruck. Er hat mir versprochen anzurufen, sobald sie mehr wissen. Demnach werden sie uns vermutlich heute Vormittag über das Ergebnis informieren. Apropos informieren, wer ist eigentlich dieser Mister X, mit dem du dich in London treffen wolltest?«

Sander fragte sich, wie viel er erzählen sollte.

»Hast du schon einmal von Göran Bard gehört?«, fragte er.

»Bard? Nein. Der Name sagt mir nichts.«

»Er arbeitet an der London School of Economics, beschäftigt sich mit Kriminologie, ist aber eigentlich Psychologe. Und es gibt kaum jemanden auf der Welt, der mehr über Pädophilie und sexuelle Mißhandlung von Minderjährigen weiß als er.«

»Wow, und den kennst du?« Lisa schien beeindruckt.

»Wir waren Kollegen, als ich in Stockholm gearbeitet habe. Jetzt forscht und unterrichtet er an der LSE, verbringt jedoch die Hälfte seiner Zeit damit zu reisen, Vorlesungen zu halten und Bücher zu schreiben.«

»Hört sich nach einem ganz akzeptablen Leben an«, kommentierte Lisa und lächelte. Sander sagte nichts. Akzeptabel war das letzte Wort, das er in Zusammenhang mit Göran Bard benutzt hätte.

»Erzähl«, forderte Lisa ihn auf. »Hatte er etwas Interessantes zu sagen?«

»Er hat sehr viel gesagt. Kurz gefasst meint er, dass das lokale Umfeld wichtig ist. Dass es sich oft um jemanden handelt, der Kontakt zu Jugendlichen hat, vielleicht durch ehrenamtliche Arbeit oder durch den Job, dass so jemand oft der wahrscheinlichste Täter ist. Kompliziert wird das Ganze durch die Entführung. Die meisten Täter haben eine Beziehung zu ihren Opfern, wodurch die Übergriffe in der Gewissheit erfolgen, dass niemand etwas erfährt. Wird aber jemand entführt, handelt es sich laut Bard höchstwahrscheinlich um etwas anderes als einen gewöhnlichen Fall von Pädophilie.«

»Zum Beispiel?«, fragte Lisa.

»Er war sich nicht sicher, aber er hat einen Fall erwähnt, der sich vor einigen Jahren in Belgien abgespielt hat. Ein junges Mädchen ist von einem Typen entführt und gefangengehalten worden, der Teil eines größeren Netzwerks war. Sabine Dardenne hieß sie.«

»Ich erinnere mich natürlich an den Fall. Als er aufgerollt wurde, konnte es fast niemand glauben. So viele Abscheulichkeiten und so viele Mittäter.«

»Absolut unglaublich, ja. Und trotzdem hat sich das meiste, das bereits früh ans Licht gekommen ist, als wahr erwiesen.«

»Und er meint, wir hätten es mit etwas Ähnlichem zu tun? In einer kleinen Stadt, mitten im Nichts zwischen Moss und Oslo?«

»So konkret hat er sich nicht geäußert. Aber er hat gesagt, dass wir allen Grund hätten, der Fantasie keine Grenzen zu setzen bei der Jagd nach Zusammenhängen und möglichen Tätern. Er war übrigens der Meinung, dass es mehrere sein müssen.«

»Täter?«

»Ja.«

»Konnte er etwas über diese Personen sagen?«

Lisa hatte das Radio ausgestellt. Offenbar fand sie die Informationen, die er bekommen hatte, wichtig und er strengte sich an, seine Unterhaltung mit Bard so korrekt wie möglich wiederzugeben.

»Manche Täter führen ein ganz normales Leben, haben normale sexuelle Beziehungen und vergehen sich nur in ganz bestimmten Situationen an Kindern. Bei anderen handelt es sich um Wiederholungstäter, sie leben allein oder in asexuellen Beziehungen und verbringen all ihre Zeit damit, sich zu positionieren, Freundschaften zu Kindern zu pflegen, im Internet zu surfen und Bilder zu sammeln. Im Großen und Ganzen geht es in ihrem Leben nur um eins, um das nächste Mal. Sie werden oft gefasst, weil sie es auf Dauer nicht schaffen, ihre Spuren zu verwischen; sie werden nachlässig oder ihre Opfer sind mit der Zeit so zahlreich, dass garantiert irgendwann eines redet.

Wenn sie erst einmal aufgeflogen sind, warten die Beweise oft schon auf die Ermittler. Diese Täter können sich nur selten überwinden, sich von ihrer Sammlung zu trennen, und da ihre Veranlagung einen Großteil ihrer Identität ausmacht, dokumentieren sie die eigenen Übergriffe, sehen sie sich immer wieder an oder setzen sie ein, um neues Material einzutauschen.«

»Hört sich fast an, als sammelten sie Beweise gegen sich selbst. Aber offenbar sind nicht alle so unvorsichtig?«, fragte Lisa, um Sander zum Weitererzählen zu bewegen.

»Bard ist der Meinung, dass diese Täter, sowohl solche, die von ihrem Verhalten besessen sind, als auch die, die zynischer sind und oft als Hintermänner fungieren, gerade deshalb so unangenehm sind, weil es sich bei ihnen nach außen hin um wirklich nette Zeitgenossen handelt. Sie verwenden Monate, manchmal sogar Jahre darauf, um ein Kind oder einen Jugendlichen zu bearbeiten. Sie balgen sich zum Spaß, bauen Vertrauen auf, machen Nacktheit zu etwas Normalem, spielen mit einer Kamera, um das Kind an die Situation zu gewöhnen. Gleichzeitig bagatellisieren sie die Konsequenzen, die ihre Handlungen für das Kind haben. Sie machen die Gesellschaft verantwortlich und meinen, deren Haltung gegenüber der Beziehung eines älteren Mannes zu einem jüngeren Kind rufe bei diesem ein Trauma hervor und nicht ihre Beziehung zu dem Kind. Und während sie ständig hören, dass Kinder keine sexuellen Individuen sind, sehen sie tagtäglich Reklame für Stringtangas und Tanktops in einer Größe, wie sie Sechsjährige tragen.«

»Jemand, der auf Kinder steht, der sein Leben darauf ausrichtet, sich zu positionieren, der das Haus voller Bilder nackter Kinder hat, was ist das nur für ein Mensch?«, unterbrach ihn Lisa. Sie klang frustriert. »Hört sich an, als hätten wir es mit einer großen Gruppe Verdächtiger zu tun. Du machst den Fall auch nicht einfacher, Sander.«

»Sorry, ich referiere nur, was ich ...«

»Ja, natürlich«, unterbrach sie ihn erneut. »So meine ich das nicht, das sind wichtige Informationen. Aber nach wem suchen wir?«

»Wie gesagt, ich halte Tonjes Umfeld für entscheidend. Enge Kontakte, jemand, der die Möglichkeit hat, sie aber nicht nutzen mag, bevor er sich nicht völlig sicher fühlt. Eine Person, die täglich mit Kindern zu tun hat, im Job oder in der Freizeit, jemand, der alleine lebt oder bei seiner Mutter oder seit Jahren keinen Sex mehr mit seiner Frau hatte.«

Lisa seufzte und stellte das Radio wieder an. »Ich werde das an William weitergeben«, sagte sie. »Möglicherweise ruft er dich an, wenn er Fragen hat.«

Sander nickte und lehnte den Kopf zurück. Sie hatten gerade Ryen passiert, und er würde in fünf Minuten einschlafen, wenn Lisa nicht etwas schneller fuhr.

Es spielte keine Rolle, ob man wissenschaftlicher Assistent oder Professor war; im Universitätskrankenhaus von Oslo, dem Reichshospital, machte man keinen Unterschied zwischen den Leuten. Die Büros, die zu beiden Seiten des Ganges in der Gerichtsmedizin lagen, waren winzig klein, überfüllt und wenig funktionell. Die angestellten Ärzte stopften hinein, was sie konnten, stapelten in die Höhe und pressten Papiere zwischen die Bücher, die auf dem Boden lagen.

Lisa und Sander hatten das Auto auf dem obersten, für Besucher reservierten Parkplatz geparkt und waren an der Bahntrasse entlang zu dem Gebäude gegangen, das direkt neben dem Gästehaus lag. Da das übrige Krankenhaus dezent eingerichtet und angenehm beleuchtet war, war es das fehlende Licht, das Sander auffiel, als sie den dunklen Gang betraten.

Sie schrieben sich ein, ließen sich an der Rezeption eine Einlasskarte geben und wurden den Gang hinunter zum Büro von Dr. Munch geschickt. Es unterschied sich nicht von den anderen Büros und Sander zeigte auf den Bürostuhl und deutete an, dass Lisa sich setzen sollte. Er war das einzige ordentliche Möbel in dem Raum, weil für etwas anderes als den Hocker, auf dem Sander saß, einfach kein Platz war. Spaßeshalber stand er auf und streckte die Arme aus. Er konnte problemlos beide Wände berühren. Lisa verdrehte die Augen. Es ist tatsächlich noch kleiner als mein Büro in Stockholm oder jetzt das in Ski, dachte Sander und setzte sich wieder.

Dr. Munch kam nach zehn Minuten und Lisa sprang von ihrem Stuhl auf, als hätte sie etwas falsch gemacht.

»Dr. Munch, schön, Sie zu sehen«, sagte sie.

»Nein, nein, nein«, antwortete Munch und drückte Lisa zurück auf den Stuhl. »Bleib ruhig sitzen, die Gäste bekommen den besten Stuhl. Und nenn mich Solveig, die Formalitäten haben wir doch gestern schon hinter uns gebracht, findest du nicht?«

»Danke.«

Lisa setzte sich wieder und Solveig Munchs Blick wanderte zu Sander. »Ich glaube, wir kennen uns noch nicht?«

»Sander Mørk, er ist eine Vertrauensperson am Gymnasium in Ski, Psychologe. Er kennt Tonje. Er ist inoffiziell dabei. Wir brauchen seine fachliche Beratung bei der Lösung des Falls«, erklärte Lisa, bevor Sander den Mund aufmachen konnte.

»Inoffiziell? Na schön. Ist das nicht ein wenig unüblich?«, fragte Munch, ließ jedoch durchblicken, dass ihr das im Grunde egal war. »Wir sind dabei, die Obduktion abzuschließen, und die Leute von

Kripos sind zum Mittagessen gegangen. Wenn ihr nach unten mitkommt, informiere ich euch über die wichtigsten Fakten.«

»Gerne«, sagte Lisa eifrig. Dann sah sie verstohlen zu Sander hinüber. »Willst du hier warten?«

Sander war sich nicht sicher. Er hatte schon früher Leichen gesehen, war aber nie bei einer Obduktion dabei gewesen. Während des Studiums hatte er den größten Teil eines Buchs über Rechtsmedizin gelesen, und wenn er sich richtig erinnerte, war Munch eine der Autorinnen gewesen. Es war ganz gut gegangen, bis er zu den Kapiteln über Kinder, Kindesmisshandlung und die Tötung Neugeborener gekommen war. Die Kombination aus Schwarzweißbildern, nüchternen Texten, fehlender Ursachenforschung und Versicherungen, dass es sich bei diesen Fällen um seltene Ausnahmen handele, hatte ihn so deprimiert, dass er das Buch zur Seite gelegt hatte.

»Ich komme mit. Ich kann ja rausgehen, wenn es mir zu viel wird.«

»Wissen Sie, was mit einem Menschen passiert, der verhungert?«

Munch hatte sich an Sander gewandt, aber Lisa antwortete. »Nicht detailliert, nein. Der Magensack ist vermutlich völlig leer, denke ich.«

»Der Körper beginnt, sich selbst zu verzehren, Fettgewebe und Muskeln. Das hört sich natürlich unappetitlich an, ist aber in Wahrheit ziemlich clever. Es ist quasi das Gleiche, was passiert, wenn Tiere in den Winterschlaf gehen, nachdem sie sich den ganzen Sommer über Fett angefressen haben. Der Körper lebt von sich selbst. Das Problem ist nur, dass der menschliche Körper für diese Art der Nahrungsaufnahme nicht geschaffen ist. Er hat zu wenig Fett und muss sich zu schnell von der Muskelmasse ernähren.«

»Das hört sich verdammt unappetitlich an.«

Sie waren Solveig Munch in die untere Etage gefolgt und standen vor einer der beiden massiven Stahlbänke in dem großen Obduktionssaal. Einer von Munchs Kollegen hatte gerade den Körper eines schmächtigen, milchweißen Mädchens geschlossen und wusch mit einem nassen Schwamm an den groben Stichen entlang. Blut und Wasser rannen in kleinen Bächen herab und verschwanden durch ein Gitter im Boden der Bank. Als Sanders Blick zu dem Gesicht des Mädchens wanderte, um den Eindruck des misshandelten Körpers abzuschwächen, spürte er plötzlich eine Welle von Übelkeit, die ihn zu übermannen drohte. Die Kopfhaut war aufgeschnitten worden und breitete sich zu beiden Seiten aus, der Kopf war in zwei Teile gesägt, und in einer Stahlschüssel, die neben der Leiche stand, sah er eine graue Masse, die nichts anderes als das Gehirn sein konnte. Sander atmete tief durch und konzentrierte sich auf Dr. Munchs Worte. Das half.

»Die Schmerzen nehmen schnell ab und gehen in Apathie und Müdigkeit über. Dann beobachten wir einen schrittweisen Verzehr von Fett und Muskeln, eine zunehmende Kachexie, sowie eine zunehmende Hypothermie mit Hypotention und schließlich Lethargie, Gedächtnisschwund und Falltendenz.«

Sie redete wie ein Lehrbuch und Sander verstand nur die Hälfte. Dann lächelte sie und legte eine Hand auf seinen Arm. »Die Psychologen haben ihre eigene Sprache, die Ärzte auch. Ich konnte es einfach nicht lassen. Sie könnten mich bestimmt auch dumm dastehen lassen, wenn Sie wollten, nicht?«

»Nun ja …« Sander war sich da nicht so sicher. Munch machte einen cleveren Eindruck, und er hatte keine Lust, mit ihr darin zu konkurrieren, wer den Fachjargon des anderen knacken konnte.

»Kachexie meint dramatische Abmagerung; Hypothermie bedeutet Unterkühlung, Hypotention niedriger Blutdruck, Lethargie Schläfrigkeit. Moralischer Verfall geht auch mit diesem Zustand einher, und kurz bevor der Tod eintritt, kommt es zu Ödemen.«

»Ist sie verhungert? Willst du uns das damit sagen?«

Lisa war zu der Leiche auf dem Stahltisch getreten und studierte den Körper, offensichtlich ohne Unbehagen. Munch drehte sich zu ihr um.

»Das ist ja das Merkwürdige ... Sie war ausgehungert, aber nicht so, dass es zum Tode geführt hätte. Irgendwann hat sie auch Durst gelitten, ihr seht die eingesunkenen Augen, und wir haben die Elektrolyte in der Augenflüssigkeit gemessen und anormale Mengen an Natrium darin festgestellt. Das bedeutet, dass nur sehr wenig Wasser im Körper war.«

»Wenn sie das nicht umgebracht hat, woran ist sie dann gestorben?«, fragte Lisa, eifrig darauf bedacht weiterzukommen. Ihr Drang, William anzurufen und über neue Spuren zu informieren, ließ sich nur schlecht mit Dr. Munchs Leidenschaft für ihr Fach vereinbaren.

»Kommt, ich zeige es euch«, sagte sie und winkte Lisa und Sander zu dem offenen Kranium. Sander hielt den Atem an und sah direkt in den leeren Schädel. Irgendwo aus der Tiefe stach ein Knochenende hervor.

»Sie ist nicht erfroren, obwohl das bei den Temperaturmessungen, die ich gestern in Ski vorgenommen habe, eine Möglichkeit gewesen wäre. Und sie ist nicht verhungert, obwohl sie Zeichen des Verhungerns aufweist. Da keine anderen unmittelbaren Ursachen vorzuliegen scheinen, mussten wir suchen.«

»Und was haben Sie gefunden?« Sander wurde langsam ungeduldig.

»Seht euch das an.« Munch steckte die Hand in den Schädel und griff nach dem herausragenden Knochenende. »Das ist der oberste Teil der Wirbelsäule. Seht ihr, wie beweglich sie ist, fast schlotterig.«

Sander sah, wie die Ärztin sie drehte und bewegte und hörte einen gurgelnden, schwappenden Laut, als hätte jemand ein Messer in ein frisches Stück Fleisch gebohrt und bewegte es nun vor und zurück. Es war widerwärtig, und im nächsten Moment schloss er die Augen, wich einen Schritt zurück und verlor das Gleichgewicht.

Zehn Minuten später saß Sander auf dem Bürostuhl von Solveig Munch, während Lisa ihm mit einem Prospekt Luft zufächelte und die Ärztin abwartend auf dem kleinen Hocker saß.

»Kein Grund sich zu schämen, das ist schon unzählige Male passiert.«

Sander schämte sich nicht, doch ihm war zu übel, um Munch zu erklären, dass er auch nicht gerade stolz auf sich war. Er lehnte sich zurück, stellte die Stuhllehne fest und wartete auf die Erklärung, was mit der Wirbelsäule nicht in Ordnung war.

»Einfach ausgedrückt ist die Wirbelsäule so beweglich, weil das Rückgrat gebrochen ist, und zwar am obersten Wirbel, dem Atlas, was höchstwahrscheinlich zu einem sofortigen Atemstillstand und zum Versagen anderer Vitalfunktionen geführt hat.«

»Ist sie gefallen?«, fragte Lisa.

»Nein, ist sie nicht, das Rückgrat ist durch Fremdeinwirkung gebrochen, die Blutaustritte passen eher zu einer kräftigen, konzentrierten Gewaltanwendung, zum Beispiel einer schnellen Drehung des Kopfes, die sie nicht selbst gemacht haben kann. Was ich zu sagen versuche, ist, dass der Bruch sehr sauber ist, glatt sozusagen. Bei den meisten Genickbrüchen kommt es zu größeren Blutungen entlang der Wirbelsäule, hier sind die Blutungen jedoch minimal. Gewöhnlich weist der Körper als Resultat eines Sturzes auch weitere Verletzungen auf. Aber hier ist davon nichts festzustellen.«

»Was glauben Sie?« Sander wusste sehr wohl, dass es nicht Aufgabe der Gerichtsmedizinerin war, etwas zu glauben. Gleichzeitig hatte er das Gefühl, dass Dr. Munch fachlich zu gut war, um keine Theorie zu haben.

»Na schön, aber das bleibt off the record«, sagte sie.

»Natürlich«, antwortete Lisa.

Sander richtete sich im Stuhl auf.

»Ich glaube … dass dieses Mädchen hungern und dursten musste, bis ihr Zustand wirklich ernst war. Dann hat ihr jemand das Genick gebrochen. Und dieser Jemand muss ein Profi gewesen sein.«

»Was meinst du mit Profi?«, fragte Lisa.

»Einem Menschen das Genick zu brechen ist gar nicht so einfach. Das will gelernt sein, wenn ihr versteht, was ich meine. Wer dieses Mädchen umgebracht hat, weiß, wie man Menschen auf diese Weise tötet. Eine andere Möglichkeit sehe ich nicht.«

Lisa wurde eifrig und Sander verstand, dass diese Information ein wichtiger Fingerzeig sein konnte, wo sie nach dem Mörder zu suchen hatten.

»Nachdem das Mädchen ermordet worden ist, hat man sie in eine Tiefkühltruhe gepackt und dort aufbewahrt, bis man sie in den Sumpf geworfen hat. Wir wissen übrigens noch nicht, wer sie ist, aber in Bryn arbeiten sie weiter auf Hochtouren.«

Es war lange her, seit Sander im Krieg zwischen McDonald's und Burger King Stellung bezogen hatte – er mochte weder die zähen Hamburger des einen noch die gegrillten Fleischpfannkuchen des anderen.

Deshalb entschied er sich immer für Chicken Nuggets, und seit ein McDonald's am Ring unterhalb des Reichshospitals aufgemacht hatte, führte kein Weg um dieses stromlinienförmige Markenerlebnis, den ›Mitarbeiter des Monats‹ und Ronald McDonalds verschmitzt blinzelnde Augen herum.

Für Lisa Lunde war Essen offenbar vor allem Nahrungsaufnahme. Nachdem sie sich auf den Stühlen an der Wand niedergelassen hatten, sagte sie fünf Minuten nichts, sondern konzentrierte sich darauf, die Fritten auf dem Teller auszubreiten, den Ketchup zu portionieren, die Gewürzgurke herauszuklauben und die logistische Aufgabe zu bewältigen, aus der schließlich das Mittagessen dieses Tages werden sollte.

Sander fragte sich einen Moment, ob er ihr von der Dokumentation ›Supersize Me‹ berichten sollte, die er vor einigen Monaten im Kino gesehen hatte, ließ es jedoch. »In New York bekommst du Burger, die so viel kosten wie eine Taxifahrt zum JFK, wusstest du das?«

Lisa sah zwischen zwei Bissen auf und Worte waren überflüssig. Sie verdrehte die Augen.

»Der Küchenchef im *DB Bistro Moderne*, Daniel Boulud, macht Burger aus Filet, das er durch den Wolf dreht und mit Foie gras und schwarzen Trüffeln versetzt. Vielleicht nicht gerade das, was man auf dem Heimweg aus der Stadt um drei Uhr in der Nacht zum Sonntag isst, aber als zweites Frühstück oder kleines Abendessen ist es perfekt.«

Lisa schaffte es noch immer nicht, ganze Worte zusammenzusetzen. Sander deutete die Laute, die sie ausstieß, als Interesse. »Foie gras ist Gänseleber. Intensiver Geschmack, sehr fett, die besten Bauern füttern die Gänse mehrmals am Tag und die Leber macht fast ein Drittel des Körpergewichts der Tiere aus.«

Sie hörte zu kauen auf und funkelte ihn böse an. Sander verstummte.

»Ist an McDonald's irgendetwas auszusetzen?« Sie wischte sich Ketchup aus dem Mundwinkel und schien an einer Antwort nicht wirklich interessiert.

»Nein, nein«, sagte Sander und schloss die Box mit den letzten Nuggets. »Das ist schon okay. Ich bin schließlich kein Snob.«

Lisa bemühte sich, nicht zu lachen, doch der Hustenanfall, der sie übermannte, war nicht sehr überzeugend. In dem Augenblick klingelte ihr Handy und sie riss sich zusammen.

Nach einigen Minuten, in denen sie nur »ja« und »nein« und »genau« gesagt hatte, legte sie auf, bevor sie sich die letzten Fritten in den Mund stopfte.

»Das war Microsoft«, sagte sie.

»Und? Haben sie was gefunden?«, fragte Sander neugierig.

»Ja und nein. Das Playme-Konto gibt es nicht mehr, das ist interessant, macht es aber auch unmöglich herauszufinden, ob dort Informationen gespeichert waren.«

»Ach, wirklich? Aber das Konto muss es doch gegeben haben, sonst wäre es wohl kaum auf Ole Toms Laptop bei Messenger registriert gewesen?«

»Ja, da hast du recht. Sie sagen, dass das Konto Montagnachmittag, als sie es überprüft haben, noch existiert hat. Aber gestern Nachmittag, als sie sich einloggen und die Daten aufrufen wollten, war es nicht mehr da. Gelöscht am Montagabend um 22.57.«

»Ist überhaupt nichts mehr da?« Sander verstand nicht viel von Computertechnik, aber es fiel ihm schwer zu glauben, dass etwas wirklich Wichtiges einfach verschwinden konnte.

»Offenbar nicht, jedenfalls nichts, an das sie herankommen können. Trotzdem sind das wichtige Informationen für uns.«

»Wie meinst du das? Das hilft uns doch nicht weiter.«

»Denk nach, Sander. Wenn es das Konto Montagvormittag, als wir mit Ole Tom und den Mädchen gesprochen haben, noch gab, deutet viel darauf hin, dass jemand es gelöscht hat, weil wir angefangen haben, nach Informationen zu suchen.«

»Verdammt«, sagte Sander, als ihm der mögliche Zusammenhang aufging.

»Ja, nicht wahr? Verstehst du jetzt, was ich meine?«

Lisa lächelte und Sander kam sich wie ein Idiot vor, weil er es nicht sofort begriffen hatte.

»Jemand ist im Internet gewesen und hat das Konto am selben Tag gelöscht, an dem wir entdeckt haben, dass es existiert«, fuhr er fort.

»Genau. Und wenn wir diesen Jemand finden, sind wir vielleicht auch Tonje ein paar Schritte näher«, sagte Lisa.

»Das lässt Ole Tom in einem ganz anderen Licht dastehen.«

Sander gefiel die Richtung nicht, die der Fall plötzlich genommen hatte.

»Jetzt bist du ein bisschen voreilig, Sander. Ole Tom ist eine Möglichkeit, einverstanden, aber wir haben eine Stunde später die gleiche Information auch Lena, Aina und Marte gegeben. Wenn Tonje den Laptop ihres Vaters benutzt hat, kann es gut sein, dass sie das wissen. Und dann können auch sie das Konto gelöscht haben, wenn darauf Daten gespeichert waren, die nicht in unsere Hände geraten sollten.«

»Irgendwie leuchtet mir das nicht ein«, widersprach Sander. »Es passt einfach nicht, dass sie so gegen uns arbeiten. Das wäre nur verständlich, wenn sie wüssten, dass Tonje in Sicherheit ist, und sie etwas verbergen, das sie auf jeden Fall für sich behalten wollen, auch wenn Tonje wieder auftaucht.«

»Natürlich wäre alles viel einfacher, wenn Tonje einfach wieder auftauchte. Aber ich glaube, die Leute in Ski sind ganz schön blauäugig, wenn es darum geht, was in einem Kinderzimmer oder hinter verschlossenen Türen auf der anderen Seite der Hecke so alles passieren kann. Ein Mord an einem Mädchen aus dem Ort wäre ein wenig zu viel für sie.«

»Du vergisst etwas Wichtiges, und zwar die Leiche, die fünfhundert Meter von hier mit gebrochenem Genick und leerem Magen liegt. Sie passt besser zu Ole Tom als zu den drei Mädchen«, wandte Sander ein.

»Vielleicht ist das auch nur einer dieser Zufälle, die es einfach gibt und die die Menschen dazu veranlassen, in Schablonen zu denken.«

»Zufall oder nicht, da ist ein Mord, der aufgeklärt werden muss, oder?«

Sander irritierte es ein wenig, wie leicht Lisa das alles nahm, Tonje, die Leiche und die Gesichter, die er jedes Mal vor sich sah, wenn er versuchte, rational und analytisch über die Informationen nachzudenken, die er in den letzen Tagen notgedrungen hatte aufnehmen müssen.

»Natürlich. Ich meine nur, dass wir uns nicht auf die erstbeste Lösung konzentrieren dürfen. Davon hat keiner was. In einem Punkt gebe ich dir allerdings recht, die Art, wie das Mädchen umgebracht worden ist, passt besser zu einem Mann Anfang vierzig als zu drei Mädchen im Alter des Opfers.«

»Dann sind wir uns in dem Punkt einig. Ich frage mich, wer es fertigbringt, einem schmächtigen Teenager das Genick zu brechen. Was ist das für ein Mensch? Und dass es sich um eine Person handeln muss, die gelernt hat zu töten, macht die Sache auch nicht besser.«

»Genau danach wollte ich dich fragen«, erwiderte Lisa. »Ich habe mir Gedanken gemacht, wo so jemand sein Handwerk gelernt haben kann, ich muss nur zuerst noch etwas überprüfen, denn das ist kein angenehmer Gedanke. Aber was sagt die Mordmethode über den Menschen aus? Und gibt es Dinge, nach denen wir Ausschau halten, Orte, an denen wir suchen sollten?«

Lisa schien Sander eine Arbeitsbeschreibung zu liefern, und plötzlich ging ihm auf, was ein Profiler in solchen Fällen leisten konnte. Und nachdem seine eigene Rolle klarer definiert war, verschwand auf einen Schlag auch seine Unsicherheit, wegen der er sich überflüssig gefühlt und über die mangelnde Präzision von Lisas und Williams Fragen geärgert hatte. Manchmal lernt man in großen Sprüngen, sieht Zusammenhänge und Muster, die unter der Oberfläche gelegen haben, in einer Sekunde der Klarsicht. Dieses Gefühl hatte er jetzt und wusste im nächsten Augenblick, mit wem er reden konnte und wo er den Nachmittag verbringen würde.

»Natürlich«, sagte Sander. »Das sind die Dinge, bei denen ich dir helfen kann.«

Als sie aufstanden und den roten Papierabfall auf die Tabletts packten, um ihn beim Hinausgehen wegzuwerfen, klingelte erneut Lisas Handy. Sander nahm beide Tabletts, während sie zum Auto ging, und machte einen Abstecher auf die Toilette. Als er sie auf dem Parkplatz einholte, hatte sie aufgelegt.

»Das war William. Sie haben das Mädchen identifiziert. Sie ist vierzehn Jahre alt und kommt aus einem Ort direkt hinter der schwedischen Grenze bei Ørje. Sie heißt Filippa. Sie wird seit fast vierzehn Wochen vermisst. Polizei und Eltern sind davon ausgegangen, dass sie abgehauen ist. Das ist früher schon vorgekommen.«

»Uff. Den Eltern steht unangenehmer Besuch ins Haus.«

»Kann man wohl sagen«, meinte Lisa. »William hat auch noch ein paar neue Informationen, die er schnell an uns weitergeben will. Er möchte uns in einer Stunde im Gymnasium von Ski treffen.«

»In der Schule? Warum?«

»Das hat er nicht gesagt.«

»Okay«, sagte Sander langsam. Er versuchte, den restlichen Tag zu planen. »Ich frage mich … ich habe eine Idee, mit wem ich reden kann, um etwas mehr darüber zu erfahren, nach welcher Art Person oder Personen wir suchen. Ist es okay, wenn ich in Oslo bleibe und du William alleine triffst? Ist das nicht effektiver? Du kannst mich dann später informieren.«

»Das ist bestimmt in Ordnung, ich kann dich heute Abend anrufen, oder wir reden morgen früh im Auto.«

»Im Auto? Wo wollen wir denn hin?«, fragte Sander und überlegte, ob er etwas nicht mitbekommen hatte.

»Nach Töcksfors. Ich sammle dich kurz vor acht auf.«

19

Abgesprochen war, dass Filippa im Laufe der Ostertage abgeholt werden und er nicht zu Hause sein sollte. Deshalb hatte er seine Schwester in Lillesand besucht. Als er krank wurde, hatte er es nicht eilig gehabt, nach Hause zu fahren, vor allem da die Schwester, die ihren Mann im Vorjahr verloren hatte, nie länger als einige Minuten außer Haus war und ihm Essen und Trinken und Lesestoff ans Bett bringen konnte.

Eigentlich war es ganz angenehm, die Verantwortung einmal abzugeben, nachdem er so viele Wochen auf der Hut gewesen war, auf die kleinste Stimmungsänderung des schwedischen Mädchens geachtet hatte. So behutsam, dass sie nicht den Mut verlor, und so bestimmt, dass sie keine unrealistischen Erwartungen entwickelte.

Als die Mail kam, dass er sie bereithalten sollte, war er erleichtert gewesen. Er war am Vortag abgereist, hatte ihr eine Mahlzeit gegeben, bevor er gefahren war, und ihr eine Literflasche mit Wasser hingestellt, ehe er den kleinen Raum, der hinter der Grundmauer im Keller lag, abgeschlossen hatte. Den Schlüssel hatte er im Vogelhäuschen an der Einzäunung hinterlegt; sie wussten, wo. Alles genau wie beim letzten Mal.

Als er von seiner Schwester zurückkam und über die Schwelle trat, spürte er, dass etwas nicht in Ordnung war. Es war niemand da gewesen. Alles war, wie er es verlassen hatte, und mit jedem Schritt, den er sich dem Keller näherte, wuchs die Angst, das überwältigende Gefühl, gegen das er in Situationen wie diesen immer ankämpfen musste und das ihn zu lähmen drohte.

Sie reagierte nicht, als er die Tür öffnete. Ein muffiger Gestank von Urin und Kot schlug ihm aus der kleinen Zelle entgegen, und zuerst glaubte er, sie sei tot, fühlte jedoch einen schwachen Puls gegen seine Finger pochen, als er die Hand um ihren Hals legte.

Die Nummer war nur für Notfälle, und er wusste nicht, wer abnehmen würde oder wo dieser Jemand sich befand. Der Mann sprach Deutsch und Alfred musste zweimal ansetzen, bevor er unzusammenhängend herausbekam, was passiert war. Die Antwort war ein kurzes »Ich rufe zurück«, und in den fünfzehn Minuten, die zwischen dem Auflegen des Hörers und dem erneuten Klingeln des Telefons vergingen, schaffte Alfred es nicht, sich auch nur einen Meter von der Stelle zu rühren. Er saß in dem kleinen Wohnzimmer auf dem Sofa, die Gardinen zugezogen, die Eingangstür weit geöffnet, mit einem halbtoten Mädchen im Keller.

»Eliminier sie.« Er hörte die Worte, verstand ihre Konsequenz aber zunächst nicht. Dann wiederholte der Mann sie, diesmal auf Englisch. »Waste her. And get rid of the body.«

Er wusste, dass es sinnlos war zu diskutieren. Außerdem war es nicht sein Job, Fragen zu stellen. Das war der Preis, den er zu zahlen hatte, und als er die Anweisung bekam, wurde er plötzlich ganz ruhig, so als hätte es lediglich einer Entscheidung und einer konkreten Aufgabe bedurft, um ihn das seelische Gleichgewicht wiederfinden zu lassen.

Im Keller zwang er das Mädchen, sich mit dem Rücken zu ihm aufrecht zu setzen, an die Wand gelehnt. Dann legte er die Hände um ihren Kopf, wartete einige Sekunden, zog den Schädel nach oben und drehte ihn schnell und entschlossen, wie er es gelernt hatte.

Es war helllichter Tag und das Risiko, gesehen zu werden, wenn er den Körper in den Wald brachte, zu groß. Stattdessen trug er sie in den Geräteschuppen und deponierte sie in der leeren Gefriertruhe.

Dann schlug er den Deckel zu, stellte die Temperatur auf minus fünfundzwanzig Grad und verschloss den Schuppen mit einem Vorhängeschloss.

In den folgenden Wochen tat er sein Bestes, um zu vergessen, dass sie dort lag. Wenn jemand von den anderen gewusst hätte, dass er sich ihrer nicht entledigt hatte, hätte er vermutlich schlechte Karten gehabt, aber er brachte es einfach nicht fertig. Erst einige Wochen, nachdem er Tonje bekommen hatte, wurde das Unbehagen, Filippa in der Gefriertruhe liegen zu haben, so groß, dass er sie ins Auto packte, den langen Weg bis zum Møllerbakken und von der anderen Seite aus in den Wald fuhr. Er entledigte sich ihrer am Rand des Sumpfes und versuchte den Körper so tief hinunterzudrücken, dass er ganz von Lehm und stinkendem Brackwasser bedeckt war.

Er hatte es fast geschafft, sie ganz verschwinden zu lassen, als er das Geräusch von zwei Mopeds hörte, deren Motoren irgendwo zwischen seinem Standort und den Wohnblocks von Øvre Hebekk im Leerlauf liefen. Überzeugt, dass der Körper nach einer Weile von alleine weitersinken würde, ging er schnell zum Auto zurück und fuhr nach Hause. Dreißig Minuten später lag er in seinem Bett. Dort beschloss er, dass er nie wieder jemanden in der kleinen Zelle alleine zurücklassen würde. Er würde auf Tonje aufpassen, er war ihre einzige Hoffnung.

Die Nachricht, die ihn erwartete, als er sich am Morgen einloggte, teilte ihm mit, dass Tonje bald abgeholt werden würde. Sie waren bereit, sie in Empfang zu nehmen, der Transport war organisiert. Diesmal weigerte er sich zu verreisen. Nicht noch einmal, das konnten sie nicht von ihm verlangen. Er trug schließlich das Risiko, um mehr konnten sie ihn nicht bitten.

In der letzten Woche war er ängstlicher gewesen als früher. Er wusste nicht, wie lange sie noch so weitermachen konnten, egal, wie sicher und gut durchorganisiert alles war. Jemand würde umkippen oder reden oder die falsche Person in den inneren Kreis aufnehmen. Und mehr brauchte es nicht.

Er wusste, dass er einer der Ersten wäre, die dran waren. Er bezweifelte, dass es dafür, was er getan hatte, Vergebung gab. Dann war da noch das Material, das sich auf seinem Rechner häufte, das von Tonje, das er gar nicht hätte speichern dürfen, wie auch das andere, wovon er sich nicht hatte trennen können.

Es hätte vor langer Zeit schon gebrannt und auf die Festplatte überspielt werden müssen, von der nur er wusste, wo sie war. Aber er schaffte es nicht. Manchmal hatte er das Gefühl, als ginge ihn das alles nichts mehr an.

20

Als Lisa auf den Schulparkplatz oberhalb der Grundschule einbog, stand Williams Auto bereits da. Neben ihm hatten Stian Kvist und Aksel Bjerknesli ihren grünen Japaner geparkt und unterhalb parkte ein Streifenwagen quer und nahm weitere drei Plätze ein.

Adrenalingesteuerte Idioten, dachte Lisa und erinnerte sich an all die Male, die sie sich über ihren Partner in Oslo geärgert hatte. Er hatte das Auto auch immer quer geparkt und die Meinung vertreten, es wäre sein Recht als Polizist, mehr Platz einzunehmen als andere. Offenbar stand er mit dieser Auffassung nicht alleine da.

Die Grundschule und das Gymnasium teilten sich Umkleideräume, Sporthalle und Schwimmhalle und die Anlagen wurden auch abends oft genutzt. Lisa ging am oberen der beiden Schulhöfe entlang. Sie folgte Williams Beschreibung, um zum Eingang zu kommen. Die Tür stand offen. Geruch, Luft und Stimmung versetzten sie zwanzig Jahre zurück. Im gleichen Moment hörte sie William von der Mädchengarderobe aus »Lisa« rufen.

William saß mitten im Raum, ein Notebook auf dem Schoß. Kvist und Bjerknesli hatten eine der Bänke an die Wand geschoben und suchten langsam die Unterseite eines Lüftungskanals ab. Die beiden anderen Polizisten arbeiteten an der anderen Seite des Raums, der eine an den Bodenleisten, während der andere sich die Garderobenschränke vornahm.

»Hej, Lisa«, begrüßte William sie. Sein sonst so sanftes Gesicht lag in ungewöhnlich bekümmerten Falten.

»Wie ist es im Reichskrankenhaus gelaufen?«

»Es war interessant«, antwortete Lisa. »Hast du mit Kripos gesprochen? Ich weiß nicht, ob dich die Informationen, die wir bekommen haben, begeistern werden.«

»Nein, ich habe es nicht geschafft, sie anzurufen. Das hier hat den größten Teil des Vormittags gedauert. Über Munchs Bericht können wir später reden.«

»Das hier« war offenbar so faszinierend, dass William den Blick nicht vom Bildschirm losreißen konnte. Er hatte Lisa nicht einmal angesehen.

»Was ist das hier?«, fragte sie.

Ohne aufzublicken zeigte William auf den leeren Platz neben sich.

Er scrollte eine Reihe von Bildern herunter, die Lisa nicht unmittelbar zuordnen konnte.

»Tone Helle ist heute Nacht fleißig gewesen«, sagte William. »Sie ist den Adressen und Kontakten nachgegangen, die sie dort gefunden haben, wo die Bilder von Tonje aufgetaucht sind, und sie arbeiten jetzt mit der Polizei in mehreren anderen europäischen Städten zusammen. Tone hat mich heute Morgen angerufen und erzählt, dass sie glauben, einem größeren Ring auf der Spur zu sein, der beträchtlich diskreter und professioneller arbeitet als alles, womit sie bis jetzt zu tun hatten. Von Netzwerken und Foren, die über offene Adressen im Internet zugänglich sind, halten sie sich fern. Du musst eingeladen werden und auf der Liste stehen, dann kommst du vielleicht hinein. Adressen, Benutzernamen, Passwörter und sämtliche Zugangsinformationen ändern sich laufend. Sicherheitsniveau und Technologie gleichen denen eines größeren Konzerns oder des Militärs und es ist fast unmöglich, sie zu überwachen, es sei denn, man gehört zum inneren Kreis.«

»Und Tone gehört zum inneren Kreis?«

»Tone nicht, aber jemand von der Polizei in Belgien, der die letzten beiden Jahre seines Lebens darauf verwandt hat, als vollwertiges Mitglied akzeptiert zu werden. Die Bilder von Tonje haben ihn auf den Fall aufmerksam gemacht, in dem wir ermitteln. Deshalb hat er Kontakt zu Tone Helle aufgenommen und versorgt sie ständig mit neuem Material.«

»Und das ist das neue Material?«

Lisa zeigte auf die Bilder auf dem PC und William scrollte zum Anfang der Bildserie.

»Das gehört zu den Sachen, zu denen Tone Zugang bekommen hat. Sie hat mir auch erzählt, dass die belgische Polizei glaubt, sich dem Kern des Rings zu nähern und damit den Drahtziehern. Die Arbeit ist extrem kompliziert, weil die Organisation nach einem Zellenprinzip aufgebaut ist, bei dem niemand mehr weiß oder mehr Personen kennt, als es für die Rolle, die er einnimmt, notwendig ist. Das bedeutet, jedes Mal, wenn sie eine Zelle knacken, kommen sie dem Zentrum nur um eine Person näher, während das Risiko, dass jemand von der Infiltrierung Wind bekommt, bei jeder Festnahme wächst. Bis jetzt ist es gut gegangen und sie glauben, dass es nicht mehr lange dauert.«

»Clevere Teufel, stell dir vor, man würde die ganze Energie stattdessen in etwas Konstruktives stecken. Armut und Not wären unbekannte Begriffe.«

Stian hatte Williams Beschreibung mit angehört und seiner Frustration am anderen Ende des Raums Luft gemacht.

»Wir sind gleich so weit«, sagte er und beschäftigte sich weiter mit dem Lüftungskanal.

»Sieh dir das an.«

William ließ die Bilder langsam über den Bildschirm laufen. Die ersten zeigten einen leeren Raum, möbliert, aber menschenleer. Dann begann sich der Raum zu füllen, und nach einigen weiteren Bildern begriff Lisa plötzlich, was sie da sah.

»Verdammt noch mal …«

Das gleiche unbehagliche Gefühl, an das sie sich von Tone Helles erster Bildvorführung her erinnerte, kroch ihr wie ein kleines Insekt unter die Haut.

»Aber das ist doch …«, sagte sie. »Das ist Tonje. Und das ist Lena und das ist … ist das nicht deine Tochter, William?«

Die Bilder waren von irgendwo weit oben an der Wand aufgenommen und zeigten fast den gesamten Umkleideraum im Weitwinkel, von Wand zu Wand. Je weiter William in der Bilderserie kam, desto weniger hatten die Mädchen an. Nach und nach verschwanden sie in der Dusche, bevor sie nackt wieder herauskamen, sich abtrockneten, anzogen und durch die Tür entschwanden. Auf dem letzten Bild war der Raum wieder menschenleer.

»Jemand fotografiert heimlich in der Mädchenumkleide«, stellte Lisa fest und unterließ es, William weiter nach seiner Tochter zu fragen. Seine bekümmerte Miene sprach Bände.

»Ja«, bestätigte William. »Jemand fotografiert heimlich die Schülerinnen in der Mädchenumkleide, und da diese Bilder zu den Dateien gehören, die der belgischen Polizei vorliegen, heißt das, jemand aus Ski ist Mitglied des Netzwerks. Die Bilder sind im Umkleideraum gemacht worden, und hier muss irgendwo eine Kamera sein.«

»Wahrscheinlich von hier aus«, rief Stian eifrig von der anderen Seite des Raumes, und Aksel, der direkt hinter ihm stand, machte sich behutsam daran, eine Klappe im Lüftungskanal zu öffnen.

»Vorsichtig«, rief William, als er aufstand und zu den beiden jungen Ermittlern ging. »Wenn es hier Spuren gibt, dürfen wir sie auf keinen Fall zerstören. Nimm einen Schraubenzieher. Und zieh verdammt noch mal Handschuhe an.«

Stian befolgte Williams Anweisungen, und nach einer Minute waren die Schrauben entfernt und die Klappe auf. Alle hatten sich um den kleinen Hohlraum in dem Kanal versammelt, doch den wenigsten schien klar zu sein, was sie da sahen. Mit einer Ausnahme.

»Ein super Gerät.«

Dieser beeindruckte Komentar kam von einem uniformierten Beamten, und William drehte sich zu ihm um und fragte ihn, was er damit meine.

»Ich hatte während der Schule einen Nebenjob«, sagte der Polizist entschuldigend und blickte zu Boden. »Ich habe bei Clas Ohlson in der Torggata gearbeitet, er verkauft drahtlose Webcams.«

»Ist das eine drahtlose Kamera?«, fragte William und trat zur Seite, damit der Kollege besser sehen konnte.

»Das ist eine sehr viel bessere Qualität als die der Kameras, die wir damals verkauft haben. Sie ist solide, aus Leichtmetall, Linse und Antenne sehen professionell aus. Wahrscheinlich steht irgendwo in der Nähe ein Empfänger, der an einen PC angeschlossen ist, der entweder direkt auf die Festplatte speichert oder die Bilder automatisch ins Internet stellt.«

»Willst du damit sagen, der Besitzer dieser Kamera könnte irgendwo sitzen und uns zusehen? Ohne dass wir es wissen?«

William klang leicht besorgt.

»Ja, das glaube ich zumindest. Falls sie eingeschaltet ist«, antwortete der Polizist. William seufzte.

»Daran hätten wir denken sollen. Stian, schraub die Klappe wieder an. Ich rufe Helle an und frage, was wir tun sollen, mir ist es lieber, wenn ihre Leute das aufdröseln, jedenfalls den technischen Teil. Und wenn sie den Empfänger und den PC finden, wissen sie, was sie damit zu tun haben.«

Stian hatte die Klappe in der Hälfte der Zeit wieder angeschraubt, die er gebraucht hatte, um sie abzuschrauben. Dreißig Sekunden später war die Umkleide aufgeräumt und leer, und wer eventuell auf der anderen Seite saß, hatte keine Ahnung von der Dramatik der letzten zwanzig Minuten – es sei denn, die Kamera hatte alles gespeichert. Dann spielte es auch nur eine untergeordnete Rolle, ob sie sich entschieden, das ausgeklügelte System zu demontieren, doch diese Entscheidung lag bei Datakrim, die versprachen, binnen einer Stunde da zu sein.

21

Der Riesenklotz des *Oslo Spektrum* ließ die umliegenden Straßen wie Gänge in einem Labyrinth aussehen. Sander war zu Fuß die Brugata hinuntergekommen. Er war diesen Weg unzählige Male gegangen, als er in Løkka gewohnt und in Blindern studiert hatte. Er merkte, dass er die Wohnung vermisste, in der er zehn Jahre gewohnt hatte, bevor er nach Stockholm gegangen war. Er hatte sie Anfang der Neunziger zusammen mit einem Freund für einen Spottpreis gekauft, und sie hatten eine Million Kronen verdient, als sie die Immobilie zehn Jahre später wieder verkauften. In der Zwischenzeit hatte sich die ganze Gegend von einem Sanierungsfall zu einem superhippen Studentenmekka entwickelt.

Im Aufzug zum SATS roch es noch immer verschwitzt und nach etwas, das ihn an den *Irischen Frühling* seiner Jugend erinnerte. Fast sieben Jahre hatte Sander fünfmal die Woche den Tag hier ausklingen lassen, und davon abgesehen, dass ihn das in Form gehalten hatte, war das überfüllte Fitnessstudio der perfekte Ort gewesen, Frauen zu treffen. Trotz des Verbots von Hotpants und Trägertops konnte man sich für eine Stunde auf dem Stepper ziemlich aufreizend anziehen, und diese Aussicht hatte Sander oft mindestens genauso motiviert wie das Training selbst. Manchmal fragte er sich, ob er wirklich so einfach gestrickt war, wie er sich das oft einbildete, und meistens lautete die Antwort »ja«. Eigentlich bekümmerte ihn das nicht. Dazu war das Leben zu kurz.

Nachdem er an der Rezeption ein paar Worte gewechselt und erklärt hatte, er suche einen Freund, ging Sander die Treppe zum Studio hinab und landete mitten in einer Spinningstunde. Enge Lycra-Hosen mit einer Verstärkung im Schritt rieben sich an kleinen Rennradsitzen, während die mikrofonverstärkte Stimme des Trainers zwischen den Wänden donnerte und die Kursteilnehmer aufforderte, bergaufwärts zu sitzen. Der Andrang war eher mäßig, und in der hintersten Reihe sah er ein dünnes Bein mit heftigen Krämpfen und einen Jungen, der versuchte, es mit schmerzverzerrtem Gesicht zu strecken. Er bevorzugte Squash.

Sander entdeckte Morten schnell. Er stand, wohlproportioniert und muskulös, an einer der Wände und machte Dehnübungen. Sander bekam sofort ein schlechtes Gewissen ob seiner Unterlassungssünden auf diesem Gebiet in den letzten Jahren. Dreimal die Woche war einfach zu wenig.

Das schlechte Gewissen schwand, als Morten ihn sah. Sein Gesicht erstrahlte zu einem breiten Lächeln und er winkte Sander mit eifrigen Bewegungen zu sich.

»Sander, hallo, das ist ja Ewigkeiten her. Ich wär fast vom Stuhl gefallen, als ich die SMS bekommen habe, aber verdammt, ich freue mich.«

Morten wollte Sander schon umarmen, hielt aber in der Bewegung inne. »Ich dusche wohl erst mal«, sagte er und lächelte. »Hast du es eilig?«

»Nein«, sagte Sander. »Ich hab gedacht, wir gehen was essen, wenn du magst. Ich habe einen Tisch im *Baltazar* reserviert. On me.«

»Wow. Das *Baltazar*, das ist mehr, als wir gewöhnlichen Psychologen uns leisten können.«

Morten lachte und zwei Mädchen, die ein paar Meter von ihnen entfernt miteinander tuschelten, drehten sich um und sahen ihn streng an. »Ich war ein paar Mal mit Anna da, aber nur, wenn es etwas zu feiern gab.«

»Dann ist jetzt die Möglichkeit, noch einmal hinzukommen.«

Es tat gut, Morten wiederzusehen, und Sander dachte, dass er die Kontakte zu den Menschen, die für ihn wichtig waren, besser pflegen musste. Er wusste nur allzu gut, dass er dies schon unzählige Male gedacht hatte, ohne dass sich danach etwas geändert hatte.

»Ich bin in zwanzig Minuten fertig, wartest du?«

Sander sagte »Natürlich« und folgte Morten die Treppe hoch. Dreißig Minuten später waren sie auf dem Weg zu Oslos bestem italienischem Restaurant.

Als sie die Wohnung verkauft hatten, war Morten mit seiner Freundin Anna zusammengezogen.

»Wir haben geheiratet«, sagte Morten glücklich, während er eine ganze Flasche vom Mineralwasser des Hauses zu 60 Kronen in sich hineinschüttete. »Und wir haben eine Tochter, Stina, sie ist drei Monate alt.«

Es war nett, aber das Essen diente einem Zweck. Sander erwähnte den Grund seiner Einladung erst beim Käse und gut verpackt in das Versprechen, mehr den Kontakt zu halten und sich öfter zu sehen.

Morten lauschte fasziniert dem Bericht über den Fall Tonje und nickte mehrere Male verstehend. Sander hatte Morten im Psychologie-Grundstudium kennengelernt und sie hatten sich zusammen durch das Studium geschlagen, erst als Bekannte in der Mensa, dann als beste Freunde in einer gemeinsamen Wohnung in Løkka. Doch jetzt war es Mortens lebenslanges Hobby, das Sander am meisten interessierte. Sein Freund war der Einzige aus seinem Bekanntenkreis, der in der Lage war, mit bloßen Händen zu töten. Dass Morten der netteste und friedfertigste Mensch war, dem Sander jemals begegnet war, machte ihn nur noch interessanter.

»An und für sich ist das richtig, ja, ich habe es zumindest gelernt. Aber ich weiß nicht, ob ich es könnte«, sagte Morten, als Sander ihn daran erinnerte, was er vor vielen Jahren einmal gesagt hatte.

»Stimmt, und damit sind wir beim springenden Punkt. Was kennzeichnet so einen Mann? Und wo hat er gelernt, was er kann?«

»Um jemandem so das Genick zu brechen, wie du es beschreibst, musst du es gelernt haben, das stimmt. Und wahrscheinlich musst du es auch trainiert haben. Hinzu kommen noch ein paar persönliche Voraussetzungen. Es ist eine Sache, einen Menschen im Affekt zu töten, aber etwas anderes, einen kalten und berechnenden Mord zu begehen, wie es hier der Fall gewesen zu sein scheint.«

»Du hast gesagt, dass nicht jeder …«

»Nicht jeder, nein. In den meisten Kampfsportmilieus reagiert man sehr sensibel auf den Vorwurf, dass der Sport ein Ventil für aggressive Proleten ist. Die meisten wünschen sich ein seriöses Image und reden ebenso viel von Lifestyle, dem Menschen in seinem inneren Gleichgewicht und östlicher Philosophie, wie sie sich auf Schläge und Tritte konzentrieren.«

»Lisa hat gesagt, sie könnte sich vorstellen, dass in manchen Berufssparten diese Techniken gelehrt werden, aber sie wollte mir nicht verraten in welchen. Hast du eine Ahnung, worauf sie angespielt haben kann?«, fragte Sander.

»Auf Militär und Polizei.«

»Machst du Witze? Mörder im Staatsdienst?«

»Nein«, antwortete Morten. »Ich mache keine Witze. Aber ich verstehe, dass du überrascht bist, die meisten sind ziemlich blauäugig, was unser Militär angeht. Aber das Spezialkommando der Abwehr gehört zu den fraglichen Gruppen, zusammen mit den SAS, den nepalesischen Gurka-Soldaten und den Navy SEALS und dergleichen. Das sind hartgesottene Burschen. Und diese Art zu töten zählt zu den Dingen, die einige Männer im Militär und bei der Polizei beherrschen. Der Trick besteht darin, von hinten zu kommen, so überraschend wie möglich, den Kopf festzuhalten, ihn leicht anzuheben, um die Wirbel zu strecken, und dann kräftig zu drehen, bis die Wirbelsäule bricht. Wer zögert, stirbt.«

»Danke, das reicht. Du brauchst nicht ins Detail zu gehen.«

Sander hielt die Hände vor sich, damit Morten aufhörte. Sein Freund aß seelenruhig weiter.

»Und das Zweite«, fuhr Sander fort. »Was kennzeichnet so einen Menschen, egal, ob er nun auf einer öffentlichen Lohnliste steht oder abends in schwitzigen Umkleidekabinen herumschleicht? Das müssen doch ganz spezielle Menschen sein?«

»Kontrolle. Im militärischen Umfeld sind das Menschen, die extrem individualistisch und gleichzeitig diszipliniert und selbstzerstörerisch loyal sind. Militär und Polizei haben jedoch äußerst strenge Auswahlkriterien, um die Durchgeknalltesten draußen zu halten. Die enden dann im Kampfsport. Das habe ich jedenfalls so erlebt, manche sind ziemlich gefährlich.«

»Aber es braucht doch mehr als Kontrolle, um jemanden zu töten«, wandte Sander ein.

»Richtig, doch zu den Grundvoraussetzungen zählt, nicht in Panik zu geraten oder in letzter Sekunde zu zögern. Denn dann wird es schnell messy. Aber natürlich gehören auch noch andere Dinge dazu, zum Beispiel die eigenen emotionalen Reaktionen ausblenden zu können. Einige dieser Leute sind einfach gestört, eine antisoziale Persönlichkeit ist nicht ungewöhnlich. Die eine oder andere Form der Dissoziation kommt sicher auch oft vor.«

»Dissoziation? Wie meinst du das?«

»Ein Teil dieser Menschen verdrängt vieles von dem, was sie tun müssen und womit sie nicht zurechtkommen. Da unterscheiden sie sich von den Psychopathen, die ich im Verdacht habe, Freude an den Teufeleien zu haben, die sie begehen.«

Morten lachte gedämpft und schmierte sich Chèvre auf ein kleines Stück Brot. Die restliche Mahlzeit verging mit wehmütigen Erinnerungen und Rückblicken, und nach einer Runde Feigen, Walnüssen und zwei Jahre altem Parmesan aß Sander um der alten Tage willen noch ein Stück Apfelkuchen. Als sie den letzten Grappa getrunken hatten, war es nach zwölf, und im Zug nach Ski dachte Sander, dass es lange her war, seit er das letzte Mal so betrunken gewesen war. Am Bahnhof in Ski setzte er sich in ein Taxi, und bevor er sich hinlegte, war er klar genug, zwei Liter Wasser zu trinken und vier Ibux sowie eine dreifache Dosis Antiallergikum einzuwerfen.

22

»Ein Antiallergikum?«, fragte Lisa.

»Ärztetricks. Man hat mir mal erzählt, wie das funktioniert, aber ich erinnere mich nicht mehr. Auf jeden Fall wirkt es. Ich habe gestern reichlich Prozente abbekommen und bin jetzt völlig okay.

Vielleicht liegt es auch am Wasser oder an den Ibux, aber das ist letztlich egal.«

Sander fühlte sich einfach gut und pries sich glücklich, dass ihm während der zweistündigen Fahrt nach Töcksfors nicht schlecht war.

Er gab Lisa eine Zusammenfassung des Gesprächs, das er am Vorabend mit Morten geführt hatte, und sie war nicht überrascht, dass Polizei und Militär zu den Zielgruppen gehörten.

»Ich habe gestern auch daran gedacht, wollte es aber nicht erwähnen, bevor ich nicht mit William gesprochen hatte. Er fand auch, dass dies eine logische Schlussfolgerung ist, aber jetzt hast du es ja selber herausgefunden.«

»Aber das mit der Webcam ist widerwärtig, nicht? Eine eklige Vorstellung, in den Umkleideräumen. Mein Büro ist direkt nebenan.«

Sander hatte Schwierigkeiten, sich einen der Lehrer oder der Verwaltungsangestellten als möglichen Täter vorzustellen.

»Es muss niemand von der Schule sein«, unterbrach ihn Lisa.

»Der Hausmeister hat gesagt, dass die Tür auch nachmittags auf ist und jeder in die Umkleide kann.«

»Verstehe«, antwortete Sander. »Aber wenn das, was ihr gefunden habt, eine drahtlose Kamera ist, die an einen Empfänger sendet, der an einen PC angeschlossen ist, muss das Ding irgendwo stehen. Und du spazierst nicht einfach mit einem Laptop unter dem Arm irgendwo rein, montierst eine verborgene Kamera, versteckst den Computer, der zudem noch einen Internetzugang und eine Stromversorgung haben muss, und gehst deines Weges. Und wer tauscht die Batterien in der Kamera aus?«

»Ich weiß es nicht«, antwortete Lisa. »Nach den vergangenen Tagen bin ich nicht mehr so sicher, ob ich überrascht wäre, wenn das, was du sagst, zutrifft. Irgendetwas ist seltsam an diesem Fall. Eine Entführung, die sich plötzlich zu einem Verbrechen von internationalen Ausmaßen entwickelt.«

»Du darfst es nicht komplizierter machen, als es ist. Für mich geht es hier um Tonje, die verschwunden ist und die wir finden müssen. Das ist schließlich der Kern des Falles«, meinte Sander.

Lisa stimmte ihm zu. »Aber wenn ich daran denke, dass sie vielleicht in einem Keller in Deutschland oder Portugal oder wo auch immer sitzt. Mir wird einfach immer bewusster, dass wir einen Weg aus diesem Chaos finden müssen.«

»Jetzt habt ihr zumindest eine Spur, die ihr verfolgen könnt.« Sander versuchte, positiv zu denken. Der Gedanke an Filippa, das Mädchen aus Töcksfors, an die Kampfsportfanatiker, die Täter und an gebrochene Wirbelsäulen deprimierte ihn. Gleichzeitig war Sommer, er hatte frei, und noch vor ein paar Tagen hatte die Sonne geschienen. Und während der Fall Lisas Job war, hatte er nur als Sparringpartner, Researcher und Berater auf Zeit damit zu tun. Einen Augenblick fragte er sich, ob er nicht bald einen Schlussstrich ziehen, einen Flieger buchen und wegfahren sollte. Im nächsten Augenblick tauchte das Bild von Tonje auf seiner Netzhaut auf, er hörte Siv Kvamme weinen und rief sich in Erinnerung, dass ihm eine Erfahrung zuteil wurde, in deren Nähe nur wenige Psychologen kamen. Und seine Tage waren im letzten Jahr nicht gerade randvoll von Herausforderungen gewesen. Das allein müsste Grund genug sein, weiter mit Lisa und ihren Kollegen zusammenzuarbeiten. Das und die Wut, die er empfand, wenn er sich bewusst machte, dass jemand imstande war, einer unschuldigen Vierzehnjährigen so etwas anzutun; sie wie ein Spielzeug zu benutzen, wie eine Ware zu behandeln.

Sander lehnte sich im Sitz zurück und schloss die Augen. Er war vielleicht nicht verkatert, aber erschöpft, aus der Übung. Lisa schwieg, die Reifen plätscherten leise durch die dünne Wasserschicht, die auf der Straße lag, und die Scheibenwischer lullten ihn sanft in den Schlaf.

Als Sander wach wurde, waren sie an der Grenze, außerhalb von Ørje. Das Erste, was er beim Öffnen der Augen sah, war ein Saab, auf dem quer über den Türen in großen Buchstaben »Zoll« stand. Er lächelte vor sich hin.

Lisa musste gesehen haben, dass er wach war. Es regnete noch immer und ein riesiger Fernlaster bremste beim ersten Hügel nach der Zollstation vor ihnen ab. Lisa wartete, bis sie genug sehen konnte, scherte aus und gab Gas. Sander spürte die Reifen durchdrehen, als das Auto beschleunigte, und Lisa entschuldigte sich damit, dass der Wagen fast neu war und sie noch nicht so genau wusste, wie viel PS er hatte. Sander bezweifelte keine Sekunde, dass sie die volle Kontrolle über das Auto hatte. Er dachte, dass er nur selten neben jemandem saß, der gelernt hatte, so aggressiv zu fahren, wie es bei Einsätzen erforderlich werden konnte.

Nach wenigen Minuten passierten sie zuerst die Touristeninformation, von der die Gegend zur »schönsten und wildesten des westlichen Värmlands« ernannt wurde, dann ein blaues Schild, auf dem Töcksfors stand, und schließlich ein kleineres gelbes gegenüber vom Friedhof, das den Weg nach Fågelviken anzeigte.

»Ich glaube, wir müssen da runter«, sagte Lisa und nickte in die Richtung, in die das Schild zeigte. »Aber erst treffen wir uns mit der Polizei von Karlstad.«

Die Polizei von Karlstad fuhr ein Privatfahrzeug und wartete an der Q8-Tankstelle am Ende der Stadt. Der Weg vor der Tankstelle war mit schwarzen Gummifliesen gepflastert, und der ganze Ort roch nach Bauern und Burnout, langweiligen Abenden und Vögelei auf dem Rücksitz eines Ford Granada. Sander fragte sich, ob hier draußen auch der alte Volvo Amazon noch immer hoch im Kurs stand.

Nach einer kurzen Begrüßung und ein paar Floskeln beschlossen sie, direkt zu dem kleinen Bauernhof zu fahren, auf dem Filippa gelebt hatte. Lisa folgte dem dunkelblauen Volvo, der ganz richtig nach Fågelviken und gleich darauf rechts in den Wald abbog auf eine Schotterpiste nach Ärtetjärn, die im Straßenbauetat der Kommune offensichtlich nicht die höchste Priorität genoss.

»Der eine heißt Kvant, das passt ganz gut«, lächelte Sander.

»Warum?«

»Kristiansson und Kvant, kennst du die nicht?«

»Nein.«

»Und Martin Beck? Sjöwall/Wahlöö? Die Bücher sollten zum Pensum der Polizeihochschule gehören.«

»Doch, die Beck-Filme habe ich natürlich gesehen«, sagte Lisa, als sie begriffen hatte, wovon Sander sprach.

»Das *Ekel von Säffle* kommt hierher«, versuchte es Sander ein letztes Mal.

»Was für ein Ekel?«

Lisa sah aus wie ein großes Fragezeichen und Sander gab auf. Dann fuhren Kvant und Hamrell auf einen engen Hof vor einem kleinen, zweistöckigen Haus. Es lag am Rand einer Wiese und ein stallähnliches Gebäude verhinderte die Einsicht vom Weg aus. Das ganze Anwesen wirkte verfallen, überall standen alte Autos, an denen ausnahmslos irgendein wesentliches Teil fehlte.

Sie waren fünfzehn Minuten zu früh, aber das spielte keine Rolle. Filippas Mutter, die sonst in einer Würstchenbude im Zentrum arbeitete, war heute natürlich nicht arbeiten. Der Vater war ohnehin arbeitslos und Hamrell, der verschwitzt und übergewichtig war und völlig erschöpft aussah, nachdem er sich aus dem Auto gehievt hatte, erklärte, dass die Eltern nicht zu den finanzkräftigsten Mitgliedern der Gemeinde Töcksfors gehörten. Sie waren zusammen, seit er sie als Teenager geschwängert hatte, und hatten ihr ganzes Leben auf dem kleinen Hof gewohnt. Filippa hatte eine Schwester, die in einem Pflegeheim lebte, aber jedes Wochenende nach Hause kam.

»Er säuft«, sagte Kvant.

»Alkoholiker der zweiten Generation«, ergänzte Hamrell.

»Verstehe«, sagte Lisa und versuchte die Assoziationskette zu stoppen, die in ihrem Kopf Form anzunehmen drohte. Das Letzte, was sie jetzt brauchte, war ein weiterer Besuch in Memory Lane.

Sie hatte ihr Notizbuch hervorgeholt, in dem sie sich Stichworte aufgeschrieben hatte. Als keiner der beiden schwedischen Polizisten Miene machte, noch etwas zu sagen, fragte sie: »Stimmt es, dass sie fast vierzehn Wochen verschwunden war?«

»Heute auf den Tag genau vierzehn Wochen«, antwortete Kvant. »Dreieinhalb Monate.«

»Warum …« Lisa wusste nicht genau, wie sie die Frage formulieren sollte, doch Kvant, der Ältere der beiden, war vorbereitet.

»Es war nicht das erste Mal, dass sie verschwunden ist. Sie war … wie soll ich das sagen? Sie war ziemlich wild. Seit sie zehn, elf Jahre alt war, zog sie mit einer Clique von Leuten herum, die acht Jahre älter waren als sie. Mit dreizehn ist sie zum ersten Mal verschwunden. Wir haben sie gesucht, es wurde erfolglos ermittelt, bis sie drei Wochen später wieder aufgetaucht ist. Sie war mit einem sechsunddreißigjährigen Lastwagenfahrer, der zwischen Schweden und Italien hin und her fuhr, auf Tour.«

»Sechsunddreißig?«, wiederholte Sander. »Und sie war dreizehn?«

»Wir hatten nichts gegen ihn in der Hand. Filippa verweigerte die Aussage und er behauptete, sie habe ihm erzählt, ihre Eltern hätten sie misshandelt, sie müsse von ihnen fort. Ziemlich unglaubwürdig, aber wir hatten nichts, dessen wir ihn beschuldigen konnten.«

»Und als sie erneut verschwand?«

»Wir haben eine Fahndung herausgeschickt, mit ihren Freunden gesprochen, sie im Bezirk gesucht, aber immer damit gerechnet, dass sie wieder auftaucht.«

»Das ist sie nun ja auch«, sagte Sander sarkastisch. Er konnte sich einfach nicht beherrschen. Weder Kvant noch Hamrell fühlten sich berufen, etwas zu erwidern. Lisa machte sich Notizen und tat, als hätte sie nichts gemerkt.

»Vielleicht sollten wir hineingehen«, sagte sie und nickte in Richtung des Hauses. Sander spürte die ersten Tropfen des nächsten Regenschauers, der über die Wälder und die värmländischen Seen zog, und setzte sich sofort in Bewegung. Er hörte, dass die anderen ihm folgten, und blieb erst stehen, als er auf dem glatten Stein stand, der eine Treppenstufe darstellen sollte. Lisa war direkt hinter ihm und klopfte mit der Faust an, während sie sich zu Sander unter das kleine Treppendach drängte, um nicht nass zu werden.

Filippas Mutter wirkte müde und übellaunig und murmelte etwas, das wie »Gunn« klang, als sie die beiden hereinbat. Die Autos auf dem Vorhof, der Schmutz und der Staub, alles passte nur zu gut zu den Vorurteilen, die Sander beim Anblick einer Wirklichkeit, mit der er nur selten in Berührung kam, nicht unterdrücken konnte. Dann riss er sich zusammen, sah Gunn direkt in die Augen und sprach ihr sein Beileid aus.

»Wir haben keinen Computer. Sie ist nach der Schule in die Bibliothek gegangen, manchmal ist sie erst nach Mitternacht nach Hause gekommen.«

Gunn sprach leise und ihre Schultern hingen nach vorn, als hätte ihr Körper nicht die Kraft, sie aufrecht zu halten. Ab und zu zitterte ihre Stimme, aber sie brach nicht. Sie weinte nicht und Sander fragte sich, ob sie das tun würde, wenn sie gegangen waren. Die Situation erinnerte ihn an das Gespräch mit Ole Tom und Siv vor einigen Tagen.

»Eines Tages ist sie mit einer Tasche nach Hause gekommen, die sie nicht von uns hatte, und als ich wissen wollte, wo sie die herhatte, hat sie mir einen kleinen Computer gezeigt, so einen, den man mit sich herumtragen kann. Sie hat ihn von jemand bekommen, hat sie gesagt, ihn nicht geklaut. Und als die Telefonrechnung gekommen ist, hatte sie Geld, um sie zu bezahlen. Sie hat gesagt, dass sie an der Tankstelle arbeitet, aber ich habe gewusst, dass das nicht stimmt, aber es war schließlich ihr Geld, oder?«

Der Vater hieß Glenn und weigerte sich herunterzukommen. Gunn erzählte, dass er mit einer Flasche Schnaps im Bett lag, seit die Polizei gestern da gewesen war und das von Filippa erzählt hatte. Sie ließ ihn in Frieden. Hamrell versicherte ihr, dass später jemand kommen würde, um ihnen zu helfen, aber es schien sie nicht zu interessieren.

»Manchmal ist sie tagelang in ihrem Zimmer geblieben. Dann ist sie plötzlich ausgegangen und wieder zurückgekommen, hat sich aber geweigert zu reden.«

»Was ist mit der Schule?«, fragte Sander.

»Sie ist hin und wieder hingegangen.«

»Ist darauf nicht reagiert worden?«

»Hin und wieder.«

»Wissen Sie, zu wem sie im Internet Kontakt hatte?«

»Das weiß ich nicht, ich weiß nicht mehr als das, was die Polizei erzählt hat, als sie den Computer abgeholt haben, nachdem sie wieder verschwunden ist. Dass sie sich vielleicht mit jemandem getroffen hat, den sie im Internet kennengelernt hat.«

Gunn schien unsicher, ob sie das, was man ihr erzählt hatte, richtig wiedergab.

»Wir haben eine Liste«, warf Hamrell ein. »Ihr könnt euch die Informationen, auf die wir gestoßen sind, später ansehen.«

Die Küche, in der sie saßen, war klein und überfüllt. Blinklichter teilten sich den Platz mit Kräutergläsern, alte, geklebte Teller hingen in einem Ständer an der Wand, und der Boden war mit schmutzigen Läufern bedeckt. Gunn sagte nichts, wenn sie nicht fragten, und Sander überlegte, ob sie etwas wusste, das sie verschwieg. Wahrscheinlich nicht. Sie hatte nichts mehr zu verlieren. Sie hat nichts, dachte er und fragte sich plötzlich, welche Träume Gunn gehabt haben mochte, als sie jung war.

»Mit wem war sie zusammen, wenn sie abends ausging?«, fragte er.

»Mit den anderen«, antwortete sie.

»Mit welchen anderen?«

»Mit den Freunden, mit denen sie immer zusammen war.«

Sander sah wieder zu Kvant und Hamrell hinüber.

»Wir haben mit ihnen gesprochen«, sagte Hamrell. »Niemand hat etwas gewusst. Sie haben geglaubt, sie hätte Freunde, die sie nicht kennen, und dass sie mit denen zusammen war. Wir müssen das natürlich noch einmal überprüfen.«

Er sprach ebenso zu Gunn wie zu Sander, eifrig darauf bedacht zu demonstrieren, dass sie nicht untätig gewesen waren.

Lisa sagte nichts. Sander fand es merkwürdig, dass sie ihm die Befragung überließ, doch nach allem, was er wusste, fragte sie sich die selben Dinge wie er. Und während sie bei Gunn saßen, in der kleinen Küche in dem verwohnten Haus, wurde ihnen schnell klar, dass sie nichts wirklich Nützliches erfahren würden. Nach einer halben Stunde war alles gesagt. Lisa schloss den Notizblock und gab Gunn die Hand.

»Danke, dass wir kommen durften.«

Gunn antwortete nicht und Sander hatte einen Augenblick Angst, dass sie es nicht schaffen würde, sich noch länger aufrecht zu halten. Als sie gingen, blieb sie sitzen.

Sie fuhren zurück zu der Tankstelle, an der sie vor einer Stunde gehalten hatten. Während Lisa und Sander hineingingen, um Baguettes und Kaffee zu kaufen, suchten Kvant und Hamrell Kopien von den Unterlagen heraus, die sie nach Norwegen mitnehmen konnten. Das Wetter hatte aufgeklart und zwischen den schnell über den Himmel ziehenden Wolken guckte die Sonne hervor.

»Sieh mal«, sagte Lisa, die schnell das Material durchgegangen war, das sie bekommen hatten. Sie gab Sander eine Liste, und er sah sofort, dass es sich um Benutzernamen von Messenger handelte. Oben stand der, den Filippa benutzt hatte, *luder@hot-mail.com*, und Sander fragte sich, was eine Vierzehnjährige dazu brachte, sich *luder*, also Hure zu nennen, wenn sie ins Internet ging, um zu chatten.

Auf der Liste standen fast fünfunddreißig Namen.

»Sieh mal da, ganz unten«, sagte Lisa.

»Ups«, sagte Sander. »Sie kannte Playme?«

»Genau«, sagte Lisa. »Ich denke, wir sollten uns noch einmal mit Ole Tom unterhalten. Nur ein Gespräch, kein Druck, nur damit er weiß, wir haben ihn nicht vergessen.«

»Da besteht jedenfalls ein möglicher Zusammenhang.«

Keiner war mit vollem Namen aufgeführt, auf der Liste standen nur Nicknames und konstruierte Worte. Zwei davon, »Mieze« und »Willst-du-mich« waren norwegisch geschrieben. Sander faltete den Bogen zusammen und gab ihn Lisa zurück. Kvant und Hamrell hatten sich auf einer Bank hinter der Tankstelle niedergelassen und Lisa ging zu ihnen, um zu besprechen, wie sie einander auf dem Laufenden halten wollten. Sander setzte sich ins Auto. Zehn Minuten später passierten sie die Grenze und waren zurück in Norwegen. Er schlief.

23

Einige Stunden später, auf dem Weg zum Atriumhaus in Finstad, hatten sich die Wolken verzogen. Hier und da waren die Leute bereits in den Gärten und Teenager auf Fahrrädern ließen Lisa besonders vorsichtig fahren, nachdem sie vom Nordbyvei abgebogen war.

Das Haus wirkte verlassen. Sander guckte durch den Schlitz zwischen Rahmen und Tür und sah das Türschloss wie einen Schatten durch Streifen von Licht. Lisa klingelte, doch im Haus tat sich nichts.

»Ob sie verreist sind?« Sander versuchte durch eins der Fenster hineinzusehen. Der Widerschein der Sonne machte es fast unmöglich, und als er einen Winkel gefunden hatte, durch den er etwas erkennen konnte, war auf der anderen Seite niemand.

»Wir schauen hinten nach, bevor wir wieder fahren«, sagte Lisa.

Sie gingen an der Hauswand entlang. Sander war unsicher, ob sie sich still verhalten sollten, um Personen, die sich im Garten aufhielten, zu überraschen, oder ob sie laut reden sollten, um sie vorzuwarnen.

Es spielte keine Rolle. Mitten auf dem Rasen, alleine in einem Stuhl, saß Siv Kvamme mit geschlossenen Augen, ohne Bikinitop, mit Kopfhörern, die Musik auf volle Lautstärke gedreht. Neben ihr im Gras lagen ein Discman und eine Flasche Sonnenmilch. Sander blickte in die andere Richtung.

»Geh, ich rede mit ihr«, sagte Lisa und schob Sander um die Hausecke. Er drehte sich um, ging zu der Treppe zurück und hörte nach einigen Minuten Schritte im Haus. Ein Schlüssel drehte sich im Schloss und Siv Kvamme öffnete die Tür. Als Sander ihr in die Augen sah, fragte er sich, ob sie weniger traurig aussah, ihr Rücken schien gerader und sie ließ den Kopf nicht ganz so hängen wie das letzte Mal.

Als er fragte, wie es ihr gehe, antwortete sie »okay«. Sie ging vor ihm her durchs Haus und führte ihn in den Garten, wo Lisa sich bereits unter den Sonnenschirm gesetzt hatte. Siv ging wieder hinein und Sander setzte sich.

»Ole Tom ist im Büro«, sagte Lisa. »Ich habe gesagt, dass wir uns auch mit ihr unterhalten können.«

Nach ein paar Minuten kam Siv mit einer Kanne mit rotem Saft zurück. Die Eisstücke klirrten in den Gläsern, als sie eingoss, und als Sander den ersten Schluck trank, merkte er, dass sie den Saft selbst gemacht haben musste. Der Erdbeergeschmack war intensiv und aromatisch. Er seufzte unwillkürlich und Siv lächelte. Es war das erste Mal, dass er sie lächeln sah. Einen Moment später lag ihr Gesicht wieder in den gleichen bekümmerten Falten wie bei ihrer Ankunft und Sander fragte sich, ob er sich geirrt hatte.

»Ich habe irgendwie ein schlechtes Gewissen«, sagte Siv. »Aber ich bin so erleichtert, dass das Mädchen, das Sie gefunden haben, nicht Tonje ist. Diese Erleichterung war einfach wunderbar, trotz aller Sorgen und überhaupt.«

»Was Sie gerade durchmachen, ist nicht leicht, Siv«, antwortete Sander. »Kein Mensch wäre sehr viel anders damit umgegangen als Sie. So im Ungewissen zu leben gehört zu den Dingen, die einen Menschen am meisten schlauchen, glaube ich; nichts zu wissen, keine Kontrolle zu haben.«

»Es ist furchtbar. Ich glaube, niemand, der das nicht erlebt hat …« Sie verstummte und sah zu Boden.

»Wie nimmt es Ole Tom?«, fragte Lisa, und Sander erinnerte sich, dass sie im Dienst war. Das war ihr Job.

»Ich weiß es nicht. Er ist so seltsam …«

»Wie?«, fragte Lisa.

»Manchmal glaube ich, dass er es gar nicht an sich heranlässt, und dann sagt er wieder tagelang überhaupt nichts. Aber er ist nie leicht zu verstehen gewesen. In gewisser Weise hat er das ja auch gelernt.«

»Gelernt?«

Sander konnte sich nicht erinnern, dass Ole Tom etwas über seine berufliche Laufbahn erzählt hatte, als sie sich vor ein paar Tagen mit ihm unterhalten hatten.

»Ich dachte an seinen Background«, sagte Siv. »Sie wissen, dass er nicht Tonjes richtiger Papa ist?«

»Das ist uns bewusst«, sagte Lisa. »Sie sind erst einige Jahre zusammen?«

»Fünf. Der Vater von Tonje, er … wir sind nicht so gut miteinander ausgekommen. Er war viel fort, als Tonje klein war, auf Dienstreisen, und in den letzten Jahren waren wir wohl auf mehr als eine Weise nicht mehr richtig zusammen. Als Tonje sechs war, ist er mit einem anderen Mann zusammengezogen.«

Ihr schien das peinlich zu sein, als schämte sie sich, dass sie sich in einem Menschen so hatte irren können. In Ski kannte wahrscheinlich niemand ihre Geschichte. Niemand oder alle.

»Ach so«, sagte Lisa und ärgerte sich sofort, dass ihr nichts Intelligenteres oder Mitfühlenderes eingefallen war.

»Sie haben gesagt, dass er das gelernt hat«, sagte Sander.

»Als ich ihn kennenlernte, hatte er gerade beim Militär aufgehört. Er war Fallschirmjäger in der Grundausbildung und hat dann als Offizier weitergemacht. Er ist ziemlich viel gereist.«

Sander sah Lisa an, die Sander ansah. Eine militärische Laufbahn war zwar nichts Ungewöhnliches, aber im Lichte dessen, was sie am Vortag herausgefunden hatten, war es zumindest einer eingehenderen Betrachtung wert. Lisa war offenbar einer Meinung mit ihm.

»Was hat er da gemacht? Beim Militär, meine ich?«, fragte sie.

»Das weiß ich nicht … es hört sich zwar seltsam an, aber wir haben so gut wie nie darüber gesprochen. Große Teile seiner Arbeit waren geheim, er darf nicht darüber reden. Da war es am einfachsten, erst gar nicht zu fragen.«

»Geheim? Sie meinen Geheimdienst oder so?« Lisa wollte das Thema nicht fallen lassen.

»Jedenfalls so geheim, dass er nicht darüber spricht. Ich weiß nicht, welche Abteilungen es beim Militär gibt.«

»Nein …«

Lisa schien unsicher, was sie fragen sollte. Siv kam ihr zu Hilfe.

»Eigentlich habe ich gemeint, dass er gelernt hat, seine Gefühle unter Kontrolle zu halten. Das hat er mir zumindest gesagt. Und deshalb wirkt er hin und wieder sehr distanziert. Und in der letzten Zeit eben immer. Aber es ist schließlich auch nicht leicht …«

»Und er hat nie darüber geredet, was er gemacht hat oder wohin er gereist ist?«, fragte Sander, um die Unterhaltung in Gang zu halten.

»Er sagt manchmal, da bin ich gewesen, wenn in den Fernsehnachrichten über irgendein Land berichtet wird, aber ich habe keinen Überblick. Können Sie nicht lieber mit ihm darüber reden? Oder mit Kant aus der Schule. Die beiden waren zusammen beim Militär.«

»Mit Kant? Konrektor Kant?« Sander glaubte sich verhört zu haben.

»Ja, mit Kant. Das mag sich unwahrscheinlich anhören, aber die beiden haben einige Male zusammengearbeitet. Ich habe mich auch gewundert, er ist doch so still und schüchtern. Aber stille Wasser sind tief, sagt man das nicht?«

»Kann sein, ja«, antwortete Sander.

»Du arbeitest mit ihm zusammen«, sagte Lisa an Sander gewandt, »und hast nicht gewusst, dass du den Arbeitsplatz mit einem ehemaligen Berufssoldaten teilst?«

Sie schien das fast lustig zu finden, doch die Situation war zu ernst, um Witze zu machen. Aber wenn Siv wirklich recht hatte, verfügte Kant möglicherweise über wertvolle Informationen.

»Was für ein Verhältnis hat Ole Tom zu Tonje?«, fragte Lisa. Siv wusste offenbar nicht mehr über die Laufbahn ihres Mannes, also konnten sie das Gespräch genauso gut in eine andere Richtung lenken.

»Ein ganz normales, denke ich. – In gewisser Weise ist es natürlich schon speziell, sie kennen sich ja nicht so lange, aber in den ersten Jahren ist er so etwas wie ein Held für sie gewesen. Ich denke, es hatte damit zu tun, dass ihr eigener Vater sie im Stich gelassen hat und Ole Tom der Ritter in der glänzenden Rüstung war, der sie gerettet hat, wenn Sie verstehen …«

»Ich denke, das ist ganz normal«, sagte Sander.

»Mit der Zeit, als sie etwas älter wurde, hat er ihr immer die Grenzen gesetzt und gesagt, wann sie zu Hause sein muss. Deshalb haben sie sich öfter gestritten. An dem Abend, bevor sie verschwunden ist …«

Siv blickte zu Boden und verstummte. Sander sagte nichts und hoffte, dass Lisa geduldig genug war, zu warten.

»Ich glaube, das macht ihm jetzt zu schaffen … am Abend, bevor sie verschwunden ist, haben sie sich so angeschrien, dass ich sie bitten musste, sich zu beruhigen. Das kam sonst nie vor. Sie hat Hausarrest bekommen und Tom wollte mir nicht sagen warum. Und als sie am Tag darauf zum Handballtraining gegangen ist, ist er losgefahren, um sie abzuholen. Das Ganze war ziemlich unangenehm.«

»Sie wissen nicht, worüber sich die beiden gestritten haben?«, fragte Lisa.

»Lappalien«, sagte sie. »Teenagerkram. Ich war eigentlich froh, darum herumzukommen.«

»Aber er hat sie nicht gefunden?«, nahm Sander den Faden wieder auf.

»Als er nach Hause kam, war er total außer sich. Er hat auf dem Weg zwischen Sporthalle und unserem Haus Ausschau nach ihr gehalten, sie aber nicht gefunden. Und er wusste, dass sie beim Training war, das hatten die anderen Mädchen ihm erzählt.«

»Warum haben Sie nicht sofort die Polizei gerufen?«, fragte Lisa.

»Wir wussten doch nicht, ob etwas passiert war. Ole Tom meinte, dass sie bestimmt Lena oder eine der anderen getroffen hat. Aber als es immer später wurde, sie nicht kam und niemand wusste, wo sie war, habe ich die Polizei angerufen.«

»Sie? Nicht Ole Tom?«, sagte Lisa.

»Nein. Ich.«

Sie blieben noch ungefähr eine halbe Stunde und plauderten. Siv schien jemanden zum Reden zu brauchen und bei so einem Gepräch konnte immer eine interessante Information auftauchen. Als sie wieder am Auto standen, hatten sie über eine Stunde auf dem Rasen vor dem Haus gesessen, und Sander spürte, wie ihm der Schweiß den Rücken hinunterlief.

»Warum haben wir das mit dem Militär nicht gewusst?«, fragte Sander.

»Wir haben es bestimmt gewusst. Ich habe nur nicht eins und eins zusammengezählt.«

»Es stand nirgendwo in den Unterlagen, die du mir gegeben hast. Über Ole Toms Background stand da nichts.«

»Das ist vielleicht gar nicht so merkwürdig, Sander. Er hatte keine hohe Priorität. Und das hat er jetzt eigentlich auch nicht, es wäre nur interessant, mit ihm zu reden. Glaubst du allen Ernstes, dass er seine eigene Tochter entführt hat? Warum sollte er?«

»Sie ist nicht seine Tochter«, antwortete Sander. »Und sie haben sich gestritten.«

»Das passt nicht. Ich werde mit ihm reden und mir anhören, worüber sie sich gestritten haben, aber wahrscheinlich können wir das vergessen. Und dann sind wir so schlau wie vorher.«

Sander gab ihr recht. Trotzdem war da was, irgendetwas, das er nicht zu fassen bekam.

Lisa setzte ihn kurz vor sechs vor seinem Haus ab und er schaffte es gerade noch vor Ladenschluss, Brot und die Zutaten für ein einfaches Abendessen im alten Supermarkt von Hebekk einzukaufen.

Er fand es noch immer seltsam, den gleichen Weg nach Hause zu gehen, den er als Junge Hunderte von Malen gegangen war. Fast immer tauchten Erinnerungen an Donald-Duck-Heftchen auf, an Samstagssüßigkeiten und Fahrradwettrennen, die immer damit geendet hatten, dass einer verpflastert werden musste. Und jetzt war dieser Ort zu einer Art Exil für ihn geworden, zu einem Ort, an dem er sich derzeit aufhielt und von dem er wieder abreisen würde. Er musste nur ein wenig Zeit vergehen lassen, Abstand zu den Dingen gewinnen, die Leute vergessen lassen. Dann würde er von neuem beginnen, diesmal jedoch ohne Fehltritt.

24

»Lisa Lunde.«

»Hej, Lisa, Tone Helle am Apparat.«

»Hej, Tone, danke, dass du gleich zurückrufst.«

»Kein Problem. Es hörte sich wichtig an.«

»So wichtig ist es nun auch wieder nicht«, sagte Lisa. »Aber ich brauche deine Hilfe, ich verstehe den Zusammenhang zwischen Tonje und einem internationalen Netzwerk von Pädophilen nicht ganz, deshalb hielt ich es für nützlich, etwas mehr zu erfahren. Außerdem frage ich mich, was ihr herausgefunden habt, als ihr euch gestern die Schule vorgenommen habt. William hat den ganzen Tag in Besprechungen gesessen, deshalb hatte ich keine Gelegenheit, mit ihm zu reden.«

»Wir sind uns nicht sicher, ob da ein Zusammenhang besteht.« Helle neigte offenbar nicht zu voreiligen Schlüssen.

»Das verstehe ich. Aber wenn das Netzwerk so exklusiv ist, wie ich William verstanden habe, und wenn die Bilder von Tonje und die Webcam-Bilder auf diesen Seiten aufgetaucht sind, deutet doch manches auf einen Zusammenhang hin?«

»Ja, da hast du sicher recht. Ich möchte nur die Möglichkeit im Auge behalten, dass sie das Material von außen bekommen und dann auf ihre eigenen Seiten gestellt haben. Andererseits kennzeichnet es diesen Ring, dass sie Material produzieren, das wir sonst nirgendwo finden, und dass sie so exklusiv sind. Deshalb ist es gut möglich, dass du recht hast.«

Helle dachte beim Reden nach, Lisa hörte, dass sie währenddessen in Unterlagen blätterte und die Freisprechanlage einzuschalten versuchte.

»Aber die Verbindung, nach der du suchst, ist eigentlich nicht so schwer zu finden«, fuhr Helle fort. »Die Sexindustrie war immer schon international, das Produkt, das diese Leute verkaufen, kennt keine Grenzen. Die einzigen Grenzen, die sie kennen, sind die juristischen, die entweder eingehalten oder meistens überschritten werden. Was dazu geführt hat, dass viel im Verborgenen passiert, und das Internet bietet vor allem den härtesten Sparten dieser Industrie gute Bedingungen. Früher fand jeder Austausch von Filmen oder Bildern durch Menschen statt, am verbreitetsten waren Pornos, in denen Sex mit Kindern zu sehen war. Aber das Risiko war enorm, vor allem das mit dem Druck des Materials verbundene, wodurch die Verbreitung begrenzt blieb. Dann kamen die Videos. Sie führten dazu, dass viele Zwischenglieder in der Produktion ausgeschaltet werden konnten, aber die Verbreitung war noch immer ein Problem. Alles musste von Menschen verschickt werden, und durch systematisches Überwachen oder zufällige Kontrollen von Polizei und Post konnten viele geschnappt werden.«

»Und dann kam das Internet«, dachte Lisa laut.

»Sie sind uns im Gebrauch der Technologie weit voraus, sie wissen, wie sie anonym operieren können, und jetzt, wo das Material weder gedruckt noch per Post versendet werden muss, sind zwei Schwierigkeiten, mit denen sie früher zu kämpfen hatten, aus dem Weg geräumt. Kombinier das mit der Tatsache, dass europaweit im Laufe eines Jahres eine große Zahl von Kindern verschwindet, dann hast du die Dimensionen, mit denen wir es hier zu tun haben.«

»Was passiert mit Tonje, Worst-Case-Szenario?«, fragte Lisa.

»Wenn sie in den Klauen dieses Rings ist, wird man sie entweder dort benutzen, wo sie entführt worden ist, um Bilder und Filme zu produzieren, oder versuchen, sie außer Landes zu bringen. Nach allem, was wir wissen, könnten sie das sogar schon getan haben. Wie dem auch sei, ein solcher Fall endet selten damit, dass das Mädchen wieder auftaucht. Entweder weiß sie zu viel oder hat bei der Produktion des Materials solchen Schaden genommen, dass man sich ihrer entledigt. Sie einfach umbringt. Wenn man so weit gegangen ist, eine Vierzehnjährige zu kidnappen, hat man nicht mehr viel zu verlieren.«

Lisa bekam eine Gänsehaut. Der Gedanke war ihr auch schon gekommen, besonders nachdem sie Filippa gefunden hatten, doch jetzt, als Tone Helle diese Horrorvision mit ihrer gefühllosen Berichtsstimme wiederholte, wurde er erschreckend konkret.

»Wir haben übrigens den Sender der Kamera gefunden, hast du das mitbekommen?«, fuhr Tone Helle fort.

»Nein, ich muss versuchen, mit William zu reden, ich glaube, ich hinke ein wenig hinterher.«

»Der Sender ist an einen Server angeschlossen, der in dem von Lehrern und Trainern benutzten Büro steht, ein wenig versteckt, damit ihn niemand sieht. Nach den ganzen Wollmäusen auf dem Boden zu urteilen, ist seit Jahren keiner mehr an der Rückseite des Computers gewesen.«

»Wirklich?«, fragte Lisa. »Macht er denn keine Geräusche?«

»Was in einem PC Geräusche macht, ist der Ventilator. Dieser Sender produziert nicht so viel Wärme, dass er einen Ventilator braucht, also macht er auch kein Geräusch. Er nimmt lediglich die Signale von der Kamera auf, um die Bilder an eine Adresse im Internet zu schicken, die sich jede Woche ändert. Die Drahtzieher haben zur Zwischenlagerung ungeschützte, private Computer im Internet benutzt und die Bilder von dort regelmäßig abgerufen. Da verlieren sich dann die Spuren, bis die Dateien wieder bei den uns bekannten Adressen auftauchen. Bei wem und wo die Bilder in der Zwischenzeit sind, wissen wir noch nicht.«

»Was ist mit Fingerabdrücken und dergleichen?«

»Alles sauber, wir haben keinen Hinweis darauf, wer die Ausrüstung in der Umkleide installiert haben kann. Dass dieser Raum für jeden zugänglich ist, macht die Sache nicht einfacher.«

»Du hast von Filippa gehört, dem Mädchen, das sie am Dienstag gefunden haben?«, fragte Lisa und wechselte das Thema. Sie hatte einen Verdacht, was den Kamerainstallateur anging, aber den wollte sie mit William besprechen, nicht mit Tone Helle.

»Ja, ich habe den Obduktionsbericht und die Ermittlungsakten gelesen, die von Årjäng herübergefaxt worden sind.«

»Was, glaubst du, ist mit ihr passiert?«

»Eigentlich ist es ein klassisches Verschwinden, bei dem man davon ausgegangen ist, dass das Mädchen abgehauen ist. Und oft ist es ja auch so, dass Jugendliche in der Pubertät die Sachen packen und sich mit einem oder mehreren zusammentun, die sie im Internet getroffen haben. Früher saßen sie in irgendeinem Kaff auf dem Land fest, ausgegrenzt und möglicherweise ausgestoßen von einer Dorfgemeinschaft, die für alles keinen Platz hatte, was sich vom Durchschnitt abhob. Ein bisschen so wie in dem Film ›Raus aus Åmål‹. Heute dagegen brauchst du nur ein Modem und einen Internetanschluss, um Gleichgesinnte zu finden, ob du nun vierzehn bist und nach anderen Gothics suchst oder fünfundvierzig und auf Gummistiefel stehst. In Japan haben sie ungelogen riesige Probleme mit Jugendlichen, die sich in sogenannten Selbstmordkulten zusammentun. Ich habe von einem Fall gelesen, in dem sie sechs Mädchen zusammengepfercht in einem Auto gefunden haben, die Fenster zugeklebt, die Abgase direkt ins Auto geleitet.«

»Oh, Gott«, rief Lisa.

»Es tut mir leid, wenn ich etwas gefühllos klinge, was diese Dinge angeht«, sagte Helle. »Es ist nur so, dass ich so viele grauenhafte Dinge zu sehen bekomme, und ohne eine gewisse Distanz hätte ich wahrscheinlich meine eigenen Kinder längst eingesperrt, sie selbst unterrichtet und weit von Fernsehen, Internet, Innenstadt und Partys ohne Eltern ferngehalten.«

»Ja, sicher, das verstehe ich. Aber Filippa ... waren sie mit ihr fertig?«

»Ich weiß es nicht«, antwortete Helle.

Plötzlich begann es in der Telefonleitung zu knistern und Lisa sah sich um, ob etwas den Empfang beeinträchtigte. Sie war in das Parkhaus des Einkaufszentrums gefahren, um einzukaufen und bei McDonald's einen Burger zu essen. Die dicken Betonwände waren wahrscheinlich die Ursache für den schlechten Empfang.

»Ehrlich gesagt, bin ich mir nicht sicher. Die Tatsache, dass sie ausgehungert war ... Ich glaube, da ist etwas schiefgelaufen. Wir haben bei den uns bekannten Adressen keine Bilder von ihr gefunden, was darauf hindeuten könnte, dass sie nicht dazu gekommen sind, welche zu machen. Oder sie gelöscht haben, um die Verbindung zu einem Mord zu vertuschen. Aber wie gesagt, ich weiß es nicht.«

Tone Helle war kaum noch zu verstehen und Lisa sagte »Danke, mach's gut«. Ihre Stimme hallte vom Beton wider. Das Display zeigte nur noch einen Empfangsbalken, und sie schaltete das Handy aus und freute sich auf dreißig Minuten Alleinsein unter einigen hundert Kunden des Einkaufszentrums.

25

Sie saß in der Hollywoodschaukel, ganz hinten im Garten. Die Sonne stand tief, und von seinem Standort aus konnte er direkt unter ihren kurzen Rock sehen. Plötzlich wusste er, dass sie das wollte. Sie tat nichts, um ihn daran zu hindern. Der Slip war rosa mit einem blauen Herzen vorne drauf, und er hätte viel Geld darauf verwettet, dass es ein String war. Als sie ihn entdeckte, lächelte sie, stand auf, ging über den Rasen zum Haus und blieb an der Treppe stehen, die zur Terrasse hinaufführte.

»Wollen Sie mich nicht hereinbitten?«

Innerlich sagte er mehrmals »nein«, wusste jedoch gleichzeitig, dass Lena der Schlüssel dazu sein konnte, zu verstehen, was mit Tonje passiert war. Und wenn sie nicht mit der Polizei reden wollte, aber plötzlich vor seinem Haus stand und sich selber einlud, hatte er streng genommen sogar die Pflicht, ihr zuzuhören.

Sie ging langsam die Treppe hinauf, ohne ihn aus dem Blick zu lassen. Die Lederjacke, die sie anhatte, war zu warm, und als sie auf die Terrasse kamen, war das Erste, was sie tat, sie auszuziehen.

»Möchtest du etwas trinken?«, fragte Sander, um das peinliche Schweigen zu brechen, das sie seiner Meinung nach nutzte, um ihn zu verunsichern. Er bereute seine Frage sofort, war sich völlig im Klaren, dass sie alles, was er sagte, gegen ihn verwenden könnte.

»Was haben Sie denn anzubieten?«, fragte sie zurück. »Haben Sie ein Bier?«

»Für ein Bier bist du noch zu jung, Lena. Auch ohne dass ich dich betrunken mache, macht es einen schlechten Eindruck, dass du abends um neun einfach so hier auftauchst.«

Sie lachte, kicherte halbwegs. Es hörte sich gekünstelt an.

»Du kannst einen Apfelsaft bekommen«, sagte er. »Ich habe einen guten, nicht dieses Spülwasser, das sie unten bei Rimi verkaufen.«

»Okay«, antwortete sie und folgte ihm in die Küche. Von dort aus ging sie ins Wohnzimmer, während Sander Saft für sie eingoss und sich ein Tsingtao nahm. Einen Augenblick fragte er sich, ob er mit gutem Beispiel vorangehen und auch etwas Alkoholfreies trinken sollte. Doch das war sein Haus und er beschloss zu trinken, worauf er Lust hatte.

Das Wohnzimmer war leer, als er mit Glas und Flasche zurückkam. Auf dem Sofa hatte sie ihre Lederjacke abgelegt. Durch die Tür zum Fernsehzimmer sah er ihren Rücken.

Das enge Top zeigte kein Zeichen eines BHs, und als sie ihn hörte und sich umdrehte, sah er, dass sie auch keinen trug. Die Brüste waren klein und die Brustwarzen durch den weißen Stoff sichtbar.

»Super Filme«, sagte sie und hielt ›Pulp Fiction‹, ›Ken Park‹ und das Oliver-Stone-Massaker ›Natural Born Killers‹ in der Hand. Aus dem einen oder anderen Grund überraschte es ihn nicht, dass sie diese Filme gesehen hatte.

»Wollen Sie sich den ansehen?«, sagte sie und hielt ›Ken Park‹ so hoch, dass er das Cover sehen konnte.

Eine neue Falle. ›Ken Park‹ war ein weiterer Skandalfilm von Larry Clark, gespickt mit Teenagersex. Es war einer dieser Filme, die man sich nur verschämt in der Videothek auslieh, obwohl sie unter all den anderen Filmen standen und vorgaben, seriöse Filmkunst zu sein.

»Ich denke nicht, Lena«, sagte Sander. »Du bist doch sicher nicht gekommen, um einen Film zu sehen, oder?«

»Ich bin zum Reden gekommen.«

»Vor einigen Tagen war es dir nicht so wichtig zu reden.«

»Ich habe nachgedacht«, antwortete sie.

»Du hast nachgedacht?«

Sie setzte sich in einen der beiden Stühle und drehte ihn so, dass er dem gegenüberstand, in den Sander sich setzen wollte. Er nahm Platz und trank einen Schluck aus der Flasche. Der Apfelsaft stand auf dem Tisch. Sie machte keine Anstalten, aus dem Glas zu trinken.

»Was, glauben Sie, ist mit Tonje passiert?«, fragte sie plötzlich.

»Warum fragst du mich das?«

»Sie helfen doch der Polizei.«

»Dann solltest du vielleicht mit denen sprechen.«

Lena lehnte sich zurück und schwieg. Sie schien plötzlich eine andere zu sein, weniger herausfordernd, mehr nach einer Antwort suchend. Sie war unsicher und er hatte das Gefühl, dass sie gekommen war, weil sie Angst hatte. Aber wovor?

»Was glaubst du?«, fragte er.

»Was ich glaube? Ich weiß es nicht.«

»Hast du in den Fernsehnachrichten von dem Mädchen gehört, das sie oben bei der Rundfunkstation gefunden haben?«

»Ja«, antwortete sie.

»Glaubst du, das könnte etwas mit Tonje zu tun haben?«

»Nein.« Sie schwieg erneut. Sie hatte leise und nicht sehr bestimmt geantwortet. Sander hatte das Gefühl, dass sie sich selbst zu überzeugen suchte. »Es muss ja nichts passiert sein. Vielleicht ist sie einfach abgehauen?«

»Glaubst du das?«, fragte Sander. »Meinst du, Tonje würde abhauen, ohne dir, Marte oder Aina etwas zu sagen?«

»Kann schon sein. Dass es freiwillig gewesen ist, meine ich.«

»Und die Bilder? Sind die auch freiwillig entstanden?«

»Warum nicht? Die sind doch gar nicht so schlimm, sie sieht nicht aus, als sei sie vergewaltigt worden oder so.«

»Woher willst du das wissen? Du hast doch gerade gesagt, dass du nicht weißt, was passiert ist.« Lena antwortete nicht. Sander versuchte es noch einmal. »Du weißt etwas, nicht? Es gibt etwas, das du nicht erzählen willst.«

Sofort war das provozierende Mädchen wieder da und bestritt, dass an Sanders Behauptung etwas dran war. Sie lehnte sich im Stuhl zurück, ließ die Beine auseinandergleiten. Sander sah, dass das kleine Herz auf dem Slip aus Plastik war.

Schließlich machte er dem Ganzen ein Ende, entschuldigte sich damit, dass er morgen früh aufstehen müsse, und brachte Glas und Flasche in die Küche. Er ging mit ihr hinunter und half ihr in die Jacke. Als sie ging, umarmte er sie kurz, und als sie sich an ihn schmiegte, machte er sich frei. Dann öffnete er die Tür und schob sie freundlich über die Schwelle. Er blieb stehen, bis sie zum Tor am Ende der Einfahrt hinaus war. Erst als er vor dem Spiegel stand und sich die Zähne putzte, fragte er sich, ob er sie hätte nach Hause fahren sollen.

26

Sie mochte ihn, und am meisten mochte sie, dass er den Köder nicht geschluckt hatte. Er übersah einfach, was andere glotzen ließ. Redete über etwas anderes, wenn sie das Gespräch auf Sex brachte, und hatte ihr Saft gegeben, als sie um Alkohol gebeten hatte. Und trotzdem behandelte er sie, als wäre sie erwachsen. Irgendetwas an Sander Mørk gab ihr das Gefühl, mehr zu sein als ein Körper in einem kurzen Rock und einem engen Top.

Sie zog die Jacke enger um sich. Die Nachtluft ließ sie frösteln, und sie ging schnell zum Nordbyvei hinunter. Der Tau legte sich bereits auf das Gras am Straßenrand, und die Luft war feucht, nachdem es tagsüber geregnet hatte.

Bei der Esso-Tankstelle blieb sie einige Sekunden stehen und überlegte, ob sie durchs Zentrum gehen oder die Abkürzung über die Felder nehmen sollte. Schließlich entschied sie sich für den kürzesten Weg. Sie drehte sich bewusst nicht um, als sie hinter sich ein Auto in die Straße einbiegen hörte. Es gab Gas und verschwand Richtung Zentrum. Dann war alles still.

Sie dachte an Tonje, dachte an das, was sie getan hatten, und fragte sich, ob sie zu weit gegangen waren. Was passiert sein mochte. Sie hatte halbwegs erwartet, von ihr zu hören, nicht unbedingt per Telefon, sondern per Mail, von einem neu eingerichteten Hotmail-Konto oder über Messenger. Aber es war keine Mail gekommen und auf Messenger war es still. Nur die üblichen schlüpfrigen Mails von schleimigen Tattergreisen von vierzig, fünfzig Jahren, die Kontakt suchten und aus ihren Wünschen kein Geheimnis machten. Loser.

Sie hatten oft darüber gesprochen abzuhauen. Nicht für immer, aber für eine Weile. Es musste auch nicht weit sein, nur weit genug, dass sie nicht sofort gefunden wurden. Lena wusste nicht, wie oft sie bei ihr vor dem Computer gesessen und Messenger geöffnet hatten, durch alle Mails gescrollt waren und sich gefragt hatten, wer passen, wer sie abholen und ihnen helfen könnte, aus diesem Kaff Ski wegzukommen. Sie verabscheuten die Selbstgefälligkeit, die Heuchler und alle, die nichts anderes vom Leben erwarteten, als mit der Schule fertig zu werden, einen Job bei der Post zu bekommen, zu heiraten und den Rest ihres Lebens damit zu verbringen, die Einwohnerzahl zu erhöhen.

Sie verdienten etwas Besseres. Sie wollten mehr und sie wollten es jetzt. Und sie wussten, dass die Möglichkeiten da waren, und sie Macht hatten, und diese Macht ihnen geben konnte, was sie sich wünschten. Sie mussten nur den Richtigen finden. »Der, der es wert ist«, hatte Tonje gesagt. Oder der einfach nur okay ist, hatte Lena gedacht.

Sie hatte das Feld fast überquert, als etwas sie stehen bleiben ließ. Kein Laut, nur so ein Gefühl, aber intensiv genug, um ihr Herz schneller schlagen und den Puls unangenehm im Hals pochen zu lassen. Sie fragte sich einen Augenblick, ob sie umdrehen und zurückgehen sollte. Dann nahm sie sich zusammen.

»Hör auf mit dem Unsinn.« Sie hatte es laut zu sich selbst gesagt und der Klang ihrer eigenen Stimme wirkte beruhigend. Sie atmete tief durch und legte die letzten hundert Meter bis zum Feldrand zurück, wo sie über den Graben auf den Weg springen konnte.

Zuerst sah sie das Auto. Es schien verlassen, als wäre jemand an den Straßenrand gefahren, ausgestiegen und hätte es stehen lassen. Aber da stimmte etwas nicht. Anfangs konnte sie nicht sagen, was nicht in Ordnung war. Dann begriff sie, dass die Fenster nicht beschlagen waren, und als sie näher kam, bildete sie sich ein, die Wärme des Motors in der kalten Luft zu spüren.

Dann bemerkte sie ihn. Er kam von hinten, er musste weiter unten gewartet haben. Es war der Laut von Stoff, der aneinander rieb. Als sie ihn hörte, war er nur noch wenige Meter hinter ihr. Dann ging alles sehr schnell, seine Arme waren dünner, als sie gedacht hatte, der Geruch von Alkohol stieg ihr in die Nase, und als sie das Gleichgewicht verlor und zu Boden ging, spürte sie, wie der Kies ihre Wange aufriss. Etwas wurde in ihren Mund gestopft und ein Tape verschloss ihn so stramm, dass keine Luft mehr hinein- oder hinauskam. Für einen kurzen Moment, bevor ihr klar wurde, dass sie durch die Nase atmen musste, spürte sie die Panik wie eine Faust im Magen.

Sie versuchte, den Kopf zu drehen, um einen Blick auf ihn zu erhaschen. Weil es dunkel war und er direkt hinter ihr stand, konnte sie ihn nicht sehen. Sie spürte ihn nach ihren Handgelenken greifen und sie mit Tape zusammenbinden. Als er damit fertig war, lag sie auf dem Bauch und war außerstande sich zu rühren, wie ein Insekt, dem jemand die Beine abgerissen und es zum Sterben liegen gelassen hatte.

Aber er wollte sie mitnehmen. Als er zum Kofferraum ging, sah sie seinen Rücken. Dann drehte er sich um und kam zurück, zog sie auf die Beine und schubste sie zum Auto. Dort stieß er sie, sodass sie in das nach Benzin stinkende Loch fiel, ohne sich abstützen zu können. Das Letzte, was sie sah, bevor das Licht verschwand, waren seine abgekauten Nägel, die zerfaserten Ränder und die eingerissene Nagelhaut.

27

Als er endlich begriff, dass das Telefon auf dem Nachttisch klingelte, war er bereits eine vermeintliche Ewigkeit durch ein Traumlabyrinth geirrt und hatte versucht, den Laut zu lokalisieren. Dann bemerkte er das Morgenlicht, das durch einen Schlitz zwischen den Vorhängen drang, hörte die Vögel, die draußen sangen, und streckte die Hand nach dem Apparat aus, der durch die Vibration Gefahr lief, über die Kante des Nachttisches zu fallen.

»Was treibst du, Sander? Ich habe es zwei Minuten klingeln lassen.«

»Sorry, ich habe tief und fest geschlafen.« Er hörte seine Stimme Lisa antworten, hatte allerdings nicht das Gefühl, physisch anwesend zu sein. Er war weiter im Traumland, aber nur noch wenige Sekunden.

»Lena ist verschwunden«, sagte Lisa.

»Lena ist verschwunden?«

»Sie ist gestern Abend nicht nach Hause gekommen. Ihre Eltern, der Marathonläufer und die Boutiquenlady, du erinnerst dich, sind früh zu Bett gegangen. In der Nacht ist er aufgewacht und musste aufs Klo. Als er auf dem Rückweg ins Bett in Lenas Zimmer geschaut hat, musste er feststellen, dass sie nicht nach Hause gekommen ist. Da war es fast drei.«

»Wie spät ist es jetzt?«, fragte Sander hellwach.

»Gleich halb sechs. Wir haben schon nach ihr gesucht, jetzt organisiert das Rote Kreuz eine Suchaktion mit allen Mitarbeitern, die nicht in Urlaub sind. Im Laufe des Tages werden sich noch mehr dazugesellen.«

Lena war verschwunden, und Sander wurde schlagartig klar, dass er sie wahrscheinlich als Letzter gesehen hatte. Und dass die ganze Situation für ihn alles andere als angenehm war. Wenn jemand sich seine Laufbahn ansah und auf Stockholm stieß und … Er führte den Gedanken nicht zu Ende, aber das Schreckensszenario war deutlich genug. Er fühlte sich verfolgt.

»Willst du mitsuchen?«, fragte Lisa und unterbrach Sanders Horrorvisionen.

»Ich … Ja, natürlich, ich helfe gern.«

»Weißt du, wo die Finstad-Schule ist?«, fragte Lisa.

»Natürlich, ich bin hier aufgewachsen.«

»Geh hin, dort wird die Suche organisiert. Schließ dich einer der Gruppen an, die zu Fuß gehen.«

Sanders Kopf arbeitete auf Hochtouren. Lisa wusste offenbar nur, dass Lena ausgegangen und nicht zurückgekommen war. Sie hatte keine Ahnung, wo das Mädchen gewesen war oder welchen Weg es gegangen sein könnte. Es musste wie die Suche nach der berühmten Nadel im Heuhaufen sein.

»Wir beginnen mit einem Gebiet, in dem sie sich zu Fuß bewegt haben kann«, sagte Lisa, als hätte sie Sanders Gedanken erraten.

»Anschließend weiten wir es Schritt für Schritt aus und schauen, wohin uns das führt. Hoffentlich geht es schnell. Wir wissen ja allzu gut, wie das auf die Eltern wirkt.«

»Ja, das kann ich mir vorstellen.«

Er wusste nicht recht, was er sagen sollte. Er wusste nur, was er hätte sagen müssen.

»Wir telefonieren später. Stell dich unter die kalte Dusche, das hilft.« Sie war voller Energie, als wäre sie erleichtert, endlich etwas Konkretes anpacken zu können. Und bevor Sander etwas sagen konnte, hatte sie aufgelegt.

Er stemmte sich halb im Bett hoch, schwang die Beine auf den Boden und blieb auf der Kante sitzen. Er hatte nichts gesagt. Und er erkannte sofort, dass das ein Fehler gewesen war. Wenn er so wenig Aufmerksamkeit auf seine Person lenken wollte wie möglich, war es das Dümmste, über den Vorfall am gestrigen Abend zu schweigen. Vor allem weil die Wahrscheinlichkeit groß war, dass irgendjemand Lena gesehen hatte. Und wenn man sie später in guter Verfassung fand, würde sie garantiert erzählen, wo sie am gestrigen Abend gewesen war, und er hätte auch so den Schwarzen Peter.

Er wusste, er hätte bereits am Vorabend anrufen oder zumindest jetzt etwas sagen müssen.

Als er an der Finstad-Schule parkte, war es fast halb sieben. Sander hatte Lisas Empfehlung befolgt und kalt geduscht, bevor er die Kleider vom Vortag angezogen hatte und ins Auto gestiegen war. Auf dem Weg zur Schule waren ihm drei Streifenwagen begegnet und am Eingang der Schule stand ein Krankenwagen des Roten Kreuzes. Nach dem Fund von Filippa hatte der Fall Tonje für die Presse wieder oberste Priorität, weshalb sich eine Gruppe von Journalisten im hinteren Teil des Schulhofs versammelt hatte. Sie sahen Sander neugierig an, als er aus dem Auto stieg, schrieben ihn jedoch als uninteressant ab, da niemand ihn wiedererkannte und mit den Ermittlungen in Verbindung brachte. Einer der Fotografen schoss pflichtschuldigst ein paar Bilder, doch Sander rechnete damit, dass die Dateien noch vor dem Abend gelöscht sein würden.

In der Schule waren ungefähr fünfzig Menschen versammelt. Sander steuerte direkt auf ein paar Schulbänke zu, die man zu einem improvisierten Schreibtisch zusammengestellt hatte, und stellte sich vor. Er bekam den Bescheid zu warten. Die junge Frau, an die er sich gewandt hatte und die kaum älter als fünfundzwanzig war, zeigte auf ein paar Thermoskannen und eine Sammlung Pappbecher, die gesamte Bewirtung des Morgens. Sander merkte, dass er hungrig war, und trank in einem Zug eine Tasse des lauwarmen Kaffees, trotz des Seifengeschmacks, der dem braunen Wasser anhaftete.

Die Einsatzleitung verteilte gerade die neuen Suchsektoren. Nachdem er kaum zehn Minuten gewartet hatte, nahmen die vier Leute vom Roten Kreuz hinter dem Schreibtisch die Karte, über die sie gebeugt gestanden hatten, und hängten sie mit Klebeband an eine Tafel am Kopfende des Raums. Sander ging mit den anderen Anwesenden zu ihr. Die Zuteilung der Gebiete erfolgte effektiv und in gedämpftem Ton, der keinen Raum für Diskussionen ließ.

Als das ganze Gebiet auf die offenbar schon eine Weile arbeitenden Teams aufgeteilt worden war, wurden Sander und ein paar weitere Neuankömmlinge auf diese verteilt. Einige Minuten später saß er zusammen mit zwei Männern in einem Saab, die sich als Nils Høydahl und Jon Mår vorgestellt hatten. Beide trugen Jacken mit dem Logo des Rettungsdienstes des Roten Kreuzes und Sander fühlte sich wie das fünfte Rad am Wagen. Nils und Jon erzählten schnell, wie sie arbeiteten und dass sie seit vielen Jahren ein Team bildeten.

Während unzähliger Osterfeste und bei mehr großen Konzerten, als ihnen lieb war, hatten sie zusammengearbeitet.

Die Planquadrate mit höchster Priorität lagen im Umkreis der Wege, die Lena gewählt haben könnte. Darüber hinaus hatte man einige Orte mehr oder weniger zufällig ausgewählt, falls jemand sie mit dem Auto aufgesammelt und zu einem ungestörten Platz in oder um Ski mitgenommen hatte. Auf Sander wirkte das Ganze wie ein Schuss ins Blaue.

Seine Gruppe sollte sich zwei Suchbereiche vornehmen. Der erste lag um den Midtsee, zehn Minuten außerhalb des Zentrums am Siggerudvei. Der See war ein beliebter Badeplatz, tagsüber wimmelte es dort nur so von Menschen. Er lag jedoch etwas abseits, weshalb die Gegend still und verlassen war, sobald die Badegäste nach Hause gegangen waren.

Sie hielten auf dem Parkplatz und gingen zu dem kleinen Strand hinunter. Es roch nach Brackwasser. Sander wusste plötzlich wieder, warum jeder, der die Wahl hatte, lieber nach Hvitsten oder zum Badepark fuhr, als in der Algensuppe zu schwimmen, die sich in dem Teil des Midtsees ausbreitete, dem nur selten Sauerstoff oder frisches Wasser zugeführt wurde.

Nils und Jon teilten das Gebiet routiniert in drei Teile auf und übergaben Sander die Verantwortung für die Suche am Strand und im Unterholz, das auf jeder Seite nach fünfzig Metern an den Badeplatz angrenzte. Mit der Ermahnung, nichts zu überstürzen, ging er zuerst langsam am Ufer entlang, ehe er sich einen Weg in das Gebüsch auf der einen Seite bahnte. Die ganze Zeit konnte er sich des Gefühls nicht erwehren, dass die beiden Profis nur nach einer effektiven Methode gesucht hatten, ihn loszuwerden. Was sie ihm aufgetragen hatten, hätten sie selbst in weniger als zwanzig Minuten erledigen können, während Sander mindestens eine Stunde dafür brauchen würde.

28

Lena spürte die Feuchte des Bodens und des Grases durch die Kleider dringen, bis auf die Haut, die kalt und gefühllos wurde. Das Baumwolltop war halb hochgerutscht und sie sah, dass auch der Rock nach oben geglitten war und nicht nach unten über die Oberschenkel, wo er hingehört hätte. Die Arme fühlten sich an wie schwere Stöcke und als Lena sie hochzuheben versuchte, um den Rock an seinen Platz zu ziehen, konnte sie sich kaum bewegen und gab auf.

Sie erinnerte sich nur noch an Bruchstücke. Wenn sie die Augen schloss, stieg ihr der Benzingeruch in die Nase, hörte sie das Geräusch des Motors und spürte das Auto lange auf unebenem Kies und Asphalt vibrieren. Nach einer Weile hatte der Wagen angehalten, und sie hatte Stimmen gehört. Sie hatte versucht zu schreien, doch die Laute wurden von dem Lappen in ihrem Mund gedämpft, und das Tape hielt die Lippen zusammen. Nach einigen Minuten hatte sie Angst, sich übergeben zu müssen, und war wieder in sich zusammengesunken, außer Atem, vor Entsetzen erschöpft.

Als das Auto weiterfuhr und die Stimmen verschwanden, schien die letzte Hoffnung zu schwinden. Das Weinen presste sich durch die Nase heraus, ihr Körper zuckte unkontrolliert. Dann war es vorbei. Alles wurde dunkel. Als Nächstes erinnerte sie sich an ihr langsames Erwachen, ihre Kleider zogen Wasser, und sie bekam wieder Angst, sich nicht bewegen zu können. Es half nicht, dass das Tape um die Handgelenke nicht mehr da war. Die Arme waren trotzdem unbeweglich, als hätte jemand sie mit Zeltheringen am Boden fixiert.

Die Sonne half ein wenig, aber ein großer Baum hielt Licht und Wärme fern. Als sie sich konzentrierte und lauschte, hörte sie nur das Geräusch des Windes, der sanft durch die Baumkronen des

Waldes um sie herum strich. Sie hörte raschelndes Laub, nahm manchmal den Geruch des Sumpfes wahr und begriff, dass es dasselbe Wasser war, das sie durchnässt und durchkühlt hatte.

Sie musste einige Minuten gedöst haben. Das Geräusch, das sie weckte, kam von weit her, erst wie ein leises Rauschen, dann deutlicher, ein Automotor und Reifen, die über den trockenen Waldboden fuhren. Lena spürte, wie sich erneut Panik aufbaute, und versuchte den Kopf in die Richtung zu drehen, aus der das Geräusch kam. Das Auto hielt an, doch der Motor lief weiter. Jemand öffnete eine Tür, dann noch eine, und sie spürte den Boden fast unmerklich vibrieren, als mehrere Personen auf sie zukamen. Und sie konnte nichts tun als warten.

29

Sander stand bis zu den Knien im Wasser. Ihm fielen gerade die Horrorgeschichten über die Hechte im Midtsee wieder ein, als sein Telefon klingelte. Gleichzeitig hörte er eine polyphone Version des Nokia-Klingeltons aus dem Gebiet, in dem Nils und Jon suchten. Er hörte Lisas Stimme an, dass sie bewegt war. Im Hintergrund jaulten die Sirenen eines Einsatzwagens und jemand rief »Fahr da vorbei, Stian« direkt neben dem Mikrofon.

»Wir haben sie gefunden. Wo wir Filippa gefunden haben.«

»An derselben Stelle? Ist es derselbe Täter?«

»Ich weiß es nicht«, antwortete Lisa. »Lena ist ziemlich mitgenommen, vermutlich hat man ihr irgendetwas eingeflößt, aber sie glaubt zu wissen, wer sie entführt hat.«

»Jung oder alt?«, fragte Sander.

»Jung, glaube ich, zehn Jahre älter als Lena. Stimmt das, Stian?«

Es stimmte.

»Kennt sie ihn?«, fragte Sander.

»Das wollte sie nicht sagen. Sie machte einen ziemlich verwirrten Eindruck. Sie haben sie ins Krankenhaus gebracht. Aber wir können bald mit ihr reden. Es wäre gut, wenn du kommen könntest. Sie scheint dir zu vertrauen, sie hat deinen Namen erwähnt.«

Sander antwortete nicht. Er wusste nicht, was er sagen sollte.

»Wir sind auf dem Weg ins Krankenhaus, kannst du dich dort mit uns treffen?«, fuhr Lisa fort.

Sein erster Gedanke galt der Möglichkeit, dass Lena den Besuch am Vorabend erwähnen könnte. Dann wurde ihm klar, dass es ohnehin herauskommen würde und er Lisa auch gleich alles erklären konnte. Schließlich war nichts passiert, er hatte die nötigen Grenzen gesetzt.

»Wir sind am Midtsee, ich kann in einer Viertelstunde da sein«, sagte er, während ihm bereits davor grauste.

Lisa legte auf und er watete zum Ufer. Nils und Jon waren bereits auf dem Weg zum Auto und als er zu ihnen stieß, versprachen sie, ihn am Krankenhaus abzusetzen.

Es war fast halb neun. Das regnerische Wetter vom Vortag war von gutem Wetter abgelöst worden, und es würde nur wenige Stunden dauern, bis alle Pfützen getrocknet waren. In den Radionachrichten wurde bereits von der Entführung berichtet.

William sprang auf, als Sander auf ihn zukam, und lächelte von einem Ohr zum anderen.

»Ist das lange her, Sander. Geht es dir gut?«

Sie umarmten einander. William gehörte zu den Typen, mit denen Körperkontakt etwas ganz Natürliches war, obwohl sie sich über zehn Jahre nicht gesehen hatten. Sander nahm wahr, dass der Wollpullover, gegen den seine Nase gedrückt wurde, schwach nach Rasierwasser roch.

»Super«, antwortete er und lächelte zurück. »Vor allem jetzt, wo alles gut gegangen zu sein scheint.«

»Eine ziemliche Erleichterung«, sagte William.

Sie gingen den Gang hinunter zu ein paar Stühlen, die vor einem der Zimmer standen. Stian und Lisa hatten jeder einen besetzt, die beiden anderen waren frei, und William und Sander setzten sich. Stian reichte ihnen die Hand. Auch er lächelte. Die Erleichterung war in der kleinen Gruppe spürbar, aber William trieb trotzdem zur Eile an.

»Wir müssen den jungen Mann zum Verhör abholen, der für das ganze Theater verantwortlich ist. Deshalb schlage ich vor, dass ihr hierbleibt, Lisa und du, bis man euch hereinlässt und ihr mit Lena reden könnt. Ich denke auch, wir sollten schnellstmöglich eine Besprechung anberaumen. Das bringt uns allen etwas. Bei einem Bier, um die Sache etwas geselliger zu machen.«

William stand auf, Stian folgte ihm.

»Ihr scheint nicht zu glauben, dass der junge Mann auch Filippa umgebracht oder Tonje entführt hat?«, sagte Sander. Er war auf den Zusammenhang zwischen den beiden Fällen gespannt gewesen. Jetzt schien plötzlich alles unklarer denn je.

»Ich würde nicht darauf wetten«, sagte William. »Es würde mich schon sehr überraschen, wenn ein junger Mann aus Ski hinter dem Ganzen steckt. Dass es einen Zusammenhang gibt, denke ich allerdings schon. Und den herauszufinden, ist euer Job, wenn man euch mit Lena reden lässt. Hoffentlich versucht sie es nicht mit einem neuen Auftritt als Silent Witness. Wenn sie den Ernst der Lage noch immer nicht kapiert, halte ich sie für leicht gestört.«

William und Stian verschwanden den Gang hinunter, Lisa und Sander lehnten sich zurück und starrten auf die geschlossene Tür.

»Die Eltern?« Sander drehte sich fragend zu Lisa um.

»Jepp. Man hat ihr was gegeben, damit es ihr ein wenig besser geht. Der Arzt hielt es für wichtig, dass sie ein bekanntes Gesicht sieht, wenn sie aufwacht.«

»Hast du oben bei der Rundfunkstation gesucht?«

»Ja. Wir sind ziemlich lange erfolglos herumgefahren. Das rote Kreuz hat die Suche am Haus ihrer Eltern gestartet, entlang der Straßen, die sie zu Fuß hätte gegangen sein können. So konnten wir an mehreren Orten gleichzeitig nach ihr suchen.«

»Spricht die Tatsache, dass Lena am gleichen Ort gefunden wurde wie Filippa, nicht dafür, dass es sich um denselben Täter handelt?«, fuhr Sander auf der Jagd nach einem Zusammenhang fort.

»Nicht unbedingt. Es stärkt jedoch die Theorie, dass es einen Zusammenhang gibt. Aber mir ist nicht ganz klar, wo der sein soll.« Sie sah auf die Uhr. »Ich hoffe, das dauert nicht zu lange.«

Im selben Moment ging die Tür auf und ein Arzt in einem weißen Kittel und einer grünen Chirurgenhose trat auf den Gang hinaus. Er war etwas kleiner als Lisa und Sander, mit dichtem Bart und zerzaustem Haar, das versuchsweise nach hinten gekämmt war. Er wandte sich mit ruhiger Stimme an Lisa, mit der er offenbar schon früher gesprochen hatte.

»Sie können jetzt mit ihr reden, sie kommt langsam zu sich. Wenn weiterhin alles gut läuft, werde ich sie wahrscheinlich heute Nachmittag entlassen, aber dafür sorgen, dass sie an den kommenden Tagen mit einem Psychologen spricht, posttraumatische Stressreaktionen sind in solchen Fällen nicht ungewöhnlich.«

»Wir möchten gerne beide mit ihr reden, wenn das in Ordnung ist«, erwiderte Lisa und nickte zu Sander hin. »Sander Mørk arbeitet in einem anderen Fall mit uns zusammen. Er ist Psychologe.«

Der Arzt drehte sich zu Sander um. »Ich weiß«, sagte er. »Im Fall Tonje?«

Sander wusste nicht, was er antworten sollte. Er erinnerte sich an Lisas Aufforderung zur Diskretion.

»Im Fall Tonje. Das ist richtig.« Lisa antwortete und Sander fragte sich, ob die Schweigepflicht des Arztes auch in solchen Fällen bestand.

»Das ist in Ordnung«, sagte der Arzt. »Sie sollten nur vorsichtig mit ihr umgehen, sie ist noch ziemlich aufgewühlt.«

Beide Fenster standen offen und die Gardinen flatterten im Durchzug, als sie die Tür hinter sich schlossen. Der Himmel war wolkenlos, und Sander kam der Gedanke, dass einige Stunden in der Sonne wahrscheinlich eine ebenso gute Therapie wären wie ein ganzer Tag im Krankenhaus.

Lenas Eltern saßen zu beiden Seiten des Bettes. Die Mutter hielt die Hand der Tochter, während der Vater sich in dem niedrigen Sessel zurückgelehnt und die Augen geschlossen hatte. Sie sahen erschöpft aus.

Das Bett war in Sitzposition gestellt. Abgesehen von einer Schürfwunde auf der Wange war Lisa unverletzt. Als sie Sander sah, lächelte sie, und er stellte verblüfft fest, dass es ein herzliches Lächeln war und nicht die trotzige Grimasse, an die er sich aus dem Wintergarten im Kråkstadvei erinnerte, oder das herausfordernde Lächeln vom Vorabend. In dem unförmigen, hellblauen Krankenhausnachthemd, ohne Schminke und mit nur von Fingern gekämmten Haaren, die einen zerzausten Rahmen um das Gesicht bildeten, sah sie plötzlich unschuldig und kindlich aus. Sander schauderte bei dem Gedanken an das, was sie erlebt hatte.

»Hej, Lena.«

Lisa gab zur Begrüßung beiden Eltern die Hand. Dann fragte sie, ob es möglich sei, dass sie und Sander alleine mit Lena sprachen. Als Lena nickte und sagte, das sei in Ordnung, standen die Eltern auf und verließen zögernd das Zimmer. Nicht weil es ihnen widerstrebte, die Polizei alleine mit der Tochter reden zu lassen, sondern aus

Angst, sie aus den Augen zu verlieren. Es würde sicher lange dauern, bis Lena wieder ohne im Voraus telefonisch getroffene Verabredung und ohne festgesetzte Heimkommenszeit ausgehen durfte.

»Ich dachte, es wäre vielleicht einfacher für dich, mit uns alleine zu reden«, sagte Lisa. »Wir müssen den Eltern nicht immer alles erzählen, auch wenn du noch keine achtzehn bist.«

»Danke«, sagte Lena und stopfte sich ein zusätzliches Kissen in den Rücken. Noch immer kein Anzeichen von Abneigung oder Trotz. Es war, als würden sie mit einem anderen Menschen reden.

Sie setzten sich auf die Stühle, auf denen die Eltern gesessen hatten. Lena sah sie an und wartete auf die erste Frage.

»Eins musst du wissen«, sagte Lisa. »Das Mädchen, das wir bei der Rundfunkstation an derselben Stelle gefunden haben, an der du gelegen hast, hieß Filippa. Im Internet hat sie sich Luder genannt.«

Lena blickte zu Boden. Sie sagte nichts. Als sie den Kopf hob, waren ihre Augen feucht.

»Du hast sie gekannt?«, fragte Sander.

Lena nickte. »Wir haben ab und zu mit ihr gechattet, Tonje und ich. Marte und Aina auch. Sie war Schwedin, nicht?«

»Ja«, sagte Lisa. »Hast du sie einmal getroffen?«

»Nein. Wir haben nur gechattet. Sie hatte eine Webcam, ich weiß, wie sie aussieht. Plötzlich war sie einfach verschwunden. Wir haben geglaubt, sie hätte die Adresse geändert oder jemanden gefunden, mit dem sie abgehauen ist.«

»Habt ihr darüber gesprochen? Darüber, abzuhauen?«

»Manchmal. Nicht für immer, nur für eine Weile.«

Lisa beugte sich vor und legte die Hand auf die Bettdecke. »Tonje auch? Hat sie auch davon gesprochen abzuhauen?«

Lena lehnte sich weiter zurück. Eine schwarze Haarlocke war ihr vors Auge gerutscht und sie strich sie zurück, ehe sie die Frage beantwortete.

»Nicht von Anfang an«, sagte sie. »Ich habe den PC vor einem Jahr zum Geburtstag bekommen, da haben wir nur gechattet. Mit Messenger. Dann hat Tonje von irgendwem eine Adresse bekommen, die sie ausprobieren wollte.«

»Erinnerst du dich an die Adresse?« Sander beugte sich vor.

Lena sprach deutlich, aber leise. »Chat.no. Da waren meistens Leute in unserem Alter. Dann haben wir etwas ausprobiert, das sich Eros nannte.«

Lisa runzelte die Stirn. »Ich habe von Eros gehört. Da sind meistens Erwachsene, richtig?«

»Das ist ein Chatroom für alle, auch für Leute unter zwanzig. Aber nicht alle sind unter zwanzig.«

»Wie meinst du das?«, fragte Lena.

»Viele Alte in dem Raum machen sich an die Mädchen heran. Klicken sie an und wollen reden und so.«

»Ist euch das auch passiert?«

»Zuerst war es eklig, sie haben gesagt, was sie tun würden, und wollten, dass wir erzählen, wie wir aussehen und wie alt wir sind.«

»Habt ihr das getan?«, fragte Sander, Lena fühlte sich jetzt sichtlich unwohl.

»Nein … anfangs nicht …«

»Aber …?«, fuhr Lisa fort.

»Da war ein Mann, der hat uns eine Geldkarte dafür gegeben, dass wir auf Messenger mit ihm reden. Er hatte eine Webcam … Er wollte, dass wir zusehen, wie …«

Sander begriff plötzlich, was sie da erzählte, und es bewegte sich nicht einmal in der Nähe dessen, was er sich vorgestellt hatte.

»Wie er es sich selber macht?«, half Lisa nach.

»Ja«, antwortete Lena, erleichtert, nicht ins Detail gehen zu müssen.

»Ist das oft passiert?«, fuhr Lisa fort.

»Erst mit dem, den wir zuerst getroffen haben, und dann, kurz danach, war da noch ein anderer. Der hat uns dann eine Webcam geschenkt.«

»Ihr habt eine Webcam von jemandem bekommen, den ihr im Internet getroffen habt?«, fragte Sander.

»Ja. Er hat sie bestellt und bezahlt und sie ist mit der Post gekommen. Und dann hat er uns Geld gegeben, wenn wir die Kamera eingeschaltet haben.«

»Er hat euch dafür bezahlt, dass ihr die Kamera beim Chatten eingeschaltet habt?«, fragte Lisa.

»Ja. Und wenn wir uns ausgezogen haben, haben wir mehr bekommen.«

»Wie habt ihr das Geld bekommen?«

»In einem Umschlag mit der Post. Nur Geld, sonst nichts.«

Lisa war genauso überrascht wie Sander. Mädchen, die entführt und gezwungen wurden, für kranke Männer mit perversen Gelüsten zu posieren, waren eine Sache, aber das hier war etwas völlig anderes. Und aller Wahrscheinlichkeit nach lebensgefährlich, wenn die Netzwerke, von denen Lisa und Sander in der letzten Woche gehört hatten, diese Methode anwandten, um Mädchen zu rekrutieren.

»Hast du diese Umschläge noch?«, fragte Lisa.

»Nein, nach einer Weile hat er sich auch nicht mehr gemeldet und wir haben uns andere gesucht. Das war doch nicht gefährlich, wir wollten doch nur Geld oder Geldkarten.«

»Haben Tonje und du immer zusammen gechattet?«, sagte Lisa.

»Fast immer. Glaube ich.«

»Glaubst du es oder weißt du es?«

»Diesen Even habe nur ich getroffen. Tonje wollte nicht.«

»Even? Ist das der Mechaniker, von dem du heute Morgen gesprochen hast? Der dich entführt hat?«, fragte Lisa.

»Er war es. Das weiß ich.«

»Warum hast du dich eigentlich mit ihm getroffen? Bist du denn nicht auf die Idee gekommen, dass es gefährlich werden könnte?«

Lisa war aufgestanden und streckte die Beine. Eine halbe Nacht und ein ganzer Morgen in einem Auto hatten ihre Spuren hinterlassen.

»Er wohnt in Ås und ist jünger als die anderen. Außerdem hat er einen netten Eindruck gemacht.«

»Ich weiß nicht, ob nett das richtige Wort ist, wenn es stimmt, dass er dich heute Nacht entführt hat«, sagte Sander.

»Zuerst war es schön. Wir waren ein Paar, ohne dass jemand davon gewusst hat. Aber dann war es nicht mehr so cool und Tonje hat vorgeschlagen, dass wir Geld von ihm verlangen, damit wir nicht verraten, dass er sich an ein minderjähriges Mädchen herangemacht hat.«

»Das ist Erpressung, Lena.« Lisas Stimme klang streng. Lena sagte nichts.

»Hat er bezahlt?«, fragte Sander.

»Ja, aber nach ein paar Mal ist er sauer geworden. Ich hätte nur nicht gedacht, dass er sich das traut.«

»Aber das hat er?«

»Ja.«

»Aber Tonje hat niemanden getroffen, da bist du dir sicher?«, fragte Lisa und versuchte das Thema zu wechseln.

»Zuerst hat sie nicht gewollt, aber als sie gesehen hat, dass Even mir Geld gab, hat sie auch Lust bekommen. Um die Zeit haben wir Playme im Internet getroffen.«

»Ja?«, sagte Lisa.

»Ein paar Tage bevor Tonje entführt worden ist, haben wir Playme getroffen. Er war interessiert und wollte, dass wir die Webcam einschalten. Tonje hat gedacht, dass er vielleicht in Frage kommt, aber als er uns gesehen hat, hat er sich sofort ausgeloggt und nicht mehr gemeldet. Am nächsten Tag war er wieder online und Tonje hat gefragt, ob er Interesse an mehr hat. Da ist er richtig sauer geworden und hat gesagt, dass wir uns vorsehen müssen und dass das, was wir da machen, gefährlich ist und so. Dann hat er sich wieder ausgeloggt und nicht mehr gemeldet. Er war seltsam. Aber Tonje hat gesagt, dass sie vielleicht noch einen weiß, der bezahlt. Sie wollte aber nicht sagen wen. Sie hat gesagt, sie könne sich genauso alleine mit jemandem treffen, ich hätte das ja mit Even auch getan, aber hinterher wollte sie mir alles erzählen.«

Lena verstummte abrupt. Zuerst schien sie erleichtert gewesen zu sein, erzählen zu können, was eigentlich passiert war, doch jetzt sank sie in sich zusammen und wirkte eher traurig als erleichtert.

»Ein paar Tage später war sie verschwunden«, sagte sie. »Ich habe gedacht, dass sie vielleicht jemanden gefunden hat, mit dem sie abgehauen ist, ich weiß es nicht. Das ist so widerlich …«

Sander sah sich nach einem Papiertaschentuch für Lena um. Sie hatte den gestrigen Abend nicht erwähnt, und einen kurzen Moment glaubte er, dass es ihm erspart bleiben würde, Lisa davon zu erzählen.

»Danke«, sagte Lena und putzte sich laut die Nase. »Und danke für gestern, dass Sie … nicht …«

»Das ist schon okay, Lena«, antwortete Sander schnell. Er vermied es, Lisa anzusehen, spürte jedoch, dass sie unnatürlich steif auf ihrem Stuhl auf der anderen Seite des Bettes saß.

»Ich hätte dich nach Hause fahren sollen, so spät, wie es war und so. Ich habe nur nicht daran gedacht.«

»Sie konnten schließlich nicht wissen …«, begann Lena. Im selben Moment klingelte Lisas Telefon. Sie erhob sich ohne ein Wort und verließ das Zimmer.

Lena und Sander saßen da, ohne etwas zu sagen. Durch die offenen Fenster hörte man die Autos auf der Hauptstraße, und auf dem Feld machte ein Traktor Jagd auf Unkraut, das in den letzen Wochen zwischen dem Korn in die Höhe geschossen war. Die Welt wirkte normal.

»Ist alles okay?«, fragte Sander. »Du hast unglaubliches Glück gehabt, weißt du das?«

»Ich weiß.«

Sie war erschöpft. Die Augen fielen in gleichmäßigen Abständen zu und Sander tat nichts, um sie wachzuhalten. Als ihre Eltern zur Tür hereinguckten, winkte er sie herbei und stand auf, um zu gehen.

Lisa saß auf einem der Stühle im Gang und legte sofort los, als sich die Tür hinter Sander geschlossen hatte. »Bist du völlig verrückt geworden?«

Sie war offensichtlich außer sich vor Wut, hatte sich im Krankenzimmer aber beherrscht. Jetzt ließ sie dem Zorn freien Lauf und Sander hatte keine andere Wahl, als sich zu stellen. Er sagte nichts, obwohl er wusste, dass die Antwort auf ihre Frage »ja« lautete.

»Du hast gewusst, wo sie gestern Abend war, du hast gewusst, dass sie irgendwo auf dem Weg von dir nach Hause verschwunden sein muss, und du verschweigst uns das, verdammt noch mal, obwohl du weißt, mit was für Leuten und Gefahren wir es hier zu tun haben? Bist du bescheuert, Sander? Wäre es nicht zu unglaublich, um wahr zu sein, könnte mir leicht der Gedanke kommen, dass du zur anderen Seite gehörst. Hast du einen Raum im Keller, von dem ich nichts weiß?«

Er hatte damit gerechnet, dass sie wütend sein würde, aber ihre Reaktion fiel sehr viel heftiger aus, als er erwartet hatte. Am schlimmsten war, dass sie vollkommen recht hatte. Und er wusste genug über menschliche Reaktionen, um zu verstehen, dass die Wut das Vertrauen reflektierte, das sie ihm in der letzten Woche entgegengebracht hatte. Und dass niemand gerne enttäuscht wird.

»Willst du da einfach stehen bleiben?«, fuhr sie fort.

Wahrscheinlich wäre das die beste Strategie gewesen; egal, was er sagte, es würde die Sache kaum besser machen. Doch nicht zu antworten machte sie garantiert nur noch wütender.

»Du hast ja recht«, sagte er als Erstes. Lisa sah ihn direkt an. »Ich weiß nicht, ich hatte einfach Angst, wie das aussieht, dass sie so spät alleine bei mir gewesen ist, dass sie entführt worden ist und ich sie nicht nach Hause gefahren habe. Ich habe einfach nicht nachgedacht, und das war wirklich idiotisch, ich weiß, und es tut mir leid und … sorry, es lässt sich jetzt auch nicht mehr ändern.« Er hörte, wie jämmerlich das Ganze klang.

Lisa war nicht sonderlich beeindruckt. »Ich hätte dich festnehmen können, ist dir das klar?«

Er wusste nicht, was er sagen sollte.

»Sie haben Even gefunden«, sagte Lisa plötzlich. Sie hatte rote Wangen und Sander machte sich keine Illusionen, dass sie die Sache auf sich beruhen lassen würde, obwohl sie zu einem anderen Thema übergegangen war. »Er heißt Even Krogh und wohnt mit seinen Eltern in Ås. Williams erster Eindruck ist, dass er wohl kaum der Mann ist, nach dem wir eigentlich suchen.«

»Ist er sicher?«, fragte Sander, erleichtert, über etwas anderes reden zu können als über seinen Fehler.

»Absolut. Even ist nicht zur Arbeit aufgetaucht, und als sie ihn zu Hause aufgespürt haben, war er so außer sich, dass er sich in die Hose gemacht hat, als sie ihn ins Auto mitgenommen haben. Seine Geschichte ist einfach die, dass er derart verzweifelt darüber war, dass Lena weiter Geld von ihm erpresst hat, dass er ihr eine Lektion erteilen wollte. Er hat geglaubt, sie würde besonders lehrreich sein, wenn er sie dorthin bringt, wo wir Filippa gefunden haben.«

»Das Ziel hat er jedenfalls erreicht«, antwortete Sander. »Was passiert jetzt mit ihm?«

»Er wird verhört, wir müssen ihn genauestens überprüfen. Er hat trotz allem ein schwerwiegendes Verbrechen begangen, das wird Konsequenzen haben. Am wichtigsten ist jedoch festzustellen, dass er aus unserem Fall raus ist, damit wir uns auf andere Dinge konzentrieren können.«

»Und jetzt?« Es war noch nicht zwölf, und Sander hatte nichts vor.

»Ich muss zurück, um bei den Verhören dabei zu sein. Wenn William noch immer eine Besprechung will, kannst du eventuell dazukommen. Ich weiß nicht recht ... Ich fasse es einfach nicht, dass du uns Lenas Besuch verschwiegen hast, das ist einfach ... woher soll ich wissen, dass so was nicht wieder passiert? Wir haben uns ganz schön angreifbar gemacht, weißt du das? Dadurch, dass wir dich so einbezogen haben.«

Sander wünschte sich, woanders zu sein, den richtigen Entschluss im richtigen Moment gefasst zu haben.

»Ich weiß nicht, was ich sagen soll, Lisa. Das war idiotisch. Ich hatte Angst, was du glauben würdest und wie es aussehen würde und alles. Sorry, das war unglaublich dumm.«

Lisa holte Luft und gab sich Mühe, sich wieder zu beruhigen. »Ich rufe dich an.«

Er blieb stehen, sah ihr nach, als sie den Gang hinunterging, und kam sich wie ein kompletter Idiot vor.

30

Nachdem er drei Stunden in einem Stuhl auf der Terrasse gesessen hatte, war er so rastlos, dass er etwas tun musste. Er holte sich ein San Pellegrino aus dem Kühlschrank und trank es halb leer, ohne einmal abzusetzen. Sein Körper war nach dem frühen Aufstehen träge, und statt direkt unter die Dusche zu gehen, zog er die verschwitzten Shorts aus und Radlerhose und T-Shirt an. Das Fahrrad stand neben der Eingangstür und sah aus, als hätte ein UFO es bei seinem letzten Besuch auf der Erde zurückgelassen. Er hatte es vorigen Sommer gekauft und fast dreißig Scheine mehr bezahlt für fünfzehn zusätzliche Gänge, die er nicht brauchte, Stoßdämpfer, die er nicht einstellen konnte, und Pedalhaken, in die er bei jeder Tour erst nach mindestens zwei Minuten hineinkam.

Diesmal gelang es ihm nach einer, und auf dem Weg den Skogvei hinauf legte er richtig Kraft in die Pedale, fuhr vorbei an Wohn- und Reihenhäusern bis zu der Stelle, wo der Waldweg, der zur Sandgrube und Rundfunkstation hinaufführte, begann und sich zwischen den Bäumen verlor.

Er brauchte drei Minuten, um vom Weg zu der Stelle zu gelangen, an der sie zuerst Filippa und später Lena gefunden hatten. Vom Waldweg aus folgte er den Autospuren vierzig Meter in den Wald hinein und blieb am Rand der Sumpflandschaft stehen, die langsam auszutrocknen begann. Das Gras war heruntergetrampelt und ein einsames Flatterband aus Plastik mit der Aufschrift »POLIZEI« wartete darauf, die Aufmerksamkeit irgendeines Jugendlichen auf sich zu ziehen.

Sander setzte sich wieder aufs Fahrrad und beschleunigte auf dem Weg, der oberhalb der kleinen Sandgrube entlangführte. Er hatte eine Idee. Lisa hatte zu Ole Tom Strøms und Kants Laufbahn eine formelle Anfrage an das Militär gerichtet. Doch die therapieähnliche Situation, die zwischen ihm und dem Konrektor entstanden war, lieferte ihm den perfekten Vorwand, Fragen zu stellen. Vielleicht gelang es ihm, an Informationen zu kommen, die sie auf anderem Weg erst später bekommen würden oder die das Militär überhaupt nicht herausrückte. Wie dem auch sei, es war einen Versuch wert.

Der kürzeste Weg führte an den Himbeersträuchern vorbei und die Flutlichtpiste hinunter. Von dort aus radelte Sander den Kongevei entlang und folgte ihm Richtung Nøstvedtstuene. Er war diesen Weg unzählige Male gelaufen, mit seinen Eltern und ohne sie, er kannte jede Kurve, jeden Hügel und alle Gedenksteine des Geschichtsvereins, die rechts und links des Weges standen.

Das Haus lag auf einem Hügel. Als Sander oben ankam, pumpte die Milchsäure in seinen Schenkeln und ihm war vor Sauerstoffmangel ganz schwindlig.

Er lehnte das Fahrrad an die Treppe auf der Vorderseite des Hauses, blieb einige Sekunden stehen und horchte auf Zeichen von Leben. Alles war still, nur Vogelgezwitscher aus dem Wald und ein entfernter Ventilator mischten sich in das Rauschen der Bäume. Balsam für die Seele, dachte er und fragte sich, ob er so allein leben könnte, weitab von den Menschen, obwohl das Zentrum von Ski mit dem Auto nur fünfzehn Minuten entfernt war. Intuitiv kannte er die Antwort und war nicht wirklich neidisch auf Kant.

Die Tür war nicht verschlossen. Sollte er hineingehen? Wie gut kannte er den Konrektor eigentlich? Sander streckte die Hand nach der Klinke aus und wollte sie schon herunterdrücken, als er an einer Hausecke Schritte im Gras hörte. Das Geräusch ließ ihn einsehen, dass es sicher nicht in Ordnung war, einfach in jemandes Haus zu spazieren, auch wenn das Haus von Wald und nicht von Asphalt umgeben war, und dass er Kant eigentlich gar nicht kannte.

In einer einzigen Bewegung hatte er die Hand von der Türklinke genommen, war zwei Schritte rückwärts die Treppe hinuntergegangen und hatte eine entspannte »Ob hier wohl jemand zu Hause ist«-Haltung eingenommen. Sander war sich nicht sicher, wie glaubwürdig er wirkte, und als er Kant zusammenzucken sah, sobald er um die Ecke bog, fragte er sich kurz, ob ein früherer Soldat mit Verbindungen zum Geheimdienst womöglich etwas ganz anderes in einen Überraschungsbesuch hineininterpretierte, als er selber es getan hätte.

»Herrgott, haben Sie mich erschreckt«, sagte Kant und lehnte einen Spaten gegen die Wand. »Machen Sie eine Fahrradtour?«

»Ich trainiere«, antwortete Sander. »Und da ist mir der Gedanke gekommen, vorbeizuschauen und nachzusehen, wie es Ihnen geht. Ich habe noch immer keinen Therapeuten für Sie, aber ich kläre das diese Woche. Ich finde jemanden, den Sie regelmäßig aufsuchen können.«

»Danke.«

»Schlafen Sie jetzt besser?«

»Die Pillen wirken, ja. Aber … Ich bin mir nicht sicher, ob ich Medikamente zum Schlafen nehmen möchte. Der Schlaf gehört in gewisser Weise zu den Dingen, die man irgendwie für selbstverständlich nimmt. Bis man Nacht für Nacht wachliegt und an die Decke starrt.«

Kant schien sich unwohl zu fühlen. Er warf einen Blick über die Schulter und verlagerte das Körpergewicht von einem Bein auf das andere. Sander fragte sich plötzlich, ob es wohl eine Frau Kant gab, eine Mitbewohnerin oder Freundin, von der er nichts wusste und die irgendwo in den Büschen lauerte.

»Passt es schlecht? Ich weiß, ich hätte anrufen sollen, aber …«

»Nein, nein«, antwortete Kant schnell. »Es ist Wochenende, ich habe nichts vor. Möchten Sie einen Kaffee oder etwas anderes?«

Sander hatte Durst, aber wenn er weiter trainieren wollte, hatte es wenig Sinn, Koffein oder Alkohol einzuwerfen.

»Ein Wasser, vielleicht?«

»Farris?«

»Gern.«

»Ich hole es. Setzen Sie sich schon mal«, sagte Kant und dirigierte Sander zu ein paar Stühlen und einem Tisch, die auf dem Rasen ein paar Meter entfernt standen. »Es geht ganz schnell, ich bin gleich wieder da.«

Sander setzte sich und zog die Schuhe aus. Schweißgeruch schlug ihm von den Socken entgegen, und er zog sie ebenfalls aus. Das Gras unter seinen Fußsohlen war kühl. Er lehnte sich zurück und entspannte sich.

Als er die Augen wieder aufschlug, hatte Kant bereits Farris in ein Glas geschenkt, das vor ihm auf dem Tisch stand, und seinen Kaffee halb ausgetrunken.

»Langsam scheinen Sie Ihren Urlaubsrhythmus zu finden, wie ich sehe«, lächelte er, und Sander ging plötzlich auf, dass er im Stuhl eingeschlafen sein musste, während Kant im Haus gewesen war, um die Getränke zu holen.

»Es ist wohl eher so, dass ich zu früh aufstehe. Und zu spät ins Bett gehe. Aber mein Körper scheint gegen elf aufzuwachen, wenn ihm klar wird, dass ich bald ins Bett will. Und macht widerspenstig noch ein paar Stunden weiter, bis ich in einem Stuhl oder an einem anderen Platz, der zum Schlafen ungeeignet ist, einschlafe. Und wenn ich dann aufwache, bin ich steif wie ein Brett und müder als vor dem Einschlafen. Eine schlechte Angewohnheit.«

»Sie schlafen jedenfalls«, sagte Kant. »Das ist nicht das Schlechteste.«

Sander beschloss, direkt zur Sache zu kommen. Er fragte sich einen Augenblick, ob er erzählen sollte, dass er der Polizei bei den Ermittlungen half, ließ es jedoch.

»Haben Ihre Alpträume etwas mit Ihrem früheren Job zu tun? Mit dem Militär, meine ich?«

Kant saß plötzlich ganz still auf seinem Stuhl. Er kaute nicht weiter auf dem weichen Fladen herum, den er sich aus der Schüssel auf dem Tisch genommen hatte, und starrte konzentriert in seine Kaffeetasse.

»Wie meinen Sie das?«, fragte er schließlich ohne aufzusehen.

»Ich meine, haben Sie Dinge erlebt, die Sie bedrücken? Sie waren im aktiven Dienst, nicht wahr, mit richtigen Einsätzen, das ist etwas anderes als Übungen mit Platzpatronen und Pizza vom nächsten Pizzabäcker?«

Wieder sah Sander, wie Kant sich zu entspannen zwang.

»Wer hat Ihnen erzählt, dass ich beim Militär war?«, fragte er.

»Ich habe Siv Kvamme getroffen, die Mutter von Tonje. Ich habe mit ihr über Tonje gesprochen und darüber, wie die beiden mit ihrer Entführung umgehen, sie und Ole Tom. Sie hat mir erzählt, was Ole Tom gemacht hat, bevor sie sich kennengelernt haben, dabei ist Ihr Name gefallen. Mehr nicht. Sie weiß ja im Grunde nichts, nicht?«

Kant wirkte erleichtert, und Sander verstand nicht warum. Was hatte er gesagt? Oder nicht gesagt?

»Eigentlich weiß niemand etwas, so soll es schließlich auch sein«, sagte Kant. »Wenn Sie Informationen darüber bekommen hätten, was Ole Tom und ich beim Militär gemacht haben, wäre das wirklich bedenklich gewesen.«

»Ich weiß nichts«, beruhigte ihn Sander. »Nur das, was Siv erzählt hat, und sie wusste letztlich auch nichts. Ist das nicht seltsam, Ole Tom und sie sind verheiratet, und sie weiß über große Teile seines Lebens so gut wie nichts?«

»Es sind auch nicht viele von uns, die in normalen Beziehungen leben, jedenfalls nicht so. Wenn es zu Ihrem Job gehört, Operationen durchzuführen, mit denen die meisten nur in amerikanischen Filmen oder Büchern von Jan Guillou Bekanntschaft machen, und das, was Sie tun, offiziell nie passiert ist, gibt es außer Ihren Kollegen nicht so viele, mit denen Sie die Details diskutieren können.«

»Die meisten haben wohl Probleme zu glauben, dass so etwas passiert«, sagte Sander.

»Die meisten haben keine Ahnung, was passiert, das gilt auch für Sie«, antwortete Kant mit für ihn ungewöhnlicher Schärfe.

Sander versuchte wieder in die Offensive zu kommen. »Sie haben meine Frage nicht beantwortet. Die Schlafprobleme, haben sie etwas mit Ihrer Vergangenheit zu tun?«

»Ich weiß es nicht. Nein, ich glaube nicht, ich erinnere mich nicht an die Träume, das ist ein Teil des Problems. Woher soll ich wissen, wovon sie handeln?«

»Der Punkt ist nicht notwendigerweise, wovon sie handeln«, antwortete Sander. »Der Punkt ist, ob Sie sich an traumatische Erlebnisse erinnern, die sich festgesetzt haben und die Sie nicht loslassen. Dinge, die Sie besser mit einem professionellen Therapeuten aufgearbeitet hätten.«

»Uns standen massenhaft Psychologen und Psychiater zur Verfügung, Sander. Glauben Sie, eine solche Einheit – und das sage ich in der Gewissheit, dass Sie im Grunde nicht wissen, was ich mit einer solchen Einheit meine – ließe sich ohne professionelle Einsatzbesprechungen und lange Gespräche, nach den Einsätzen oder in regelmäßigen Abständen, aufrechterhalten? Die Leute wären explodiert, was ein Sicherheitsrisiko gewesen wäre.«

»Ja, da haben Sie wohl recht. Aber es ist trotzdem nicht unmöglich, dass dort die Ursache liegen könnte. Ich meine, irgendetwas bedrückt Sie doch, und ich kann mir jedenfalls vorstellen, dass Sie einiges gesehen haben und bei einigem dabei waren, das wir anderen als belastend empfunden hätten.«

»Andere haben mehr gesehen als ich. Nach einer aktiven Periode bin ich fast fünfzehn Jahre einer mehr oder weniger administrativen Tätigkeit nachgegangen. Oder besser gesagt einer strategischen, der Planung und Koordination der Aktionen. Jemand muss am anderen Ende antworten, wenn die Soldaten im Feld nach Hilfe, Koordination oder Transport verlangen.«

»Denken Sie dabei an Ole Tom?«, fragte Sander.

»Was ist mit Ole Tom?«

»Sie haben gesagt, dass andere mehr gesehen haben als Sie. Haben Sie dabei an Ole Tom gedacht?«

Kant antwortete nicht. Fast eine Minute saß er still da, ohne etwas zu sagen. Dann atmete er plötzlich tief durch und richtete sich auf. »Ole Tom sollte zum Psychologen gehen, nicht ich.«

»Wie meinen Sie das?«

Sander zog die Beine unter sich und lehnte sich vor. Es war fast sechs und die Luft um einiges kühler als noch vor einer Stunde. Eine schwache Brise machte das Atmen leichter.

»Hat Siv nichts erzählt? Wusste sie gar nichts?«

»Was sollte sie denn wissen?«

»Der letzte Auftrag, den Ole Tom für das Sonderkommando, das FSK, ausgeführt hat, endete ziemlich dramatisch. Das hat ihm noch viele Monate später zugesetzt, vielleicht tut es das immer noch. Ich finde es seltsam, dass er Siv gar nichts davon erzählt hat. Einen Teil kann man immer erzählen, ohne Geheimnisse preiszugeben.«

»Was sollte er denn erzählt haben?«, fragte Sander.

»Ich kann auch nicht so viel sagen. Wenn Sie neugierig sind, fragen Sie Ole Tom.«

Kant sprach offenbar lieber über Ole Tom als über sich. Er schien den mystischen Schleier zu lieben, den seine Vergangenheit ihm verlieh, und hatte immer weniger dagegen, dass Sander ihm Fragen stellte.

»Sie haben recht, ich bin neugierig. Und es geht mich auch nichts an, deshalb sollte ich wohl keine Fragen mehr stellen. Aber es ist spannend, lässt einen an Spionage und so etwas denken.«

Er versuchte die richtigen Knöpfe zu drücken, und Kant entspannte sich. »Eigentlich gibt es da nicht so viel zu erzählen, weil ich auch nichts weiß. Aber bei dem Auftrag ging es darum, einige UNO-Beobachter im Kosovo aufzuspüren, die sich mehr als zwölf

Stunden nicht mehr gemeldet hatten. Und zu der Zeit fürchtete die UNO am meisten, dass Beobachter als Geiseln genommen wurden, um die Entwaffnung zu verhindern. Deshalb wurden Spezialkräfte aus Norwegen und Schweden eingesetzt, um sie zu finden.«

»Davon habe ich noch nie etwas gehört«, sagte Sander. »Hätten die Zeitungen nicht voll davon sein müssen?«

»Wenn die Presse davon erfahren hätte. Aber die Beobachter tauchten am späteren Abend wieder auf und die Aktion wurde abgeblasen. Seltsam war jedoch, dass die Einheit, die wir ausgesandt hatten, verschwunden blieb und erst fast vierundzwanzig Stunden später wieder auftauchte.«

»Verschwunden?«

»Ihre Funkgeräte blieben stumm. Wir hatten keinen Kontakt zu ihnen. Als sie wieder auftauchten, war vor allem Ole Tom total fertig, er schien völlig aus dem Gleichgewicht. Einer der anderen hatte eine Schussverletzung am Bein, aber keiner wollte sagen, was passiert war. Sie wurden praktisch im selben Moment zur Einsatzbesprechung geholt, in dem sie eintrafen. Wir, die wir die Aktion organisiert und vom Hauptquartier aus geleitet hatten, bekamen keine Informationen. Und unmittelbar darauf wurde Ole Tom entlassen.«

»Er hat Ihnen auch nichts erzählt?«, fragte Sander verwundert. »Wären Sie nicht jemand, dem er sich anvertrauen könnte?«

»Wir haben keinen Kontakt mehr. Wir grüßen uns im Einkaufszentrum, wenn wir uns sehen, aber wir verkehren nicht miteinander. Es ist am einfachsten so. Im Übrigen bezweifle ich, dass er mir etwas erzählt hätte. Warum sollte er?«

Darauf wusste Sander keine Antwort und Kant hatte offenbar nichts mehr zu erzählen. Zehn Minuten später bedankte er sich für das Farris, machte seine Schuhe zu und setzte sich wieder aufs Fahrrad. Sein Körper war träge und er bezweifelte, dass er eine lange Runde schaffen würde. Da waren ein schneller Spurt nach Hause, eine ausgiebige Dusche, ein paar Stunden vor dem Fernseher und anschließendes Ausschlafen besser. Aber diesmal im Bett.

31

Als es Samstagmorgen zehn war und Lisa noch immer nicht angerufen hatte, beschloss Sander, ins Fitnessstudio zu fahren und zu trainieren. Das gute Wetter hatte sich erneut durchgesetzt und der Trainingsraum war so gut wie leer. Zwei Muskelprotze, die nach Sanders Überzeugung eindeutig unter Zwangsvorstellungen litten und das Training bestimmt kein einziges Mal ausfallen ließen, halfen einander in einer Ecke. Zwei Mädchen um die zwanzig liefen auf dem Laufband, und ein Angestellter bohnerte den Boden nach etwas, das eine Spinningstunde mit minimaler Teilnehmerzahl gewesen sein musste.

Sander absolvierte sein übliches Programm, und nach fünfzehn Minuten Dehnübungen, während derer er diskret die Zwanzigjährigen beobachtete, die zu den Geräten hinübergegangen waren, begab er sich unter die Dusche und drehte die Temperatur bis weit in den blauen Bereich. Seine Haut prickelte und nach dem Duschen fühlte er sich zum ersten Mal seit vielen Tagen richtig fit.

Als er den Spind aufschloss, hörte er das Signal seines Handys, auf dem eine SMS eingegangen war. Auf dem Display war ein kleiner Umschlag mit der Nachricht, dass er zwei Anrufe verpasst hatte, und er sah, dass Lisa versucht hatte, ihn zu erreichen. Er lächelte.

In der SMS lud sie ihn zusammen mit William, Stian und Aksel zu Pizza und Bier ein. Offenbar wollten sie die dringend erforderliche Besprechung mit einem geselligen Beisammensein kombinieren.

Sie hatten vor, sich gegen fünf zu treffen, was Sander fünf Stunden Müßiggang ließ. Mit anderen Worten, Business as usual.

Eigentlich wusste niemand, wie Don Pablo in Ski aufgetaucht war oder ob er überhaupt eine reale Person war, aber dass er viel dazu beigetragen hatte, den Ernährungshorizont der Bewohner von Ski zu erweitern, stand außer Frage. Eine Zeit lang betrieb er das erste und wahrscheinlich einzige »Gourmetrestaurant« des Ortes, und Sander traf immer noch Bekannte, die glaubten, dass ein Krabbencocktail auf einem Bett aus Eisbergsalat sich am Rande dessen bewegte, was man in einer norwegischen Küche bekommen konnte. Oder denen ein Steak mit etwas anderem als einer Béarnaise fast schon zu viel war als Versuch, die gewohnte Samstagskost zu revolutionieren.

Zusätzlich zu dem Restaurant, von dem Sander nicht wusste, ob es noch existierte, stand Don Pablo in den siebziger Jahren für alle Neuerungen im Nachtleben von Ski. Und er konnte Pizza backen. Das konnte dem Mann keiner absprechen, wenn es ihn denn gab. Als Samstagabendritual hatte Sander unzählige Varianten von Fleischsaucen auf Pizzaboden probiert, begleitet von Bier und Knoblauchbrot, bevor die Clique entweder die Nacht im *Starlight* verbracht oder sich weltgewandt gegeben hatte und mit der S-Bahn nach Oslo gefahren war. Und wenn er zwischen den Fahrten nach Oslo, dem *Starlight* oder Don Pablos Pizza einen Favoriten wählen sollte, gab es keinen Zweifel: Die italienische Fladenbrotvariante wäre als haushoher Sieger hervorgegangen.

Er hatte so getrödelt, dass die anderen bereits ihr erstes Bier getrunken hatten, als er die Pizzeria im Westernlook am anderen Ortsende betrat. Stian winkte Sander heran, Aksel und Lisa lächelten, und William reichte ihm die Hand und gab ihm das Gefühl dazuzugehören.

»Viel um die Ohren?«, fragte William und lächelte.

Sander lächelte zurück, winkte dem Kellner und bestellte eine neue Runde. Für diese Geste erntete er Applaus.

»Die Gerüchte stimmen also doch«, sagte Aksel. »Es gibt reichen Adel in Ski.«

»Nun ja, Adel vielleicht nicht«, sagte Sander und tat sein Bestes, nicht irritiert zu wirken. »Harte Arbeit und gutes Timing treffen es wohl besser. Meine Eltern haben hart gearbeitet, und das Timing war im Verhältnis zum Erbe perfekt. Sie sind gleichzeitig gestorben, als Polizisten wisst ihr das doch?«

Er lächelte. Niemand sagte etwas, und Sander rechnete damit, dass sich das Thema damit erledigt hatte. Ein Mädchen, das sich wahrscheinlich neben der Schule etwas Geld verdiente, kam mit fünf Bierkrügen, die sie auf den Tisch knallte. Jeder nahm sich seinen, und einige Sekunden hörte Sander nichts als sein eigenes gieriges Schlucken und das der anderen.

»Hast du heute Abend frei?«, fragte Sander und sah William an.

»Die Mädchen kommen alleine zurecht, die Älteren passen auf die Jüngeren auf. Und als ich gegangen bin, funktionierte der Kabelanschluss nicht, sodass sie auch nicht fernsehen oder ins Internet gehen konnten«, sagte er lächelnd.

»Ich wage gar nicht daran zu denken, was ihnen stattdessen alles einfallen könnte«, sagte Lisa. »Ich meine, wenn sie gezwungen sind, selbst etwas zu tun und nicht nur auf den Fernseher zu starren.«

»Sie kommen schon zurecht. Wenn ich mir bei diesem Fall etwas vorgenommen habe, dann, den Mädchen zu vertrauen. Ich habe sie erzogen, so gut ich kann, und sie wissen genauso gut wie ich, was da draußen gefährlich ist. Wenn sie wirklich raus und Spaß haben wollen, wird es wenig nützen, sie einzusperren oder den ganzen Tag zu bewachen.«

»Tone Helle hat etwas Ähnliches gesagt, als ich am Donnerstag mit ihr gesprochen habe«, sagte Lisa. »In unserem Job ist es nicht immer leicht, Kinder zu haben; wenn man die ganzen Schrecklichkeiten sieht, meine ich.«

»Das ist effektive Verhütung, jedenfalls für eine Weile«, sagte Stian plötzlich. Lisa hatte erzählt, dass er vor einigen Monaten mit seiner Freundin zusammengezogen war. Jetzt wurde deutlich, dass es in seinem Leben jemanden gab, der angefangen hatte, über den nächsten Schritt zu reden. Und wovon das Herz voll ist, davon fließt der Mund über.

»Nun gut, wie dem auch sei, ich schlage vor, dass wir etwas zu essen bestellen und versuchen, den Fall in der Zeit durchzugehen, die sie brauchen, unsere Pizza zu machen. Dann wissen wir, was wir Montag zu tun haben, und können den Rest des Abends über andere Dinge reden. Langsam vermisse ich wirklich so etwas wie einen normalen Alltag. Nicht, dass ich mir keine Sorgen um Tonje mache, das tun wir alle, aber ich glaube, dass wir besser arbeiten, wenn wir uns nicht in dem Fall vergraben, sondern versuchen, nebenher auch noch unser Leben zu führen.«

Alle verstanden, was William meinte, und die letzte Woche war derart intensiv gewesen, dass niemand auf die Idee kam zu widersprechen.

»Übernimm du die Zusammenfassung«, sagte Lisa, wohl wissend, dass sie nur das Selbstverständliche vorgeschlagen hatte. William leitete die Ermittlungen, und keiner der anderen hatte vor, viel zu sagen.

Nachdem sie sich einige Minuten in die Speisekarten vertieft und drei große Pizzen bestellt hatten, die alle zu Sanders Top Five gehörten, stand William plötzlich im Zentrum der Aufmerksamkeit.

»Mein Vater war Freimaurer«, begann er, und plötzlich schienen alle das Interesse verloren zu haben, noch ehe er richtig angefangen hatte. Aber er ließ sich nicht beirren. »Die meisten, die von dieser Organisation hören, stellen sich ein Netzwerk von Männern vor, die in dunklen Mänteln herumlaufen, Wein trinken, den sie für Blut halten, und sich auf dem Schädel einer Person, deren Identität ihnen nicht bekannt ist, ewige Treue schwören. Ein wenig Abenteuer und ein wenig Freizeitspaß. Aber als ich für eine Facharbeit, die ich auf dem Gymnasium über die Organisation geschrieben habe, ein wenig recherchierte, stellte ich fest, dass es die Freimaurer schon seit Hunderten von Jahren gibt. Sie waren eine Handwerkergilde, Maurer natürlich, die durch Europa gereist sind und Kathedralen und Kirchen gebaut haben. Sie waren als erstklassige Handwerker bekannt, aber es war nicht leicht, mit ihnen zusammenzuarbeiten, weil sie ihre Geheimnisse nicht mit anderen teilen wollten. Und eines dieser Geheimnisse fällt mir ein, wenn ich den Fall Tonje zusammenfassen soll.«

»Aha, es gibt einen Zusammenhang!«, rief Stian halblaut. Williams Interesse für Geschichte, mit dem Lisa zum ersten Mal konfrontiert worden war, als er einen Vortrag über das Zentrum von Ski gehalten hatte, war hinlänglich bekannt. Beim Weihnachtsessen neben dem Mann am Tisch zu sitzen konnte eine Prüfung sein.

»Immer mit der Ruhe«, sagte William, »natürlich gibt es den.«

Sander lachte. Er mochte das Gefühl, Teil dieser Gemeinschaft zu sein, obwohl er streng genommen nur Gast war.

»Eine der bautechnischen Erfindungen, die auf das Konto der Freimaurer gehen, ist der Bogen; Backsteine, die über einer Tür oder einem Fenster einen Halbkreis bilden, so als hielten die Steine einander ausschließlich dadurch, dass sie aneinander gepresst werden und der Schwerkraft trotzen. Als würde Gott selbst seine Hand über die Gebäude halten und eine Aufhebung der Naturgesetze gewähren. Und hier kommt eins der Gildengeheimnisse ins Spiel: der Schlussstein oder Keystone, wie er in den Büchern genannt wurde, die ich in den Regalen meines Vaters gefunden habe. Der Schlussstein ist der oberste und mittigste in einem Bogen. Von unten sieht er aus wie alle anderen, doch wenn man so einen Bogen demontiert, stellt man schnell fest, dass der Schlussstein sich nach jeder Seite streckt und so eine Art Aufhänger bildet, der den ganzen Bogen zusammenhält.«

»Clever, das habe ich nicht gewusst«, sagte Stian sichtlich beeindruckt.

»Das wissen auch nicht so viele«, sagte William. »Deshalb spricht man ja von einem Geheimnis. Aber wie dem auch sei, ich habe das Gefühl, dass es in diesem Fall an einem Keystone fehlt. Wir haben zwar eine Reihe von Spuren beziehungsweise Anhaltspunkten, aber das Problem ist, dass sie uns nur ein kleines Stück weiterbringen, wenn wir ihnen folgen. Die Bilder, die Tone Helle vor einer Woche gefunden hat, sind dafür ein gutes Beispiel. Sie deuten darauf hin, dass Tonje lebt, sagen uns, dass sie sich wahrscheinlich in Norwegen oder an einem anderen Ort im Norden aufhält, wo die Lichtverhältnisse ähnlich sind. Und der Ort, von dem aus sie gesendet wurden, die Datei, verbindet den Sender mit einem Netzwerk, das junge Mädchen auf eine professionellere und zynischere Weise für die Produktion von Pornos benutzt als die, mit denen Interpol und die Kollegen in anderen Ländern es bisher zu tun hatten.«

William machte eine Pause, damit das Gesagte sich setzte, und Sander nutzte die Gelegenheit, ein weiteres Bier für Stian und sich zu bestellen. Das erste Glas hatte er nur so hinuntergestürzt. Er dachte, dass er es ruhiger angehen musste, wenn er nicht beschwipst sein wollte, bevor die Besprechung zu Ende war.

»Dann entdecken Lisa und Sander das Notebook bei Ole Tom, das wir unerklärlicherweise bei unserem ersten Besuch übersehen haben.«

»So unerklärlich ist das nun auch wieder nicht«, warf Aksel ein, und Sander fragte sich, ob er und Stian das erste Mal bei Siv und Ole Tom gewesen waren. »Erstens stehen Tonjes Eltern nicht ganz oben auf der Liste der Verdächtigen, und zweitens wissen wir nicht, wo das Gerät war, als wir vor einigen Wochen mit ihnen gesprochen haben.«

»Okay, ein Punkt für dich, ich mache niemandem einen Vorwurf«, fuhr William fort. »Jedenfalls stoßen wir auf den Benutzernamen Playme und es erscheint logisch, dass entweder Tonje oder Ole Tom diesen Namen im Internet benutzt hat. Doch als wir der Information nachgehen, stellt sich heraus, dass das Konto gelöscht und der dazugehörige Inhalt verschwunden ist. Wieder etwas, das es umso interessanter macht, mit Ole Tom zu reden, aber bei weitem kein handfester Beweis. Zu signalisieren, dass wir uns fragen, welche Rolle der Vater in diesem Fall spielt, könnte Schlimmes nur noch schlimmer machen. Hier müssen wir vorsichtig vorgehen und dürfen niemandem auf die Füße treten, solange wir nicht wirklich etwas in der Hand haben.«

»Wir sind ja zu ihm gefahren, um mit ihm zu reden, Sander und ich, haben aber nur Siv angetroffen«, sagte Lisa.

»Was vielleicht gar nicht so schlecht war, denn dabei haben wir von Ole Toms militärischer Vergangenheit erfahren. Und eine weitere Person, Konrektor Kant, ist aus dem Abseits ins Spiel gekommen. Ich glaube, ich bin nicht der Einzige, den es überrascht, dass er einen militärischen Hintergrund hat.«

»Wir haben übrigens eine Eilanfrage an das Militär gerichtet«, warf Lisa ein. »Um Informationen darüber einzuholen, mit welcher Art Aufgaben die beiden betraut waren und was für eine Ausbildung sie durchlaufen haben. Nach der Obduktion von Filippa und der Art und Weise, wie sie getötet wurde, ist vor allem Letzteres interessant.«

»Ich bin gespannt, was sie antworten, sie sind nicht dafür bekannt, uns mit Informationen zu überschütten, ungeachtet dessen, um was es geht.«

Sander räusperte sich und beugte sich vor. Er gab der Gruppe eine kurze Zusammenfassung seines Gesprächs mit Kant am Vorabend und erzählte detailliert von dem Vorfall, der damit geendet hatte, dass Ole Toms militärische Karriere vorbei war. Er war eifrig bemüht, ihnen zu zeigen, dass er auf ihrer Seite stand, und versuchte aus dem Augenwinkel, Lisas Reaktion mitzubekommen.

»Gute Arbeit, Sander.« William lächelte. »Da seht ihr's. Unsere Methode ist nicht immer die einzige, die zu Resultaten führt.«

Sander wollte noch sagen, dass sie vielleicht selbst darauf hätten kommen können, mit Kant zu reden, ließ es jedoch. Er wollte nicht besserwisserisch erscheinen.

William ergriff wieder das Wort. »Und hier haben wir plötzlich eine Person, die auch zu dem Profil passt, das Göran Bard Sander bei seinem Besuch in London skizziert hat. Ole Tom arbeitet mit Jugendlichen. Er hat keine eigenen Kinder, jedoch leichten Zugang zu denen anderer. Ich denke dabei an Tonje und die Mädchen, denen er Schwimmunterricht gibt. Und wenn ich es richtig verstehe, Lisa, steht es um das Zusammenleben in Finstad zurzeit auch nicht gerade zum Besten. Was die Indizienkette nicht gerade schwächt.«

»Bist du jetzt nicht ein wenig vorschnell?«

Sander konnte nicht länger schweigen. »Dieses Profil, wie du es nennst, das Göran Bard in London für mich skizziert hat, war so generell und vage, dass es sich als Beweismaterial in einem Fall wie diesem kaum eignet. Was Bard erzählt hat, gibt uns Hinweise, wo wir suchen können, aber wenn wir auf Personen stoßen, die uns verdächtig erscheinen, bringt es nichts, wissenschaftliche Generalisierungen als Aufhänger zu ihrer Überführung anzuwenden.«

Die anderen nickten und waren sichtlich einer Meinung mit Sander.

»Okay, okay, einverstanden. Aber deshalb habe ich auch von Indizien und nicht von Beweisen gesprochen«, sagte William. »Doch wie dem auch sei, wir kommen nicht um die Tatsache herum, dass es interessant sein könnte, noch einmal mit Ole Tom zu reden. Wir müssen uns nur eine Strategie überlegen, wie wir vorgehen wollen, um keinen unbegründeten Argwohn aufkommen zu lassen. Natürlich gebe ich euch darin recht, das wisst ihr.«

Sie wussten es. Niemand hatte William im Verdacht, ihnen die Flügel stutzen zu wollen, er war nur Ermittler mit Leib und Seele, genau wie die anderen am Tisch.

»Ein weiteres Gespräch mit Ole Tom hat auf jeden Fall Priorität. Ich schlage vor, dass Lisa, Sander und ich uns ... Montagmorgen hinsetzen und einen kleinen Plan erstellen, bevor ihr das Gespräch führt.«

Er hätte fast »Sonntagabend« gesagt und Lisa atmete erleichtert auf, als er es ließ und Montag vorschlug.

»Außerdem möchte ich, dass wir uns den internationalen Zusammenhang etwas genauer ansehen. Wenn jemand in der näheren Umgebung eine Rolle in dem Netzwerk spielt, von dem Tone Helle gesprochen hat, brauchen wir weitere Informationen, wie diese Leute operieren und welche Rolle einer unserer Nachbarn spielen könnte. Stian, ich schlage vor, du buchst einen Flug nach Brüssel, sobald du einen Termin mit dem dortigen Team vereinbaren kannst. Tone Helle wird dir bestimmt helfen.«

Stian lächelte zufrieden und Aksel konnte seine Enttäuschung nicht verhehlen, dass nicht er mit dieser spannenden Aufgabe außer Landes geschickt wurde.

»Du Aksel, folgst der Filippa-Spur, versuch herauszufinden, ob es in ihrer Geschichte etwas gibt, wie etwa diesen Lastwagenfahrer, dem wir nachgehen können. Wenn möglich, sollten wir auch noch einmal mit Lena sprechen und uns einen detaillierteren Überblick darüber verschaffen, zu wem die Mädchen im Internet Kontakt hatten und ob sie außer den uns bekannten Namen noch andere getroffen haben. Ihre Aktivitäten können sehr wohl der direkte Auslöser dafür gewesen sein, was später passiert ist. Und frag nach, wie weit sie beim Militär mit unserer Anfrage sind. Wir müssen mehr über Ole Tom erfahren.«

William lehnte sich zurück und war sichtlich zufrieden mit sich. Aksel sah alles andere als glücklich aus.

»Wir haben also doch einiges, dem wir nachgehen können«, sagte William.

»Das zeigt sich immer wieder«, sagte Stian. »Wer nur schwimmt und schwimmt, weiß nicht, wo er ist oder wie weit es noch ist. Aber aus einer anderen Perspektive betrachtet, sozusagen von oben, sieht man die Richtung und das Ende des Ganzen.«

»Glücklicherweise«, erwiderte William. »Aber jetzt will ich noch ein Bier und mein Essen.«

Es schien, als hätte die Kellnerin Williams Wunsch gehört, denn fünf Minuten später standen drei große Pizzen und neue taufrische Gläser auf dem Tisch. In den nächsten Stunden waren Dienstgespräche tabu, und Sander versuchte ein Gleichgewicht zwischen seinem Interesse, mehr über die anderen zu erfahren, und der Gefahr, einer von ihnen könnte in seiner Vergangenheit wühlen, zu finden. Falls jemand auf die Idee kommen sollte zu fragen, woher er Göran Bard kannte, hatte er die Exkollegen-Geschichte parat.

Aber eine Erklärung wurde nicht nötig. Kurz vor zehn stand William auf, um zur Toilette zu gehen, und verkündete, er denke über seinen Rückzug nach. Soweit er wisse, hätten die Mädchen bereits seit Stunden wieder Kabelfernsehen und Internetzugang.

Als William zurückkam, um sich noch einmal zu setzen und sein Bier auszutrinken, blieb er plötzlich abrupt stehen. Sein Gesicht nahm einen merkwürdigen Ausdruck an, und als er den Arm hob und sich an die Brust fasste, war Sander überzeugt, dass der große Mann einen Herzinfarkt hatte. Stattdessen fischte er ein Nokia-Handy aus der Tasche, das bereits einige Jahre auf dem Buckel hatte, und erklärte lächelnd, eine seiner Töchter habe ihm beigebracht, wie der Vibrationsalarm funktionierte, wenn der Ton ausgeschaltet war.

»Horgen.«

Das Gespräch um den Tisch verstummte. William drehte sich um und ging zur Tür, um ungestört reden zu können.

»Bestimmt jemand von zu Hause«, meinte Stian. »Vier Töchter, und zwei davon in der Pubertät. Sein Leben muss ein ständiger Kampf sein. Ganz zu schweigen davon, wenn sie ihre Tage bekommen. Stimmt es eigentlich, dass Mädchen, die zusammenwohnen, auch zur gleichen Zeit ihre Tage bekommen?«

Er sah Lisa an, die ihre Augen verdrehte. Im gleichen Moment tauchte William im Eingang auf und kam die Treppe ins Restaurant herunter. Diesmal deutete nichts auf Herzprobleme hin. Er lächelte. Etwas schien ihm neue Energie verliehen zu haben.

»Das war Tone Helle«, sagte er geheimnisvoll und machte eine Pause.

»Und was hat sie gesagt?«, drängte Aksel.

»Wir haben unseren Keystone. Auf jeden Fall einen möglichen Durchbruch.«

»Nun sag schon, wir sind alle gespannt.«

Stian unterstützte Aksel, um die dramatische Pause zu beenden.

»Okay, Helle hat mir erzählt, dass Datakrim gerade eine neue Aktion gegen das Herunterladen illegaler Kinderpornos vorbereitet. Der Dateiencoup wurde Anfang der Woche durchgeführt, sie haben vierundzwanzig Stunden lang in ganz Europa das Herunterladen von Dateien beobachtet und die letzten Tage darauf verwandt, das Material zu analysieren und Strafanträge vorzubereiten. Für uns heißt das, dass zwei Personen aus Ski festgenommen werden sollen, da wegen des Herunterladens illegalen Materials gegen sie ermittelt wird. Tone Helle hat angerufen, um uns einen Tipp zu geben. Der eine der beiden ist Ole Tom Strøm.«

»Ole Tom Strøm lädt illegale Kinderpornos im Internet herunter?«, rief Lisa. »Das ist genial. Jetzt haben wir einen guten, offiziellen Grund, ihn vorzuladen.«

»Genau«, fuhr William fort. »Und das werden wir auch, aber da ist noch etwas. Bei den Bildern, die Ole Tom Strøm heruntergeladen hat, handelt es sich um die Bilder von Tonje, die wir vor einer Woche gesehen haben. Ole Tom Strøm hat illegale Bilder seiner eigenen Stieftochter heruntergeladen.«

32

Lisa Lunde versuchte zwei Scheiben Brot mit Himbeermarmelade hinunterzuzwingen. Sie fragte sich, ob sie je wieder ausschlafen können würde. Aus irgendeinem Grund hatte sie die Möglichkeit dazu am Vortag nicht genutzt, sondern war vor acht aufgestanden, überzeugt, dass der Sonntag ein richtiger Gammeltag werden würde. Jetzt saß sie mit kleinen Augen da und war bemüht, nicht einzunicken. Ihr war klar, dass auch der morgige Tag nichts besseres versprach.

Die Festnahme Ole Tom Strøms an diesem Sonntag war nur eine Vorpremiere der landesweiten Aktion, die Montagmorgen anlaufen sollte. Natürlich sollten alle Verdächtigen geweckt und zu Hause überrascht werden, bevor jemand die Möglichkeit hatte, sie anzurufen und zu warnen. Der einzige Lichtblick war, dass sie schon heute die halbe Arbeit erledigten, da in ihrem Distrikt insgesamt nur zwei Personen festgenommen und zur Vernehmung abgeholt werden sollten.

Ole Tom Strøm war allerdings alles andere als ein Routinefall. Lisa war gespannt auf seine Reaktion, wenn sie ihn mit den Bildern konfrontierten. Gleichzeitig fürchtete sie, was sie zu hören bekommen würden. Wenn Ole Tom in Tonjes Entführung verwickelt war, musste sie sich wegen ihrer mangelnden Bereitschaft, ihn bereits vor Tagen zu überprüfen, Vorwürfe machen. Sie erinnerte sich, wie sie bei McDonald's Sanders Enthusiasmus gebremst und ihn aufgefordert hatte, das große Ganze zu sehen. Vielleicht war das ein Fehler gewesen. Ihr graute davor herauszufinden, dass ihre Passivität Konsequenzen gehabt hatte. Und es half wenig, sich in Erinnerung zu rufen, dass es formell Williams Entscheidung gewesen war. Wenn sie ein Teil des Teams sein wollte, musste sie auch einen Teil der Verantwortung übernehmen.

Kurz nach halb sechs fuhren ein Nissan Primera und ein Volvo V40 in geringem Tempo den Nordbyvei entlang. William hatte Thomas Dybdahl aufgelegt und Lisa entspannte sich bei der ruhigen Musik in Kombination mit dem sanften Morgenlicht.

Am Kreisverkehr beim alten Fernmeldegebäude hinter der Eisenbahnbrücke standen zwei Jugendliche und küssten sich. Vor ihnen fuhr ein Taxi, das in den Oppegårdvei abbog, als sie langsam durch den Kreisel fuhren. Und beim Herrenfriseur Viggo Schønberg, an den William aus der Zeit, als er zehn war, noch angenehme Erinnerungen hatte, stand ein noch jüngerer Junge und spuckte die Treppe hinunter. Allem Anschein nach war es ein ganz gewöhnlicher Sonntagmorgen in Ski, mitten in den Sommerferien, und falls jemand schon auf war und aus dem Fenster schaute oder auf der Veranda

Kaffee trank, würde er sehen, dass die Sonne bereits am Himmel stand und das Ferienwetter endgültig zurückgekehrt war.

In Finstad deutete nichts darauf hin, dass Ole Tom Strøm und Siv Kvamme sich woanders aufhielten als im Bett. Lisa und William parkten hundert Meter vor dem Haus, während Aksel und Stian ein Stück daran vorbeifuhren. Wenige Minuten später wollten sie sich vor dem Haus treffen und die Festnahme so diskret wie möglich gestalten. William hatte lange bezweifelt, dass ihn außer Lisa noch jemand begleiten müsste, doch angesichts von Ole Tom Strøms militärischer Vergangenheit und der Schwere des Falles war es besser, vorbeugend höhere Vorsichtsmaßnahmen zu treffen, als später einen Fehler beklagen zu müssen. Gute Polizeilogik, hatte Lisa gesagt und gelächelt, als William ihr die Begründung genannt hatte. Gleichzeitig hatte er versprochen, dass Stian und Aksel sich im Hintergrund hielten.

Deshalb blieben die beiden auch unten an der Straße stehen, als William und Lisa zur Tür hochgingen und klingelten. Erst einmal, dann noch einmal, bevor sie auf Geräusche im Haus lauschten. Dass nicht einmal der Schatten eines Türbolzens zwischen Rahmen und Tür zu sehen war, sagte ihnen, dass jemand zu Hause war. William ging zu Klopfen über, aber Lisa fürchtete, die Nachbarn zu wecken. Sie legte ihm die Hand auf die Schulter, um ihn davon abzuhalten.

»Ich versuche es erst einmal von hinten«, sagte sie. William nickte und trat einen Schritt von der Tür zurück.

Sie ging den Weg, den sie vor wenigen Tagen mit Sander genommen hatte. Als sie um die Ecke zu dem kleinen abgeschirmten Garten bog, verblüffte sie die Ruhe, die über allem lag. Eine Ruhe, die es am Tag nicht gab, weil immer jemand die Toilettenspülung betätigte, Wasser laufen ließ, ein Auto startete oder eine Tür zuknallte. Selbst an den trägsten Nachmittagen, an denen die Hitze die Leute zur Untätigkeit zwang, gab es immer einen Hintergrund aus Geräuschen und Aktivitäten.

Als Erstes fiel ihr der Tisch auf der Terrasse mit den beiden halbvollen Weingläsern auf. Wahrscheinlich hatten Ole Tom und Siv sie nicht weggeräumt, ehe sie ins Bett gegangen waren. Doch die Verandatür stand einen Spalt breit offen. Lisa blieb instinktiv stehen und horchte auf Lebenszeichen.

Plötzlich hörte sie wieder das beharrliche Klingeln der Türglocke und ihr war klar, dass William am Ende seiner Geduld war und erneut versuchte, die beiden zu wecken. Dann öffnete sich die Verandatür, ganz langsam, so als hätte jemand Angst, dass sie knarrte. Ole Tom tauchte auf, das Hemd aus der Hose hängend, die Schuhe in der Hand. Er stand mitten auf der Terrasse, drei Meter von Lisa entfernt, und ein, zwei Sekunden konnte sie weder atmen noch sich rühren.

Im Nachhinein war sie sich nicht sicher, ob sie sofort unruhig geworden war oder nur auf den richtigen Augenblick gewartet hatte. Ob sie erwogen hatte, ein paar Schritte nach vorn zu machen, um Ole Tom rein physisch daran zu hindern, was er offenbar vorhatte, nämlich abzuhauen, oder ob sie nach Worten gesucht hatte.

Es kam ihr wie eine Ewigkeit vor, obwohl es nicht mehr als einige Augenblicke waren. Ole Tom Strøm bückte sich gerade, um sich die Schuhe anzuziehen, als ihm klar wurde, dass er nicht allein war. Als er aufschaute und sein Blick ihren Körper hochwanderte, von den Schuhen über die Beine, den Oberkörper entlang, bis er ihr direkt in die Augen starrte, fühlte sie etwas, das an Panik erinnerte, die Wirbelsäule hochkriechen.

»Nicht doch …« Weiter kam sie nicht. Sein Körper schnellte vor wie der eines Sprinters aus den Startblöcken. Er ließ die Schuhe stehen und war schon halb über den Rasen, bevor sie reagierte. Und als sie zu laufen begann und sah, mit welcher Geschwindigkeit Ole Tom davonstürzte, war sie einen Moment lang überzeugt, dass der Versuch, ihn einzuholen, vergebens war.

»William! William!« Sie rief, doch sie hatte nicht das Gefühl, dort zu stehen, wo der Laut herkam. In wenigen Sekunden war Ole Tom halb über den Zaun. Lisa bekam ihn an Hose und Gürtel zu fassen, als die drahtige Gestalt halb über die Zaunspitze war. Sie versuchte ihn zurückzuziehen, verlor stattdessen jedoch das Gleichgewicht und hing wie ein Schweif an Ole Tom Strøm. Sie spürte seine Muskeln unter ihr arbeiteten und dachte, dass sie ihn festhalten musste, bis William und die anderen ums Haus gelaufen kamen.

Ole Tom Strøm hatte offenbar genau davor Angst, zog mit aller Kraft und hievte sich wie auch Lisa über den Zaun. Da Lisa sich jedoch immer noch an seine Beine klammerte, kam er mit Gesicht und Oberkörper zuerst auf der Erde auf. Lisa hörte ihn stöhnen, als ihm die Luft wegblieb, und spürte, dass sie mit auf die andere Seite gezogen wurde, wo Ole Toms Körper ihr eine weiche Landung bereitete.

Das Geräusch von William, Stian und Aksel, die schnell am Haus entlanggelaufen kamen – William als Erster, die beiden anderen unmittelbar hinter ihm –, versetzte Ole Tom in Panik. In den nächsten Sekunden war Lisa außerstande zu unterscheiden, was oben und was unten war. Wie ein Pitbull, der sich in einen Knöchel verbissen hat, hielt sie mit aller Kraft seinen Ledergürtel fest und spürte, dass der Mann unter ihr sein Äußerstes gab um sie abzuschütteln. Als sie gerade meinte, loslassen zu müssen, hörte sie das dumpfe Geräusch von Williams mindestens fünfzehn Kilo zu schwerem Körper neben sich landen. William setzte Ole Tom das Knie in den Nacken. Ole Tom gab sofort den Versuch auf freizukommen. Bevor er Zeit hatte, die Situation einzuschätzen und den nächsten Trick zu planen, hatte Lisa ihm einen der Arme auf den Rücken gezogen, wie sie es auf der Polizeihochschule gelernt hatte.

Stian hielt die Handschellen bereit und Aksel half, Ole Tom Strøm umzudrehen und in eine sitzende Stellung aufzurichten.

Ole Toms Gesicht hatte bei der Landung Schaden genommen, und er blutete heftig aus einem Schnitt in der Wange. Zwischen Kies- und Grasrückständen sah Lisa die offene Wunde und überlegte, ob sie genäht werden musste.

»Was zum Teufel sollte das?«, fragte sie und versuchte Ole Tom Strøms Blick einzufangen. Er sah in die andere Richtung und sagte nichts.

Im Auto hatte er keinen Ton von sich gegeben und jedes Mal, wenn Lisa versucht hatte, Kontakt aufzunehmen, weggesehen. Als sie ihn durch den Garten zum wartenden Auto gebracht hatten, hatte er ein paar beruhigende Worte zu Siv gesagt. Sie wirkte übermüdet und geistesabwesend, und Lisa dachte an die Medikamente, die der Arzt ihr wahrscheinlich verschrieben hatte. Sie versprachen, sie später anzurufen, und versicherten ihr, das alles sei reine Routine und weder für sie noch für Ole Tom bestehe ein Grund, sich zu ängstigen. Lisa war nicht überzeugt, dass Siv ihren Versicherungen glaubte, und das Blut, das über Ole Toms Gesicht rann, trug wenig dazu bei, die Situation harmlos wirken zu lassen. Sie versprach, eine Freundin anzurufen, damit sie den Vormittag über nicht alleine war.

Lisa bestand darauf, die Wunde zu reinigen, ehe sie mit dem Verhör begannen. Ole Tom versuchte sich anfangs freizuwinden, gab jedoch seinen Widerstand auf, als sie ihm einen Spiegel vors Gesicht hielt. Was sie für einen Schnitt gehalten hatte, sah eher wie eine tiefe Schürfwunde aus. Sie wusch die Wundränder mit Betaisodona aus. Ole Tom rührte sich nicht, und Lisa dachte daran, wie oft ihre Mutter vor dem Wattebausch zurückgezuckt war, wenn Lisa ihre Wunden nach einer besonders hässlichen Tracht Prügel gereinigt hatte. Wenn es brannte, war er gut darin, seinen Schmerz nicht zu zeigen.

William begann die Vernehmung alleine. Er nahm die Fotografien mit, die Tone Helle am Vorabend aus Oslo geschickt hatte. Die anderen konnten nur wenig tun. Stian und Aksel vertrieben sich die Zeit mit Schreibtischarbeit, während Lisa eine Tasse Kaffee bis zum Rand füllte, die Zeitung vom Vortag herausholte und die Beine auf den Tisch legte. Nach ein paar Minuten fielen ihr die Augen zu, und kurz darauf spürte sie, wie sich eine riesige Zeitungsseite sanft auf ihr Gesicht legte.

Sie schlief nicht richtig und zwang sich in eine sitzende Stellung, als sie Williams frustrierten Ausruf vom Gang her hörte.

»Er sitzt einfach da und macht den Mund nicht auf«, schimpfte er. »Nicht ein Wort in dreißig Minuten. Und die ganze Zeit starrt er die Bilder von Tonje an, die ich vor ihn hingelegt habe.«

Stian und Aksel kamen aus ihren Büros.

»Hast du noch etwas anderes gemacht, als ihm die Bilder zu zeigen?«, fragte Stian.

»Wie meinst du das?«, sagte William.

»Hast du ihn mit den Informationen über das Netzwerk konfrontiert, mit der Kamera in der Schule und allem?«

William schüttelte den Kopf. Lisa erkannte, worauf Stian hinauswollte.

»Das ist eine gute Idee«, sagte sie. »Deine Strategie läuft darauf hinaus, ihn anzuklagen, aber vielleicht sollten wir versuchen, seine Angst um Tonje zu schüren. In Dingen zu bohren, an die er garantiert gedacht, die er aber zu verdrängen versucht hat. Wo sie ist, was passiert ist. Schließlich ist es klar, dass er etwas weiß, und so, wie ich es sehe, ist er entweder beteiligt oder hat eine Höllenangst zu reden. Wir müssen ihn nur dazu bringen, uns zu verraten, was davon zutrifft.«

»Okay«, sagte William. »Vielleicht ist das ein guter Vorschlag. Willst du es versuchen?«

Er sah Lisa an. Plötzlich war sie unsicher. Sie hatte wenig Erfahrung mit dieser Art von Verhören und wusste, dass man ebenso leicht einen Fehler machen wie Erfolg haben konnte.

»Wenn du dabei bist«, sagte sie und sah William an, »und mir hilfst, wenn ich ins Stocken gerate.«

»Natürlich. So war es gedacht.«

Die Schürfwunde nässte, blutete aber nicht mehr. Lisa stellte eine Tasse Kaffee vor Ole Tom, der bemüht aufrecht saß, die Hände ordentlich vor sich. Er saß unnatürlich still. Lisa wartete einige Minuten, und während die Zeit verstrich, imponierte es ihr immer mehr, dass Ole Tom keine Anstalten machte, sich zu bewegen. Keine Handbewegung, kein Räuspern, kein Kratzen, kein Haareraufen.

»Haben Sie das während Ihrer Militärzeit gelernt, Ole Tom? Unbeweglich und beherrscht dazusitzen? Glauben Sie, Sie können mich damit nervös machen?«

Sie hatte keine Antwort erwartet und bekam auch keine. Aber Ole Tom hob den Kopf und begegnete ihrem Blick. Sie nahm das als Bestätigung, dass er noch nicht völlig abgeschaltet hatte. Und das war mehr, als William in den letzten dreißig Minuten erreicht hatte.

»Denken Sie an Tonje?«, fragte sie plötzlich. Er sah sie wieder an. »Wissen Sie, wo sie ist? Wie es ihr geht?«

Sie nahm die beiden Bilder von Tonje, die William auf den Tisch gelegt hatte. »Wissen Sie, was hier vorgeht, Ole Tom, oder werden Sie genauso in Unwissenheit gehalten wie wir? Von den Leuten, in deren Gewalt sie sich befindet … wenn sie nicht längst tot ist.«

»Sie lebt.«

Lisa zuckte so zusammen, dass sie fast ihre Kaffeetasse umgekippt hätte. William rettete sie in letzter Sekunde, und sie kam sich vor wie eine Amateurin. »Sie lebt? Woher wissen Sie das?«

Ole Tom sah sie noch einmal an und ihr fiel auf, dass seine Augen feucht waren, als müsste er sich anstrengen, nicht zu weinen. »Die Bilder. Es gibt noch mehr Bilder, auf manchen hält sie eine Zeitung hoch.«

»Sie können also sehen, dass das Bild erst vor kurzem aufgenommen worden ist?«

»Ja.«

»Was für eine Zeitung«?, fragte William plötzlich. Natürlich, dachte Lisa.

»Eine ›Aftenposten‹. Keine ausländische, falls es das ist, woran Sie denken.«

»Sie ist in Norwegen«, murmelte William, genauso zu sich selbst wie zu Lisa und Ole Tom. »Wissen Sie wo?«

»Nein.«

»Warum … ich verstehe nicht, warum Sie das nicht erzählt haben, Ole Tom. Wenn Sie selber nicht beteiligt sind, aber Kontakt zu den Leuten haben, in deren Gewalt sie sich befindet, warum?«

Aus Ole Toms Augen liefen plötzlich Tränen, und er starrte auf den Tisch herab, während er lautlos weinte. Lisa kam sich hilflos vor und griff nach einer Packung Papiertaschentücher, die jemand auf einem leeren Regalbrett liegen gelassen hatte. Ole Tom nahm das Taschentuch und schnäuzte sich kräftig.

»Möchten Sie irgendetwas?«, fragte Lisa in dem Versuch, nett zu sein. »Etwas zu essen? Noch einen Kaffee?«

Ole Tom schüttelte den Kopf.

»Vielleicht sollten Sie uns erzählen, um was es hier geht«, warf William ein. Sein Tonfall war strenger, als er es hätte sein müssen, dachte Lisa.

Ole Tom Strøm richtete sich wieder auf und legte das Papiertaschentuch neben die Kaffeetasse. Als er das Wort ergriff, schien er zu überlegen, wo er anfangen sollte, nicht zu weit zurück, sondern an einem Punkt, von dem aus er das gesamte Bild zeichnen konnte.

»Ich habe mir Sorgen um Tonje gemacht«, begann er.

»Warum?«, warf William ein, hielt sich aber sofort zurück, als sowohl Lisa als auch Ole Tom ihn verärgert ansahen und ihm zu verstehen gaben, dass das hier keine Frage-und-Antwort-Sitzung werden würde. »Sorry, fahren Sie fort«, sagte William und lehnte sich im Stuhl zurück.

»Als sie dreizehn wurde, hat sie sich verändert. Vielleicht nicht auf den Tag genau, aber jedenfalls nicht lange danach. Das ist vielleicht nichts Besonderes, es ist eigentlich ganz natürlich, aber bei Tonje hatte ich bald das Gefühl, dass etwas nicht in Ordnung war. Ich habe ein Gespür für so etwas. Das hat mir in meinem früheren Job geholfen, um es einmal so auszudrücken.«

Er sah Lisa an. Nichts deutete darauf hin, dass er zu scherzen versuchte. Bevor er fortfuhr, putzte er sich noch einmal die Nase und legte das Taschentuch in die Kaffeetasse. Lisa sah, wie das Papier den kleinen braunen Kaffeerest auf dem Grund der Tasse aufsog.

»Zuerst waren es nur Kleinigkeiten, Dinge, über die sich alle Eltern Sorgen machen. Sie war zu viel im Internet, sie antwortete immer ausweichend, wenn Siv und ich fragten, wo oder mit wem sie zusammen gewesen war. Wir wussten, dass sie viel bei Lena war, zusammen mit Aina und Marte, aber als ich mit deren Eltern gesprochen habe, hatten sie genauso wenig Ahnung, was die Mädchen an den Abenden machten, wie ich.«

Lisa dachte an das Gespräch mit Lena im Krankenhaus und konnte sich die Sorgen der Eltern, deren Kinder in der Pubertät waren, lebhaft vorstellen. Sie sah William an, dass er wusste, wovon Ole Tom sprach, und sich auf die Fortsetzung der Aussage nicht freute.

»Dann hat sie plötzlich nicht mehr von zu Hause aus gechattet. Unser PC steht im Keller in einem Raum, den wir alle benutzen, und Tonje wurde immer sauer, wenn sie glaubte, dass wir ihr über die Schulter guckten. Das haben wir natürlich nicht, aber ich habe ohnehin nicht verstanden, was wir nicht sehen sollten. Und dann hat sie ihn kaum noch benutzt.«

»Das ist eine gute Idee«, sagte William. »Den PC irgendwohin zu stellen, wo sie nicht alleine sind.«

Lisa spürte, dass die Stimmung im Raum sich langsam veränderte, von einer Vernehmung zu einem Dialog. Sie rief sich in Erinnerung, dass sie allen Grund hatten, wachsam zu sein. Was Ole Tom erzählte, musste wie alles andere überprüft werden, seine Aussage war erst glaubwürdig, wenn sie das im Anschluss an die Vernehmung getan hatten.

»Nach ein paar Wochen, in denen sie zu Hause nicht gechattet hatte, kam sie plötzlich mitten in der Woche sehr spät nach Hause. Wir haben eine Regel, die besagt, dass sie an Freitagen und Samstagen vor Mitternacht zu Hause sein muss, wenn sie bei Freundinnen ist, die wir kennen, aber in der Woche um neun. Trotzdem ist sie oft nicht vor elf oder zwölf Uhr aufgetaucht, und wenn ich sie darauf angesprochen habe, hat sie mir keine Antwort gegeben. Das heißt, sie ist mir ausgewichen, ganz gleich, wie sauer oder pädagogisch ich gewesen bin. An einigen Abenden haben wir es mit Hausarrest versucht. Da ist sie alleine in ihrem Zimmer geblieben, und wenn der Hausarrest vorbei war, ging es nach ein paar Tagen wieder los.«

Ole Tom streckte die Hand nach der Kaffeetasse aus und schob sie zu William hin.

»Kann ich noch eine bekommen?«, fragte er. William antwortete »Natürlich« und ging hinaus, um eine zu holen. Ole Tom fuhr fort.

»Dass sie nicht zur abgesprochenen Zeit nach Hause kam, habe ich mir noch mit ›Teenagerrebellion‹ erklären können. Tonje dürfte kaum die Einzige sein, die abends nicht zur vereinbarten Zeit nach Hause kommt.«

»Wahrscheinlich«, sagte Lisa.

»Aber dann hat sie nicht mehr nach Geld für ihre Geldkarte gefragt, und eines Tages hatte sie eine *Miss-Sixty*-Hose an, für die ich ihr jedenfalls nicht das Geld gegeben hatte. Und Siv auch nicht. Sie hat gesagt, dass sie nach der Schule in einem Kiosk arbeitet, wollte uns aber nicht sagen in welchem.«

»Gibt es denn so viele Kioske in Ski?«

Lisa wusste, wo die Tankstellen waren, und ein Kiosk lag direkt gegenüber ihrer Wohnung auf der anderen Straßenseite, aber mehr fiel ihr auch bei längerem Nachdenken nicht ein.

»Es gibt einige, aber nicht viele«, antwortete Ole Tom.

»Haben Sie das überprüft? Haben Sie versucht herauszufinden, ob sie die Wahrheit gesagt hat?«

»Nein, habe ich nicht. Irgendwie hatte ich das Gefühl, dass das zu weit gehen würde.«

Er schwieg und sah wieder auf die Tischplatte herab. »Haben Sie Kinder?«, fragte er plötzlich und hob den Blick.

»Ich? Nein, ich habe keine Kinder«, antwortete Lisa.

»Ich glaube, alle Eltern haben das Bedürfnis, ihren Kindern zu vertrauen. Herauszufinden, dass sie lügen, macht es fast unmöglich, mit ihnen umzugehen. Da ist es besser, nichts zu wissen. Wenn ich Tonje hinterherspioniert hätte, um herauszufinden, wo sie jobbt, und sie hätte das erfahren, wäre sie an die Decke gegangen. Ich fand es wichtiger, Kontakt zu ihr zu bekommen, als den Abstand noch zu vergrößern. Es war auch ziemlich unwahrscheinlich, dass sie in einem Kioskjob so viel verdienen konnte. Sie hatte plötzlich so viele neue Sachen.«

William kam mit dem Kaffee zurück und sah Lisa an, als würde er sich fragen, ob er etwas Wichtiges verpasst hatte.

»Ole Tom hat von Tonjes Geldausgaben erzählt«, sagte sie. »Die waren höher, als sie hätten sein dürfen.«

»Ja?«

William setzte sich und lehnte sich wieder im Stuhl zurück.

»Mehrere meiner Kollegen haben Kinder im gleichen Alter, und eines Tages erzählte mir ein Kollege, er habe seine Tochter dabei erwischt, dass sie sich mit einem Jungen verabredet hat, den sie im Internet kennengelernt hatte. Er hat ihr natürlich verboten, den Jungen alleine zu treffen, und als seine Tochter dem elektronischen Verehrer erzählt hat, dass sie nicht allein kommen kann, hat er sich ausgeloggt und ist nicht mehr aufgetaucht. Das hätte jeder sein können, und ich und mein Kollege haben uns am meisten Sorgen gemacht, dass sie einem Wildfremden, von dem sie nicht einmal wusste, ob er in ihrem eigenen Alter oder ein fünfzig Jahre altes Schwein ist, erzählt haben könnte, wer sie ist und wo sie wohnt. Da habe ich mich langsam gefragt, ob Tonjes Verhalten auf so etwas hindeuten könnte. Ob sie jemanden getroffen hat, meine ich, oder ob sie es vorhatte.«

»Warum haben Sie ihr nicht von Ihrer Angst erzählt? Vielleicht hätte sie das verstanden?«

Lisa versuchte sich kreativ in der Elternrolle.

»Vielleicht«, antwortete Ole Tom. »Vielleicht hätte sie aber auch völlig dichtgemacht, ich weiß es nicht. Wie dem auch sei, ich habe auf der Arbeit einige Webadressen und Tipps bekommen und selbst ein paar Nachforschungen angestellt. Vieles ist völlig unschuldig, scheinbar jedenfalls, doch bei einer bestimmten Adresse entdeckte ich schnell, dass es vor allem um Sex ging. Sogar in den

Gesprächen, an denen sich alle beteiligen konnten, waren einige Teilnehmer ziemlich direkt. Und wenn ich mich mit einem Mädchennamen eingeloggt habe, wurde ich mit Anfragen bombardiert, in einem privaten Raum zu reden.«

»Privat?«, fragte William. Ole Tom Strøm hatte sich offensichtlich Kenntnisse angeeignet, die jenseits dessen lagen, was William durch die Internetaktivitäten seiner Töchter mitbekam.

»Wenn Sie in der Übersicht einen Namen anklicken, öffnet sich ein eigenes Fenster, in dem Sie ein Privatgespräch führen können. Man braucht nicht lange, um zu begreifen, worauf der andere aus ist.«

»Haben Sie immer so getan, als wären Sie ein Mädchen?«

»Nein. Das brachte nichts, da haben zu viele versucht Kontakt aufzunehmen. Ich wollte herumsurfen, mich schlau machen, herausfinden, was da ablief. Schließlich habe ich immer denselben Namen benutzt.«

Ole Tom verstummte wieder.

»Playme?«, fragte Lisa.

»Ja«, antwortete Ole Tom. »Das war mein Internetname. Er war auf dem Notebook, das Sie mitgenommen haben. Wenn ich mir vorher schon Sorgen gemacht habe, wurden sie durch das, was ich zuerst im Internet und später bei Messenger herausgefunden habe, nicht geringer. Aus irgendeinem Grund bewegen sich die meisten von den offenen Chat-Räumen zu Messenger, wenn es langsam ernst wird. Zuerst habe ich nicht verstanden warum. Dann bekam ich ein Angebot, mir etwas anzuschauen.«

»Etwas anzuschauen? Was?«, sagte Lisa.

»Das habe ich beim ersten Mal auch nicht begriffen, aber es ist relativ leicht zu verstehen, wenn man vor dem Bildschirm sitzt. Ich habe auf ›Empfangen‹ gedrückt, und plötzlich starrte mich eine Neunzehnjährige aus einem anderen Winkel Norwegens an, die von mir eine Geldkarte dafür haben wollte, dass sie sich oben herum auszog.«

»Oh Gott«, stöhnte William, als er sich im Stuhl aufsetzte.

»Das hat mich auch erschreckt. Gleichzeitig wusste ich immer noch nicht, was Tonje, Lena und die anderen im Internet trieben. Deshalb habe ich weitergemacht. Bis wenige Tage vor Tonjes Verschwinden. Ich hatte zwei Mädchen getroffen, die sich ›Willst-du-mich‹ und ›Mieze‹ nannten, und bin mit ihnen von Eros zu Messenger gewechselt, zu dritt. Und dann haben sie mich gefragt, ob ich sehen wollte ...«

Er zögerte. Lisa erkannte die Namen wieder und fragte sich, ob sie etwas sagen oder schweigen sollte. Sie beschloss, Ole Tom Zeit zu geben.

»Ich akzeptierte das Angebot, dass sie die Webcam einschalten. Zuerst sah ich nichts. Bis plötzlich Lenas Gesicht auftauchte. Dann tauschten sie und ich starrte Tonje in die Augen.«

Ole Tom schien es schlecht zu gehen, so als würde er die Episode noch einmal durchleben, während er Lisa und William davon erzählte. »Nach ein paar Sekunden bekam ich Panik und loggte mich aus. Ich blieb fast dreißig Minuten vor dem Bildschirm sitzen und hatte keine Ahnung, was ich tun sollte. Ich hätte Tonje natürlich sofort zur Rede stellen sollen, aber ... Sie hätte es so verstanden, dass ich genau das Gleiche getan habe wie die Schweine, die versuchen, sie im Internet anzumachen, und ich wusste nicht, ob sie mir glauben würde, wenn ich ihr erzählte, dass ich es allein aus Sorge um sie getan habe. Wie dem auch sei, ich musste etwas tun, und am folgenden Abend loggte ich mich wieder ein. Beide waren schon im Internet, und nachdem ich mich für mein Verhalten entschuldigt hatte, fingen sie wieder damit an, dass sie gerne die Webcam einschalten würden, vor allem wenn für jede eine neue Geldkarte dabei herausspringen würde. Schließlich fragte Tonje, ob ich sie treffen wollte und was ich ihnen geben würde, wenn sie sich mit mir treffen würden.«

»Und Sie sind sauer geworden, nicht wahr?« Lisa hatte es längst begriffen. Die Geschichte passte zu gut zu dem, was Lena ihr erzählt hatte.

»Ja, woher wissen Sie, wie ich reagiert habe?« Ole Tom schien überrascht.

»Von Lena«, antwortete Lisa. »Sie hat mir vor ein paar Tagen von Playme erzählt, im Krankenhaus. Die Nacht in dem Kofferraum hat ihr einen ziemlichen Schrecken eingejagt.«

»Das kann man nur hoffen. Ich habe ihnen die Meinung gegeigt und mich wieder ausgeloggt. Am Tag darauf habe ich Tonje vorgehalten, was ich herausgefunden hatte. Sie hat das natürlich so interpretiert, dass ich ihr nachspioniert und mich in Dinge eingemischt habe, die mich nichts angehen. Sie hat mir versichert, dass sie sich nie mit jemandem getroffen haben und nur versuchen, die Männer, denen sie im Netz begegnen, zu täuschen. Dass sie sich immer ausloggen, wenn sie den Code der Geldkarte bekommen haben, und so weiter.«

»Haben Sie ihr geglaubt?«, fragte William.

»Ich weiß es nicht. Ich habe nicht gewusst, was ich glauben soll. Aber ich habe ihr einen Monat Hausarrest gegeben und ihr verboten, nach der Schule mit Lena zusammen zu chatten. Ich weiß nicht, ob das zu streng war.«

»Das finde ich nicht«, erklärte Lisa. »Sie waren verzweifelt, das kann ich nachvollziehen.«

»Das Problem war nur, dass es nichts genützt hat. An dem Abend, an dem sie entführt wurde, war sie beim Handballtraining, das hatte ich ihr erlaubt, aber dann hat sie zu Siv gesagt, sie müsse noch zu Lena, obwohl ich ihr Hausarrest gegeben hatte.«

»Sind Sie sauer geworden?«

»Ich war vor allem verzweifelt, hatte das Gefühl, nichts machen zu können. Deshalb bin ich ihr entgegengefahren, um sie nach Hause zu holen. Und da …« Er steckte wieder fest, und diesmal hatte Lisa das Gefühl, dass sie beim wichtigsten Punkt angelangt waren, bei der Erklärung für alles.

»Und da …?«, wiederholte sie.

»Ich stand unten im Idrettsvei, da, wo der Schulbus kreuzt. Und oben auf dem Hügel sah ich plötzlich Tonje stehen und mit jemandem reden, der in einem Lieferwagen saß, einem alten Transit. Noch ehe ich sie rufen konnte, öffnete sich die Tür auf der Fahrerseite, ein Mann kam heraus und ging um das Auto herum. Er öffnete für Tonje die Tür, sie stieg ein und er schloss sie hinter ihr. Während er zurück auf die Fahrerseite ging, lief ich den Hügel hinauf und rief nach Tonje. Der Mann beschleunigte seinen Schritt, schwang sich ins Auto und fuhr los, Richtung Schule. Ich konnte ihm nicht folgen, er fuhr zu schnell.«

Lisa wusste nicht, ob sie das glauben sollte. Das hörte sich zu unwahrscheinlich an. Selbst wenn er sich ans Telefon gehängt und die Polizei angerufen hätte, um zu melden, dass gerade jemand seine Tochter entführt hatte, wäre sie misstrauisch gewesen. Das Problem war jedoch, dass Ole Tom nie zum Telefon gegriffen hatte. »Wäre es in dieser Situation nicht normal gewesen, die Polizei zu rufen?«

Ole Tom wusste natürlich, dass sie diese Frage stellen würde.

»Daran habe ich auch als Erstes gedacht. Die Polizei anzurufen. Doch bevor ich die 110 wählen konnte, wurde mein Handy von einer Nummer angerufen, die ich noch nie gesehen hatte. Als ich mich meldete, hörte ich die Stimme des Mannes, der den Transit fuhr. Er warnte mich, die Polizei einzuschalten und behauptete, Tonje werde nicht lange fort sein. Er werde Kontakt zu mir aufnehmen, und wenn ich nicht täte, was er sagte, sei er sich nicht sicher, ob Tonje jemals zurückkommen würde.«

»Glaubst du ihm?«

Sie hatten eine Pause eingelegt, um Stian und Aksel auf den neuesten Stand zu bringen. Lisa stand hinter dem niedrigen Sessel, die Bilder von Tonje in der Hand.

»Ist das nicht ein bisschen zu weit hergeholt? Dass er Zeuge der Entführung seiner Tochter bzw. Stieftochter wird und sich so einschüchtern lässt, dass er nicht die Polizei ruft?«

»Nun ja …«, begann William.

»Sieh dir den Mann doch einmal an. Er wiegt einhundert Kilo, ist muskulös wie ein Ochse, hat eine militärische Ausbildung und könnte mit einer Heftklammer töten. Und dann ruft er nicht an, weil jemand es geschafft hat, ihm Angst einzujagen. Hallo?«

»Du solltest vielleicht in Betracht ziehen, dass selbst Soldaten einer Spezialeinheit schachmatt gesetzt werden können«, begann William erneut. »Man wird schließlich nicht alle Tage Zeuge einer Entführung, vor allem nicht der der eigenen Tochter. Außerdem war er wahrscheinlich noch total durcheinander, nachdem er erst wenige Tage vorher herausgefunden hatte, was Tonje und Lena trieben. Ich weiß nicht, ob ich in dieser Situation sehr rational gehandelt hätte.«

»Und was ist, wenn er genau das getan hat?«, sagte Lisa.

»Wie meinst du das? Rational gehandelt?«, fragte William.

»Die unglaublichsten Handlungen sind rational, wenn man den Zusammenhang versteht, in dem sie passieren. Oder?«

»Ja … da ist etwas dran. In der momentanen Situation ist es jedenfalls eine fruchtbare Ausgangsannahme.«

Lisa freute sich über das Lob. Sie fuhr fort. »Dann stellt sich die Frage, welche Umstände es ihm sinnvoll erscheinen ließen, nicht die Polizei zu rufen, und da gibt es nicht so viele Möglichkeiten.«

»Entweder stimmt, was er erzählt …«, sagte William und sah aus dem Fenster. Die Sonne brannte vom Himmel, man hätte die Fenster aufmachen sollen.

»... oder er hat mehr zu verlieren, wenn er die Polizei anruft, als wenn er es nicht tut«, sagte Lisa. »Von seiner Seite aus eine reine Risikobewertung. Und wenn dem so ist, müssen wir herausfinden, worum es hier geht: ob nur um Tonje oder um etwas ganz anderes.«

»Ich glaube, wir sollten noch etwas weitermachen, oder?« William stand auf. »Kommst du mit?«, fragte er und sah Lisa an.

»Ja, das ist vielleicht eine gute Idee, ich glaube, ich habe einen ganz guten Draht zu ihm. Aber anschließend würde ich gerne mit Sander reden. Es fällt mir schwer zu verstehen, dass Ole Tom so kaltblütig sein kann, dass er einfach zusieht, wie Tonje entführt wird, und nichts anderes tut, als nach Hause zu fahren und darauf zu warten, dass Siv die Polizei ruft.«

Nach ein paar Scheiben Brot in der provisorischen Teeküche kehrten sie in das Vernehmungszimmer zurück. Ole Tom saß noch genauso da, wie sie ihn verlassen hatten. Lisa hatte sich einige Details gemerkt, seine Position im Verhältnis zur Tischkante, die aufrechte Haltung, den ruhigen Atem und den in der Mitte des Stuhls ruhenden Körper. Der Rücken berührte die Rückenlehne nicht, nichts war verändert. Er konnte sich nicht bewegt haben. Sie stellte sich den kräftigen Körper versteckt im Gelände oder in einem Raum oder hinter einer Wand vor und fragte sich, wie lange er so sitzen konnte, abwartend, ruhig, den Körper angespannt.

Sie verhörten ihn noch fast zwei Stunden, ohne jedoch weiterzukommen. Ole Tom Strøm hielt an der Erklärung fest, die er ihnen gegeben hatte. Die Bilder und Filme, die er im Internet heruntergeladen hatte, sagten ihm, dass Tonje noch lebte, und egal, aus welchem Blickwinkel sie es betrachteten, schafften sie es weder, Widersprüche in dem zu finden, was er gesagt hatte, noch stießen sie auf etwas, dem sie nachgehen konnten. Es glich dem Versuch, eine Tür aufbrechen zu wollen, ohne einen Ansatzpunkt für das Stemmeisen zu finden. Wasserdicht, dachte Lisa und versuchte sich zu erinnern, ob ihr eine Erklärung eingefallen wäre, die so konsequent und logisch war. Sie schaffte es nicht.

Als sie Schluss machten, war es fast zwei. Stian war gegangen und hatte eine Notiz hinterlassen, sie sollten ihn anrufen, falls sie auf etwas stießen. Aksel saß in seinem Büro und blätterte im ›Østlandets Blad‹.

»Wir behalten ihn bis morgen hier«, entschied William, und Aksel bot an, zu überprüfen, ob Ole Toms Angaben zu dem Anruf auf seinem Handy am Abend von Tonjes Entführung zutrafen. William übernahm es, Tone Helle wegen der Internetadresse anzurufen, unter der die Bilder von Tonje aufgetaucht waren, und zu checken, wie viele alte Ford Transits im Umkreis als gestohlen gemeldet waren. An einem Sonntag mehr zu erreichen war unrealistisch. Lisa winkte ihnen zum Abschied zu und wählte Sanders Nummer, während sie in kleinen Schritten die Treppe hinunterlief, um zu nutzen, was von diesem Sonntag noch übrig war.

33

Es war zwölf und das Handy lag seit er aufgestanden war stumm auf der Küchenanrichte. Er hatte die Espressomaschine eingeschaltet, war ins Schlafzimmer und in den begehbaren Schrank gegangen, der alles beherbergte, was er an Kleidung und Schuhen besaß.

Und das war viel und wurde immer mehr. Es war fast wie mit dem Essen, eine Art Ablenkungsmanöver, das ihn an alles, nur nicht an sich denken ließ, oder zumindest nur an das, was an der Oberfläche war, die Fassade. War er besonders schlechter Stimmung, fuhr er nach Oslo, ging zu *Frogner* und *Bruuns Bazar*, zu *Gerts* in der Bygdøy Allé, zu *Kiman* im Paléet oder zu *Kamikaze*, wenn er wirklich etwas brauchte, das einem finanziellen Harakiri gleichkam. Die Kreditkarten ließen ihn nie im Stich und er wusste, dass er viele Jahre täglich zuschlagen müsste, wollte er seine Konten durch Kleiderkäufe plündern. Wahrscheinlich würde er es nicht schaffen, sosehr er sich auch anstrengte.

Die Anzüge hängte er nach Farben sortiert auf, von schwarzer Baumwolle bis zu hellem Leinen, die Hemden von dunkel gemustert bis strahlend weiß, zwölf weiße waren es jetzt, und die Schuhe standen in vier Regalen, geordnet nach Verwendungszweck.

Er holte einen Armani-Anzug heraus, krempelte die Hosenbeine um und ließ das Hemd aus der Hose hängen. Dann kehrte er in die Küche zurück und machte sich einen Espresso, verlängerte ihn mit Wasser aus dem Steamer und ging ins Erdgeschoss. Auf dem Bildschirm sah er den kleinen Umschlag, der neue Mails ankündigte. »Lisa«, dachte er und ging davon aus, dass sie sich entschlossen hatte, ihn per Mail auf dem Laufenden zu halten statt anzurufen. Wahrscheinlich war sie im Stress.

Als sich das Fenster mit den Nachrichten öffnete, suchte er unter den zuoberst stehenden ungelesenen Mails zuerst nach Lisa Lunde. Da er ihren Namen nicht fand, fing er ganz unten an, arbeitete sich aufwärts und löschte die gelesenen Mails. Sie ist bestimmt beschäftigt, dachte er.

Nachdem er drei Mails gelesen, zwei davon einfach gelöscht und die letzte auch beantwortet hatte, markierte er die nächsten und löschte sie, indem er »Delete« anklickte. Reklame.

Das Betrefffeld der nächsten Nachricht war leer, was ihr einen seltsam anonymen Anstrich verlieh. Als er den Namen sah, war er einen Augenblick überrascht, dass sie ihm nicht schon früher aufgefallen war. Die Mail kam von Göran Bard.

Lisa hatte nasse Haare und war in besserer Stimmung, als Sander sie je erlebt hatte. Angesichts der letzten Tage war das mehr, als er zu hoffen gewagt hatte. Er war erleichtert, dass sie ihn anlächelte, als sie aus der Umkleidekabine kam.

»Wunderbar, dass endlich etwas passiert. Ich glaube, es deprimiert mich immer ein bisschen, wenn es in einem Fall nicht weitergeht«, sagte Lisa. »Obwohl wir keine Garantie dafür haben, dass wir auf der richtigen Spur sind, tut sich zumindest etwas.«

Sie hatte einige Stunden, nachdem Sander den PC ausgeschaltet hatte, angerufen und von der Festnahme Ole Toms und von der Vernehmung erzählt, die sie gerade beendet hatten. Sie hatten verabredet, sich nach Lisas Training zu treffen, und Sander hatte es noch geschafft, eine Runde laufen zu gehen, ehe er sich in Richtung Zentrum aufmachte.

Sie müsse schlafen, hatte sie gesagt und gefragt, ob er sie nach Hause begleiten könne, damit sie ihn unterwegs ein paar Dinge fragen konnte. Er hatte nichts anderes vor.

»Natürlich ist das möglich. Menschen haben eine unglaubliche Fähigkeit, sich gefühlsmäßig zu distanzieren«, hatte er spekuliert.

Lisa wollte eine Erklärung für Ole Toms Verhalten, sie verstand nicht, dass man zusehen konnte, wie ein Mensch, den man mochte, entführt wurde, und anschließend schwieg, weil man erpresst wurde.

»Ist das nicht ganz schön kaltblütig?«, fragte sie.

»Kaltblütig ist wirklich eine treffende Beschreibung, sie passt gut zu der einen von zwei Erklärungen, die ich mir vorstellen könnte. Zu der, die am besten zu Ole Tom passen würde.«

»Es gibt also eine Erklärung?«

Sie überquerten die Straße hinter der Unterführung und kamen am Einkaufszentrum vorbei. Bis auf einige geöffnete Kneipen lag das langgestreckte Gebäude verlassen da.

»Es gibt immer eine Erklärung, oft eine relativ einfache, hast du das nicht auf der Polizeischule gelernt?«

»Polizeihochschule«, berichtigte ihn Lisa. Sie lächelte. Sie waren wieder Freunde.

»Aber wie dem auch sei, die eine Möglichkeit passt zu seiner Ausbildung, dem Spezialkommando. Dort setzt man die Leute systematisch Extremsituationen aus, damit sie lernen, ihre Panik zu unterdrücken und sich stattdessen auf zielgerichtetes Handeln konzentrieren. Dann reagiert dein Körper in solchen Situation so, dass er kalt wird, du spürst, wie du eine Gänsehaut bekommst, die Sinne geschärft sind und die Geruchseindrücke stärker werden. Einige behaupten sogar, dass Menschen, die das wirklich beherrschen, auch besser hören.«

»Und das kann man lernen?« Lisa war skeptisch.

»Natürlich. Das ist gar nicht so abgehoben, denk nur einmal an einen Arzt. Er muss sich gegenüber Menschen, die akute Schmerzen haben, professionell verhalten, da dürfen ihm keine Gefühle in die Quere kommen. Die meisten Medizinstudenten erleben zunächst einmal ein flaues Gefühl im Magen, Schwindel und Übelkeit, bevor sie mit solchen Dingen umgehen können.«

»Und die andere Möglichkeit?«

Die Lautsprecher des Bahnhofs hinter ihnen gaben plötzlich ein »Pling« von sich und eine metallische Stimme kündigte auf Gleis zwei den Regionalzug aus Oslo an.

»Die andere Möglichkeit ist weniger angenehm. Er könnte einfach ein Psychopath sein, der unfähig ist, die Leiden und Schmerzen anderer an sich heranzulassen. In dem Fall hat das mit Training nichts zu tun, dann ist er krank und praktisch zu allem fähig.«

»Zum Beispiel dazu, jemanden seine Stieftochter entführen zu lassen, ohne der Polizei zu sagen, dass er weiß, wo sie ist.«

»Zum Beispiel. Ja. Aber nur, wenn es seinen Interessen dient.«

»Ich habe gedacht, man sagt heute nicht mehr Psychopath? Das sei nicht mehr politisch korrekt?«

»Das ist schon okay. Vor einigen Jahren sprach man von einer antisozialen Persönlichkeit, dann von einer Persönlichkeitsstörung mit soziopathischen Zügen, aber solche Leute sind nun einmal Psychopathen, deshalb wird die Diagnose heute auch wieder akzeptiert.«

Sie waren den Nordbyvei entlanggegangen und blieben nun bei der Esso-Tankstelle stehen. Sander musste den Lysnevei hoch und Lisa weiter Richtung Nordby. Bevor sie sich verabschiedeten, entschuldigte Lisa sich und erklärte, sie habe jetzt bald ein Schlafdefizit von vierundzwanzig Stunden. In wacherem Zustand sei sie geselliger. Außerdem müsse sie am kommenden Tag früh raus, um den zweiten Mann festzunehmen, den man mit illegalen Kinderpornos auf dem Computer erwischt hatte.

Sander umarmte sie. Es war das erste Mal, und sie schien fast ein wenig überrumpelt. Er hatte den Eindruck, dass Lisa sich zwang, nicht zurückzuweichen, ehe sie lächelte und sich entspannte.

»Da ist noch etwas«, sagte sie und schwieg. Sie sahen einander an und Sander fragte sich, ob er etwas sagen oder warten sollte. Er wartete.

»Ich habe am Freitag vielleicht ein bisschen überreagiert«, fuhr sie fort. »Wegen Lena, meine ich. Du hast Mist gebaut, das bleibt unbestritten, aber ich hätte vielleicht etwas sachlicher damit umgehen können.«

Sander war überrascht. Wenn sich jemand entschuldigen sollte, dann er, nicht sie. Und egal, wie sie reagiert hatte, es war angebracht gewesen. Das wollte er ihr gerade erklären, als sie die Hand hob, um ihn zu stoppen. Offenbar war sie noch nicht fertig.

»Ich weiß nicht, warum ich das sage, aber vielleicht laden einen Psychologen ja zu Geständnissen ein.«

Sander verstand immer weniger.

»Ich hatte eine etwas schwierige Kindheit. Und ich vertraue nicht oft jemandem, jedenfalls keinem Mann. Eigentlich auch sonst niemandem. Aber dir mussten wir vertrauen, und als du die Sache verschwiegen hast, habe ich das vielleicht ein bisschen zu persönlich genommen. Ich weiß, dass es nichts mit mir zu tun hatte, aber es erklärt zumindest meine Reaktion.«

»Was heißt schwierig?«

Lisa schien unsicher, wie viel sie sagen sollte. »Meine Mutter war mit einem gewalttätigen Mann zusammen. Manchmal war es übel, und irgendwann haben wir ihn verlassen, aber dann hat er uns verfolgt.«

»Ein Mann?«, fragte Sander.

»Mein Vater. Ich denke nur nicht so an ihn. Das macht es einfacher.«

»Hast du mit jemandem darüber gesprochen?«, fragte Sander fast instinktiv.

»Oh je, spricht jetzt der Psychologe?«, lächelte Lisa. Offensichtlich war das Geständnis zu Ende. »Ich rede doch mit dir. Und sonst geht es mir gut. Meistens jedenfalls.«

Sander begriff, dass es keinen Sinn hatte, sie zu drängen. Sie musste selbst entscheiden, was sie ihm erzählen wollte.

»Sag Bescheid, wenn du darüber reden möchtest«, sagte er. Es klang zwar klischeehaft, aber er meinte es ernst. Im gleichen Moment fiel ihm die Mail von Göran Bard ein und ihm wurde klar, dass es ein neuer Vertrauensbruch wäre, Lisa nicht davon zu berichten.

»Übrigens«, sagte er und fragte sich, wie viel er erzählen musste. »Ich habe heute Morgen eine Mail von Göran Bard bekommen. Ich denke, ich sollte sie an dich weiterleiten, bin aber noch nicht dazu gekommen.«

»Ja?«, sagte Lisa.

»Er ist in Oslo, wo er morgen an der Universität einen Vortrag halten wird. Es wäre vielleicht wichtig, sich den anzuhören. Er wird über Dinge sprechen, die in direkter Verbindung zu unserem Fall stehen, ein Teil der Informationen könnte relevant sein.«

»Das klingt interessant«, meinte Lisa. »Mal sehen, wie spät es nach der Festnahme morgen früh wird. Wir könnten vielleicht zusammen hinfahren, wenn dir das passt?«

Sie verabredeten zu telefonieren. Lisa drehte sich um und ging weiter Richtung Nordbyvei, Sander blieb stehen und sah ihr nach. Schon wieder ein Sonntagnachmittag ohne Pläne, und er hatte keine Lust, nach Hause zu gehen.

Er musste an Elin denken. Lisas Geständnis, die Mail von Bard, all das weckte die Erinnerung an Dinge, die geschehen und nur schwer zu vergessen waren. Sander saß auf der Terrasse, den leeren Abendessensteller vor sich und ein halbvolles Glas Pils in der Hand. Das Bild lag auf dem Sofakissen neben ihm und und ihm fiel wieder ein, wie sie das erste Mal in der Tür gestanden und ihn angesehen hatte, zehn Minuten bevor die Stunde beginnen sollte. Er hatte gewusst, wer sie war, hatte genau gewusst, wer ihr Vater war. Hätte der Sander nicht persönlich um den Gefallen gebeten, hätte er nicht noch eine Patientin angenommen.

Elin unterschied sich von seinen anderen Patientinnen. Manchmal unterhielten sie sich wie Freunde, diskutierten über dies und das; er wollte etwas über ihre Welt erfahren, und sie erzählte ihm, wonach er fragte. Andere Male, wenn er beharrlicher bohrte, verweigerte sie sich und wurde wütend, wenn er nicht aufhörte. Er mochte sie, und diesmal bekümmerte ihn das nicht so wie sonst, wenn er andere Patientinnen mochte. Wahrscheinlich hätte er es schon damals merken und sich zurückziehen müssen.

Es war Sonntag. Sander hatte eine Verabredung gehabt, die sich aber zerschlagen hatte. Deshalb blieb er alleine mit seinem Café mocca, einem Buch und ein paar Zeitungen im *Sturehof* sitzen.

Sie war nicht der Typ, der um Erlaubnis bat. Elin hatte sich ihm direkt gegenüber gesetzt, noch ehe er seinen Standardvortrag vom Stapel lassen konnte, dass es vielleicht etwas unpassend war, von wegen Patientin und Therapeut und ethische Regeln und, Teufel auch, sie tranken schließlich nur einen Kaffee. Sie bestellte einen Americano. Außerdem unterhielt er sich gerne mit ihr, nicht nur, weil sie eine Herausforderung für ihn war und ihn mit einer fachlichen Problemstellung konfrontierte, die er noch nicht in den Griff zu bekommen wusste, sondern weil er sich in ihrer Gesellschaft wohl fühlte. Elins Intelligenz, ihr Wissen, nicht nur über ihre eigene Krankheit, und ihre Fähigkeit, mit Gedanken und Theorien zu spielen, versetzten ihn in gute Laune. Dass eine Achtzehnjährige ihm so viel entgegenzusetzen hatte, war alles andere als reizlos.

Er rechnete sich den Altersunterschied aus. In seinem Hinterkopf schrillte eine Alarmglocke, doch Elin lächelte und fragte, warum er an einem Tag wie diesem alleine im Café saß.

Es war auch ein Sonntag, als Sander wach wurde und die Sonne mit einer solchen Intensität zum Fenster hereinschien, dass er einen Augenblick Angst hatte, tot und durch ein Missverständnis im Himmel gelandet zu sein. Dann hörte er Elin in der Küche und roch frisch getoastetes Brot. Als er aus dem Schlafzimmer kam, sah er, dass sie in dem alten Wohnzimmer an dem riesigen langen Tisch unter der Stuckrosette für zwei gedeckt hatte.

Sie schwieg. Er fragte, ob etwas nicht in Ordnung sei, aber sie antwortete nicht. Als er die Frage wiederholte, sagte sie »Nein« und ging hinaus, um das Brot und die hartgekochten Eier zu holen, die fertig auf dem Herd standen.

»Bereust du es?«, fragte Sander, als sie zurückkam.

»Nein«, antwortete sie schnell. »Es gibt nichts zu bereuen. Und du?«

Sander zögerte. »Nein, das nicht, aber das Ganze ist nicht unproblematisch. Du bist meine Patientin. Das kann mich den Job kosten.«

»Es muss doch niemand erfahren, Sander. Kannst du einen anderen Therapeuten für mich finden?«

»Willst du das?«

Plötzlich war in Sanders Kopf eine Nacht zu einem ganzen Sommer geworden und er konnte nicht leugnen, dass der Gedanke an weitere Abende und Nächte mit Elin in seiner Wohnung in der Sturegata verlockend war.

»Ja«, antwortete Elin.

Es würde keine Probleme bereiten, einen neuen Therapeuten für sie zu finden. Die Frage war eher, ob Sander das wollte. Er brauchte nur wenige Sekunden für seine Antwort. »Morgen kümmere ich mich darum.«

»Sind wir jetzt zusammen?«

Er lächelte. Sie sah ihn ernst an.

»Bald«, antwortete er.

»Du?«, sagte sie.

»Ja.«

»Da ist etwas ...«

Sander wurde unsicher. Sie hatte ihn gerade gefragt, ob sie ein Paar waren, und er hatte mehr oder weniger ja gesagt, und nur Sekunden später musste sie auch schon über etwas reden.

»Es gibt etwas, das du wissen musst ... Ich bin noch nie mit jemandem zusammen gewesen. Nicht so, nicht in einer Beziehung.«

Sander atmete erleichtert auf. »Herrgott noch mal, Elin, deshalb musst du dir doch keine Sorgen machen. Ich bin kein Don Juan, falls du das glauben solltest.«

»Das meine ich nicht«, antwortete sie. »Ich meine, dass du der Erste bist, mit dem ich zusammen sein will. Du bist der Erste, dem ich das erzählen will.«

»Was erzählen will?«, fragte Sander.

Elin saß ganz ruhig da, atmete fast lautlos. Sie war blass, fühlte sich sichtlich unwohl und schien Anlauf zu nehmen, den nötigen Mut zusammenzunehmen, um mit heiler Haut aus dem hervorzukommen, was sie zu berichten hatte.

»Es war Papa.«Elin atmete durch und richtete sich auf.

Sander wollte aufstehen und weglaufen, aber es war zu spät.

Erst leugnete Göran Bard, dann wurde er wütend. Dass jemand wie Sander einen Mann in seiner Position beschuldigte, sich an der eigenen Tochter vergangen zu haben, war so ungeheuerlich, dass er keine Worte dafür fand, was ihn jedoch nicht daran hinderte, fünf Minuten ohne Punkt und Komma von allem Möglichen zu reden, vom Bjugn-Fall bis hin zu Psychologen, die Kinder manipulierten, ihre Eltern zu beschuldigen, sich an ihnen vergangen zu haben. Elin sei krank, sagte er, sie benutze Sander, und er lasse sich benutzen. Jeder Satz überzeugte Sander mehr davon, dass Elin ihm am Vortag die Wahrheit gesagt hatte. Die Wut, die er empfand, war ein angenehmer Ersatz für die Zweifel, die ihn plagten, seit er zugestimmt hatte, mit Göran Bards Tochter zusammenzusein.

Als Nächstes wurde Bard traurig. Sander dachte, dass er es mit allen Tricks probierte.

Nach der ersten Auseinandersetzung hatte Sander Göran Bard gebeten, eine Woche darüber nachzudenken, was er zu tun gedachte. Dann würden sie noch einmal miteinander reden. Die ganze Zeit hing die Drohung einer Anzeige in der Luft, und Göran Bard wusste genau, dass ein Mann in seiner Position eine Anklage wegen Missbrauchs nicht überstehen würde.

Sanders erster Fehler war, Göran Bard zu unterschätzen. Der zweite, Elins Therapie von einem Tag auf den anderen zu beenden, nachdem jemand scherzhaft erwähnt hatte, Sander und Elin an dem Abend im Lydmar gesehen zu haben, an dem alles begonnen hatte.

Bard war nicht dumm. Als er herausfand, dass Sander einen neuen Therapeuten für Elin suchte, zählte er zwei und zwei zusammen. Er konfrontierte Elin mit dem Verdacht, ein Verhältnis mit Sander zu haben. Obwohl der Missbrauch viele Jahre zurücklag, hatte er sie so im Griff, dass er nur wenige Minuten brauchte, bis sie ihm die ganze Geschichte erzählte und Sander auslieferte. Als Sander Bard erneut aufsuchte, um zu fragen, was er zu tun gedenke, waren die Rollen plötzlich vertauscht. Zumindest waren sie sich jetzt ebenbürtig und Sanders Wut verwandelte sich in wenigen Minuten in Angst. Das Gespräch endete in einer Verhandlung, deren Ergebnis keinem von ihnen schadete.

Sander verlangte, dass Elin von Bard weg kam, so weit weg, dass sie ihn hinter sich lassen und ihre Probleme lösen konnte, ohne dauernd an deren Ursache erinnert zu werden. Göran Bard wollte natürlich das Versprechen, dass Sander schwieg. Er verlangte darüber hinaus, dass Sander die Beziehung zu Elin beendete. Wie er von London aus, wo er eine Stellung anzunehmen gedachte, kontrollieren wollte, ob Sander seinen Teil der Absprache einhielt, war unklar. Aber Sander konnte das Risiko, sie zu brechen, nicht eingehen.

Ende Mai hatte Göran Bard gekündigt und Sander mit Elin Schluss gemacht. Elin war zusammengebrochen und ihr neuer Therapeut sah sie jeden zweiten Tag, damit sie nicht völlig den Boden unter den Füßen verlor. Es verging keine Minute, ohne dass Sander sich sagte, dass er sie verraten hatte, was die Sache weder besser noch schlechter machte. Die Schuld nagte ununterbrochen an ihm.

Es dauerte nur wenige Tage, bis die Leute sich das Maul zerrissen. Die Leute, das waren seine Kollegen, und nach einer Woche traute Sander sich kaum noch von seinem Büro in die Kantine und wieder zurückzugehen.

Nach zwei Wochen wurde er zu einem Mitarbeitergespräch einberufen und gefragt, ob etwas nicht in Ordnung sei. »Es sei nichts«, antwortete er, und der Leiter der Klinik und er selbst hörten, wie hohl seine Worte klangen.

Drei Wochen nachdem er mit Elin Schluss gemacht hatte, sah er die Stellenausschreibung des Gymnasiums in Ski. Er griff zum Telefon und hatte zufällig jemanden am Apparat, der sich an ihn erinnerte. Einige Tage später hatten sie zwei Telefongespräche geführt, und kurz vor den Ferien hatte das Angebot, die Vertretung des Schulpsychologen zu übernehmen, bei ihm auf dem Tisch gelegen. Er hatte zugesagt, ohne weiter darüber nachzudenken, und als die Ferien zu Ende waren, stand Sanders Büro in Stockholm leer.

34

»Glaubst du, wir können irgendwann mal wieder ausschlafen?«

Stian lächelte und Lisa erinnerte sich an das, was sie am Vortag beim Mittagessen gedacht hatte. Es war zehn vor sechs und die landesweite Aktion, bei der alle festgenommen werden sollten, die man bei der letzten Razzia von Datakrim registriert hatte, sollte in zehn Minuten starten. Man wollte so früh beginnen, damit die Verdächtigen noch nicht aus dem Bett oder Haus waren, und auch, um zu vermeiden, dass sie sich gegenseitig warnen konnten.

Stian war bei Statoil vorbeigefahren und hatte die Edelstahlkaffeetasse aufgefüllt, die jetzt in einem schlecht befestigten Halter auf dem Armaturenbrett wippte. Sie fuhren an der Esso-Tankstelle vorbei, und gleich darauf blickte Lisa sehnsüchtig zu dem Fenster in dem Block hinauf, in dem sie vor wenigen Monaten ihre Wohnung gemietet hatte. Lisa hatte sie nicht gekauft, sich nicht gebunden, war nur eingezogen, bezahlte jeden Monat Miete, um jederzeit wieder ausziehen zu können, so, wie es schon immer gewesen war.

Kurz vor der Nygårdskreuzung bogen sie rechts in das kleine Industriegebiet mit Autogeschäften, Steinmetzen und Malerbedarf ab. Nach einigen hundert Metern hörte der Asphalt auf und wurde von Schotter abgelöst. Kurz darauf fuhren sie an einem großen Feld entlang.

»Schön, so zu wohnen«, sagte Lisa. »Nur dreißig Minuten von Oslo entfernt und doch auf dem Land. Und das Zentrum von Ski in unmittelbarer Nähe.«

Stian ließ langsam das Fenster hinunter und atmete tief durch.

»Noch ein bisschen Regen und es wäre perfekt. Ich weiß nicht warum, aber ich liebe es, an warmen Tagen bei Regen im Wintergarten zu sitzen und den Geruch von nassem Gras und feuchtem Asphalt einzuatmen. Trocken und warm, während es ein paar Meter weiter schüttet.«

Geborgenheit, dachte Lisa. Sie wusste, was er meinte. Beschützt vor dem draußen wütenden Wetter irgendwo zu sitzen hatte etwas mit Geborgenheit zu tun. Genau wie sich die Decke über den Kopf zu ziehen, um nichts zu sehen, oder die Hände vor die Ohren zu halten, um nichts zu hören. Doch das sagte sie Stian nicht. Um sich auf etwas anderes zu konzentrieren, fragte sie, ob er enttäuscht sei, dass man die Brüsseltour verschoben hatte.

»Nein, das ist schon in Ordnung. Jetzt passiert hier so viel, mit Ole Tom und dieser Aktion, und Brüssel ist schließlich nicht aufgehoben. Ich werde versuchen, morgen oder am Mittwoch zu fliegen, wenn das Allerdringendsate erledigt ist.«

Lisa blätterte in ihren Unterlagen. Das Bild, das mit einer Heftklammer an der Innenseite der Mappe befestigt war, zeigte einen Jungen und ein Mädchen von ungefähr zehn Jahren. Sie saßen auf einem Bett in einem Zimmer, das überall hätte sein können. Ein kleines Kreuz mit einer Jesus-Figur an der Wand könnte vielleicht einen Hinweis liefern, die Tapete war alt, und sie erinnerte sich an Tone Helles Vortrag, wie viel Informationen man aus einem Bild herausholen konnte.

Sie waren nackt. Ihre Körper waren schlank, fast mager, wie es die Körper von Kindern vor der Pubertät oft sind. Das Mädchen lag in einer unnatürlichen Position auf dem Rücken, den Unterleib zur Kamera gedreht. Der Junge lehnte sich vor, zwischen ihre Beine, zu dem unbehaarten Geschlecht. Beide hatten den Blick auf etwas außerhalb des Bildrands gerichtet, und vor ihrem inneren Auge sah Lisa einen Mann hinter einer Kamera, eine gesichtslose Gestalt, die Anweisungen gab, lockte und drohte, während sie eine Stellung nach der anderen schoss. Sie fragte sich, ob das den Typen anmachte oder ob es nur ums Geld ging.

»Creepy«, sagte sie, schloss die Mappe und sah Stian an.

»Ich versuche mir die Bilder nicht zu genau anzusehen«, sagte er. »Ich halt das nicht aus.«

»Weißt du, wie sie die Leute aufspüren? Den Typen, den wir jetzt festnehmen sollen, zum Beispiel?«

Stian schien erleichtert, über etwas anderes als die beiden Kinder auf dem Bild reden zu können.

»In etwa«, sagte er. »Es heißt übrigens nicht Datakrim, sondern Abteilung für sexuelle Gewalt.«

»Ja?« Natürlich kannte Lisa die richtige Bezeichnung, aber alle sprachen immer nur von Datakrim, wenn sie die Kollegen bei Kripos meinten, die dafür zuständig waren.

»Sie überwachen Tauschbörsen, Seiten, die ursprünglich dazu

gedacht waren, Musik ins Netz zu stellen und zu tauschen. Die Pädophilen benutzen die gleiche Technik, um Fotos auszutauschen. Wenn jemand ein Bild aus dem Internet herunterlädt, registriert das Programm von Kripos die Information, die der PC des Bildempfängers aussendet. In Zusammenarbeit mit den Internetprovidern kann der Weg zu dem PC zurückverfolgt werden, auf dem das Bild gespeichert ist. Wir wissen dann, dass sich auf der zugehörigen Festplatte Beweismaterial befindet, und das Ganze endet damit, dass die Personen, die durch das Programm registriert worden sind, festgenommen werden.«

»Wie jetzt«, sagte Lisa. »Woher wissen wir, dass das Bild, nach dem wir suchen, noch auf der Festplatte ist?«

»Das wissen wir nicht. Tatsache ist jedoch, dass die wirklich großen Fische, die richtig viel Zeit darauf verwenden und aller Wahrscheinlichkeit nach auch zu den Tätern gehören, gewöhnlich nicht nur ein paar Fotos auf ihrem PC haben. Das hat etwas mit ihrem Selbstverständnis zu tun, das auf irgendeine Weise mit diesen Kinderpornosammlungen verknüpft ist, die sie zudem über das Internet zum Tausch anbieten. Also, die Festgenommenen sind nicht nur im Besitz der Bilder, die wir auf ihrem PC registriert haben, sondern noch Hunderter oder vielleicht Tausender anderer Fotos, Filme und Adressen. Das ist schon ziemlich heavy.«

»Und diese Leute gehören selbst zu den Tätern?«

»Nicht zwangsläufig, nein. Aber das Ziel ist, zu denen vorzudringen, die produzieren.«

»Ist es nicht problematisch, einen Haufen Leute festzunehmen und bloßzustellen, die möglicherweise nur ein einziges Mal illegales Material heruntergeladen haben? Oder sich nur in geringem Maße strafbar gemacht haben? Das wissen wir im Voraus schließlich nicht, und es dürfte eine Illusion sein zu glauben, dass die Leute in einer Kleinstadt wie dieser nicht wissen, wen wir festgenommen haben. Diese Aktionen landen doch jedes Mal auf den Titelseiten der Zeitungen.«

Lisa musste an die Debatte denken, die der letzten Aktion gefolgt war, bei der sich ein Mann das Leben genommen hatte, als er nach der Vernehmung freigelassen worden war. Er hatte es nicht über sich gebracht, zu seiner Familie nach Hause zu gehen. Und natürlich war die Polizei beschuldigt worden, Leute an den Pranger gestellt und bestraft zu haben, bevor sie rechtskräftig verurteilt worden waren, das Recht der Verdächtigten auf Anonymität missachtet zu haben.

»Sieh es dir an, Lisa.« Stian streckte die Hand aus, ohne den Blick von der Straße zu nehmen. Er öffnete die Mappe, die sie so auf dem Schoß hielt, dass das Bild der beiden Zehnjährigen zu sehen war.

»Es ist ein Markt, und da siehst du das Resultat der Nachfrage. Ob die Kunden ein Bild oder Hunderte kaufen, ist mir scheißegal, sie tragen dazu bei, die Nachfrage nach mehr und neuen Bildern und Filmen zu schüren. Und nach allem, was im letzten Jahr hierüber gesagt und geschrieben worden ist, kann niemand behaupten, dass er nichts gewusst hat. Diese Leute treffen eine Wahl, und dafür müssen sie die Verantwortung übernehmen. Dass ihre Frau es vielleicht nicht so toll findet, wenn man sich im Internet kleine Kinder ansieht, sobald der Rest der Familie ins Bett gegangen ist, daran hätten diese Typen schon früher denken müssen.«

Eigentlich war Lisa gleicher Meinung. Sie waren fast da. Stian fuhr langsam den letzten Hügel zum Haus hinauf, um den Motor nicht unnötig auf Touren zu bringen. Als er am Straßenrand parkte und den Wagen ausmachte, durchbrachen nur die Vögel und die leisen Klicklaute des sich abkühlenden Metalls der Motorhaube die Stille.

Stian hatte den Durchsuchungsbefehl. Er hielt ihn schon bereit, noch ehe sie an der kleinen Steintreppe waren. Einige Sekunden sagte keiner etwas, während sie auf Geräusche aus dem Haus lauschten. Licht brannte keins. Lisa kam an den Gardinen in der zweiten Etage etwas bekannt vor und sie sah Tausende von norwegischen Heimen vor sich, in denen zwanzig oder dreißig Jahre alte Gardinen hingen. So oft, wie sie in ihrer Kindheit umgezogen waren, musste sie Hunderte dieser Stoffteile gesehen haben.

Als sie sicher waren, dass niemand sie entdeckt hatte, hob Lisa die Hand und klingelte. Der Klang war scharf und hart. Sie klingelte noch einmal. Nichts passierte.

35

Die Stille hatte ihn schon immer misstrauisch gemacht. Jetzt musste er mit ihr leben. Alfred erinnerte sich an unzählige Male in der Dunkelheit, in der ein Laut der einzige sichere Hinweis darauf war, was vorging. Ein Echo sagte etwas über den Abstand zur nächsten Wand aus. Das Aufflammen eines Streichholzes und die kurz darauf aufleuchtende Glut einer brennenden Zigarette. Dann der Geruch. Doch der Laut war immer zuerst da.

Er war zeitig aufgewacht, geweckt von den Vögeln und der Erwartung. Alles war wie gehabt. Etwas würde passieren, wann auch immer. Er spürte, dass er solche Situationen gut im Griff hatte. Eine gewisse Unsicherheit, er wusste was, aber nicht wann und wie.

Er war aufgestanden, hatte sich angezogen, eine Tasse Kaffee gemacht und sich an das Fenster in der zweiten Etage gesetzt, das zum Wald hin ging und in dem sie immer saß.

Er fragte sich, ob er sie holen sollte. Er dachte, dass sie nicht mehr viel Zeit zusammen hatten, und überlegte, ob er sie jemals wiedersehen würde.

Dann kam das Geräusch. Das Geräusch war immer als Erstes da. Zunächst noch ein unbestimmtes Brummen, hörte er unmittelbar darauf den Motor eines Autos, zusammen mit dem Geräusch von Kies, der zwischen Gummi und Boden gedrückt wurde. Hörte, dass es ein PKW war, Benzinantrieb, Automatik, relativ schwer. Oder schwer beladen, der Unterschied war wichtig, manchmal sogar entscheidend.

Alfred spürte, wie sein Organismus fast reflexartig die körperliche Reaktion unterdrückte, die zwischen ihm und einem rationalen Entschluss stand.

Sie konnten es natürlich sein, aber eigentlich hätten sie Bescheid geben müssen, als sie die Grenze passierten. Es konnte jeder sein, jemand, der sich verfahren hatte, Jugendliche, die nach einem Platz suchten, an dem sie ungestört waren, wer auch immer.

In seinem tiefsten Innern wusste er, dass es nur eine Frage der Zeit war, und wenn es nach ihm ginge, wäre ihm früher lieber als später.

Als die Klingel die Stille durchbrach, stand er ruhig auf und ging ins Erdgeschoss. Durch das kleine Türfenster sah er zwei Personen. Er ging in der Erinnerung den Vorabend durch, um sicher zu sein, dass Tonje eingeschlossen war und die Wand vor dem kleinen Raum auf ihrem Platz stand. Dann öffnete er die unverschlossene Tür.

Die Frau, die vor ihm stand, hatte nichts mit ihnen zu tun. Sie war Anfang dreißig, dünn, jungenhaft, fast schlaksig. Der Mann neben ihr hielt einen DIN-A4-Bogen hoch, der seinen Dienstausweis fast verdeckte. Sie rochen schon von weitem nach Polizei.

36

Abgebrüht, dachte Lisa, während Stian dem Mann erklärte, warum sie gekommen waren. Er schien nicht überrascht. Stian war ruhig, sprach emotionslos, erklärte, dass sie die Erlaubnis hatten, das Haus zu durchsuchen, und alles sehr viel einfacher sei, wenn der Mann mit ihnen zusammenarbeite.

Sie kamen in eine kleine Diele, links führte eine Treppe in den Keller, rechts lag die Küche. Eine Kaffeetasse mit irgendeiner unbestimmbaren Reklame stand auf einem alten Plastiktisch. Zwei Stühle. Die Kücheneinrichtung sah eigenartig aus und war in einem dreckigen Beigeton, der wahrscheinlich einmal weiß gewesen war.

Die letzte Tür führte ins Wohnzimmer. Stian erklärte, was sie suchten, und folgte dem Mann die Treppe hinauf in die erste Etage. Lisa ging direkt hinter ihnen. Im Treppenaufgang hingen mehrere kleine Stickereien. Es fiel ihr schwer, sich den Mann mit einer Stickerei in der Hand vorzustellen. Das ganze Haus passte nicht zu ihm und sie hatte das Gefühl, dass er hier ebenso ein Gast war wie sie.

Er führte sie zu dem letzten Zimmer an dem schmalen Gang am Ende der Treppe. Stian ging voran, Lisa hinterher. Ihr fiel auf, dass sein Hemd gebügelt war und einer der Ärmel eine doppelte Falte hatte. Alles war, wie es sein sollte, dachte sie und spürte, wie sie erneut von Erinnerungen übermannt wurde. Eine doppelte Falte und die Hölle war los.

Das ganze Szenarium war falsch. Die Möbel in dem Zimmer waren mit Ausnahme eines dunklen Bürostuhls, der aus einem Designkatalog hätte stammen können, so alt wie alles andere, das sie bisher gesehen hatten. Was nicht ins Bild passte, war die Elektronik, die in den Regalen, auf dem Schreibtisch und einem zusätzlichen Tisch unter dem Fenster stand.

Als Erstes fiel ihr ein großer Flachbildschirm ins Auge, größer als ihr Fernseher zu Hause, mit zwei eingebauten Lautsprechern. Eine drahtlose Tastatur, eine Lasermaus, ein Scanner, eine digitale Filmkamera, eine Nikon-Spiegelreflex und ein Headset mit eingebautem Mikrofon. Man hatte das Gefühl, in das Cockpit eines Flugzeugs zu kommen, und Lisa war nicht einen Augenblick im Zweifel, dass sie hier richtig waren.

Um die Kamera herum lagen vier Datensticks, jeder mit einem Gigabyte, die Stian in einen Karton packte, den er mitgebracht hatte. Als er sich umdrehte, um sich einen Überblick darüber zu verschaffen, was alles beschlagnahmt werden musste, stieß er erst gegen Lisa, dann gegen den Mann.

»Sie können mit mir kommen«, sagte Lisa und zeigte auf die Tür. Es war zu eng, um sich zu dritt in dem Raum aufzuhalten, während Stian arbeitete.

»Ich heiße Alfred«, sagte der Mann, als sie ins Erdgeschoss hinuntergingen.

»Ich weiß«, sagte Lisa.

»Möchten Sie eine Tasse Kaffee?«

Er zeigte auf den Wasserkocher und den Nescafé, der daneben stand. Sie schüttelte langsam den Kopf und hätte ihn am liebsten gebeten, den Mund zu halten. Selbst seine Stimme war mehr, als sie ertragen konnte. Es war einfacher, sich an den Fall in der Mappe zu halten als an den Menschen, der vor ihr Platz genommen hatte.

Er sprach nicht mehr unaufgefordert. Stian kam und ging durch die Diele, zuerst mit einem Karton voller CDs und einer Festplatte. Dann kam er mit dem PC die Treppe herunter, einem Dell, von dem Lisa annahm, dass er alles hatte, was man an Netzwerk und Grafikkarten, Ton und Retouchierprogrammen brauchte.

Als Stian endlich oben fertig war, drehte er eine Runde durch das Wohnzimmer, betrat die Küche und fragte Alfred, ob er ihnen noch etwas zu zeigen habe. Alfred schüttelte den Kopf, sagte »nein« und schlug die Augen nieder.

»Am einfachsten ist es, Sie sagen es jetzt«, sagte Stian. »Dann ersparen wir uns die Mühe zurückzukommen und noch einmal alles zu durchsuchen, wenn wir der Ansicht sein sollten, dass etwas fehlt.«

»Das ist alles«, sagte Alfred.

»Was ist im Keller?«, fragte Lisa. Dort war Stian noch nicht gewesen.

»Das Übliche. Ein paar Nahrungsmittel, ein Kühlraum, eine Tiefkühltruhe. Ein Abstellraum und eine Waschküche.«

Sie stand auf und bat Stian, Alfred ins Auto zu bringen.

Die Treppe knackte und die Luft, die aus dem Keller heraufkam, war kalt und roch modrig. Der gegossene Betonboden war einmal mit Nadelfilz bedeckt gewesen, von dem noch Reste an den Kanten zu sehen waren. Sie konnte sich lebhaft vorstellen, wie die dünne Stoffschicht Feuchtigkeit gezogen hatte und im Sommer zu einem Dorado für Pilze geworden war.

Lisa sah schnell in die drei Räume hinein und stellte fest, dass Alfred die Wahrheit gesagt hatte. Eine Waschküche mit einer alten AEG-Waschmaschine und einer verstaubten Kaltmangel in einer Ecke. In dem anderen Raum standen Regale an den Wänden, die bis auf eins leer waren. In ihm standen *Heinz Ketchup*, Marmeladengläser, mehrere Sixpacks Bier, Mineralwasser, verschiedene Fertiggerichte und *Mr.-Lee-Nudeln*, als hätte sich jemand für einen längeren Aufenthalt eingedeckt. Doch nichts sah nach Computerzubehör oder Speichermedien aus. Die ganze Zeit war es unnatürlich still, ein kompaktes Nichts hinter den dicken Grundmauern, die alle Laute von draußen fernhielten. Etwas stimmte nicht, aber Lisa wusste nicht zu sagen was. Der Geruch löste Assoziationen an den Obduktionssaal im Reichskrankenhaus aus, und obwohl sie wusste, dass ihre Sinne ihr einen Streich spielten, sträubten sich ihr die Haare.

Schnell ging sie zurück, die Treppe hinauf, zwei Stufen auf einmal nehmend. Ohne stehen zu bleiben lief sie durch die Diele, riss die Tür auf und schob sie mit dem Fuß wieder zu. Die Morgenluft war noch immer frisch, Lisa atmete mehrmals tief durch. Stian hatte den Motor angelassen, Alfred saß auf dem Rücksitz. Er hatte sich angeschnallt.

Stian rief im Büro an, dass sie unterwegs waren und jemand sie in zwanzig Minuten in Empfang nehmen sollte. Die restliche Fahrt verlief schweigend. Stian starrte stur geradeaus, als verlangte das Fahren seine volle Aufmerksamkeit. Lisa widerstand dem Drang sich umzudrehen und konzentrierte sich auf einen Fleck auf ihrer Hose, der ihr bisher nicht aufgefallen war. Als sie auf den Nordbyvei hinausfuhren, kamen sie in den ersten Morgenverkehr – Frühaufsteher, die nach Oslo wollten, bevor in dreißig Minuten die Rushhour einsetzte.

Aksel erwartete sie, als sie vorfuhren. Alfred und Lisa stiegen aus, während Stian weiterfuhr, um zu parken. Auf dem Weg nach oben sprach keiner ein Wort, die Schritte hallten in dem offenen Treppenhaus durch die Etagen.

William hatte angekündigt, erst später zu kommen, und sie hatten ausgemacht zu warten, bis er da war. In der Zwischenzeit sollten Aksel und Stian die Festplatte und die beschlagnahmte Ausrüstung auf der Jagd nach dem Bild durchgehen, das registriert worden war, sowie nach anderen Dateien suchen, die bei einer eventuellen Anklage Verwendung finden konnten.

Alfred wurde mit dem Bescheid, dass bald jemand kommen und ihn befragen würde, ins Vernehmungszimmer gebracht. Lisa blieb stehen und beobachtete ihn durch den Spionspiegel, nachdem Aksel gegangen war, um den Computer zu filzen.

Zehn Minuten später war Aksel zurück.

»Das Passwort«, murmelte er auf dem Weg zu Alfred hinein. Lisa beobachtete das Gespräch, ohne die Lautsprecher einzuschalten. Alfred saß ruhig zurückgelehnt da, während Aksel gestikulierte und immer erregter wurde. Schließlich stand er auf, schob den Stuhl wütend an den Tisch und kam heraus. Er knallte die Tür hinter sich zu.

»Das Schwein meint, wir sollten selbst ein bisschen arbeiten«, bellte er, ohne innezuhalten. »Er weiß, dass wir es knacken können, er will sich nur aufspielen, verdammt.«

»Schafft ihr das?«, fragte Lisa.

»Ja, es gibt viele Möglichkeiten, um das Passwort herumzukommen, solange es nicht komplex verschlüsselt ist. Aber das dauert. Und das weiß er.«

»Was kann er dabei gewinnen, sich zu weigern, uns das Passwort zu verraten, wenn er genau weiß, dass wir auch ohne es hineinkommen?«

Aksel zuckte mit den Schultern. Es war einfach so. Lisa wunderte sich. Normalerweise gab es einen Grund dafür, wie sich jemand verhielt, und wenn Alfred beschlossen hatte, nicht mit ihnen zusammenzuarbeiten, musste er einen Grund haben. Sie verstand nur nicht welchen.

37

William kam um kurz vor halb zehn, glänzend gelaunt, ausgeschlafen und in einem frisch gebügelten, hellblauen Hemd. Er blieb an der Tür zu Lisas Büro stehen und erzählte, dass seine Töchter in einem Anfall von eindeutig schlechtem Gewissen am Vorabend seine gesamte Kleidung gebügelt hatten. Dann hatten sie das ganze Haus geputzt und waren vor Mitternacht schlafen gegangen. Lisa lächelte.

»Ich wäre verdammt nervös, wenn ich du wäre. Sie haben mit Sicherheit etwas angestellt, das sie bereuen, und jetzt versuchen sie es wiedergutzumachen, bevor du herausfindest, was es ist.«

»Das habe ich mir auch gedacht«, antwortete William, »doch meistens steht das, was sie angestellt haben, in keinem Verhältnis zur selbstauferlegten Strafe, sodass ich beschlossen habe, die Situation zu genießen. Jetzt sind sie alle vier nach Drøbak gefahren, um ins Schwimmbad zu gehen, und ich rede lieber heute Abend mit ihnen. Nachdem sie Abendessen gemacht haben, vielleicht ...«

William grinste Lisa an, die zu lachen begann. »Du nutzt sie aus, William.«

»Schamlos.«

Er verschwand den Gang hinunter. Stian und Aksel hatten gerade Besuch von einem Kollegen aus Vestby bekommen, der mehr von Computern und Betriebssystemen verstand als sie. Sie rechneten damit, in zehn Minuten Zugriff auf die Festplatte zu haben. Lisa war gerade aufgestanden, um hinunterzugehen und ihnen zuzusehen, als das Telefon auf ihrem Schreibtisch klingelte. Sie versuchte sich zu erinnern, wo sie die Telefonnummer schon einmal gesehen hatte.

»Lisa Lunde.«

»Lisa, hier ist Tone. Ist es gut gelaufen heute Morgen?« Tone Helle schien außer Atem.

»Ja, es sieht ganz so aus. Jedenfalls besteht kein Zweifel, dass der Mann, den wir festgenommen haben, Dateien, Fotos und dergleichen hat. Aksel und Stian arbeiten gerade an seinem PC, und wir beginnen mit dem Verhör, sobald wir das Bild gefunden haben.«

»Gut, ich bin gespannt, was ihr herausfindet. Manchmal sind es nur ein oder zwei Bilder, aber wenn er gut ausgerüstet ist, kann es durchaus sein, dass wir mit dem Typen einen wirklichen Fang gemacht haben.«

»Hat es bei euch Probleme gegeben?«, fragte Lisa.

»Nein. Wir haben in weniger als einer Stunde fast vierzig Personen festgenommen, weshalb ich davon ausgehe, dass wir einiges an

Staub aufgewirbelt haben. Die Presse ruft schon an, in ein paar Stunden bekomme ich den neuesten Lagebericht. Aber deshalb rufe ich nicht an.«

»Sondern?«

»Es geht um Tonje.«

Lisa setzte sich auf ihren Bürostuhl. No news is good news, hatte sie gestern noch gedacht, als sich noch immer nichts getan hatte, gleichzeitig jedoch gewusst, dass die Rückmeldungen auf einige ihrer Anfragen, unter anderem die beim Militär zu Konrektor Kant und Ole Tom Strøm, bald eingehen würden.

»Um Tonje?«, antwortete sie. »Was ist passiert?«

»Wir sind ganz gut über das Netzwerk unterrichtet, wie ich dir erzählt habe. Unser Maulwurf sitzt ziemlich nahe am Zentrum. Und jetzt sieht es so aus, als würde sich bei Tonje bald etwas tun. Wenn seine Informationen korrekt sind, ist einer der Spitzenleute unterwegs. Wir wissen, dass heute Morgen eine Person Amsterdam per Flugzeug verlassen hat, und wir wissen, dass ihr Ziel Norwegen ist.«

»Oslo?«, fragte Lisa. Ihr Herz schlug schneller.

»Jepp. Das Problem ist nur, dass wir keine Ahnung haben, wer es ist, und im Moment können wir nichts tun, als uns die Passagierlisten vorzunehmen und mit der Passkontrolle zusammenzuarbeiten. Wir müssen einige Personen zufällig auswählen, die in das grobe Profil passen, das wir aus Brüssel bekommen haben. Und das gibt nicht viel her. Aber es ist besser als nichts.«

»Es wäre reine Glückssache, wenn ihr die richtige Person erwischt?«

»Ich fürchte ja«, sagte Tone.

»Wie kommt Tonje ins Bild?«

»Wenn sie eine Operation gestartet haben, um sie außer Landes zu bringen …«

Lisa verstand plötzlich, was Tone meinte. »Herrgott, das ist doch total absurd. Und wir können nichts tun?«

Lisa machte sich im Kopf eine Liste der losen Enden, die auf Klärung warteten. Wo sollte sie anfangen? Im nächsten Augenblick wurde ihr klar, dass die Zeit ohnehin zu knapp war, wenn Tone Helle recht hatte.

Tone fuhr fort: »Wir wissen nicht, ob es passieren wird, aber wenn sie Tonje außer Landes bringen wollen, ist es durchaus möglich, dass es jetzt passiert. Es ist zwar etwas seltsam, dass eine so zentrale Person diese Arbeit übernimmt, aber wir gehen nicht das Risiko ein, etwas anderes zu glauben. Während wir miteinander reden, werden bereits die Flughäfen, Fähren und Grenzübergänge überwacht, aber es ist wichtig, dass ihr auch informiert seid und die Augen offen haltet.«

»Was ist mit der Presse, können wir nicht noch einmal an die Öffentlichkeit gehen, die Leute darauf aufmerksam machen, dass etwas im Gange ist?«, schlug Lisa vor.

»Wir denken darüber nach, aber es gibt doch kaum mehr einen Menschen in Norwegen, der Tonjes Gesicht nicht schon aus den Medien kennt. Aber es wäre natürlich eine Möglichkeit.«

Tone schwieg. Sie schien nachzudenken. Lisa hörte ihren Atem, ruhiger als zu Anfang des Gesprächs.

»Warum also nicht …?«, begann Lisa. Es dauerte einige Sekunden, bevor Tone antwortete.

»Wenn wir uns jetzt an die Medien wenden, wird das von Leuten im Netzwerk registriert werden. Dann zählen sie zwei und zwei zusammen und begreifen, dass jemand Informationen weitergibt. Woher sollten wir sonst wissen, dass ausgerechnet heute etwas passiert?«

»Ihr überlegt, Tonje zu opfern, um eure Quelle nicht auffliegen zu lassen?«, sagte Lisa hitzig.

»So einfach ist das nicht, Lisa. Wenn du wüsstest, um wie viele Kinder es geht … und die Chance, die wir jetzt, mit einem Informanten im inneren Zirkel haben, ist einzigartig.«

»Jetzt pass mal auf, Tone. So können wir doch nicht reden, vor allem wir nicht, die wir uns auf einzelne Personen in diesem Fall konzentrieren müssen. Es kann doch nicht unser Job sein, irgendjemanden zu opfern! Kannst du damit leben, wenn Tonje etwas passiert?« Lisa spürte das Adrenalin durch ihren Körper strömen und versuchte sich wieder in den Griff zu bekommen. Sie wusste, dass Tone auch nur ein Mosaiksteinchen in diesem Spiel war, und bekam ein schlechtes Gewissen, als Tone nicht antwortete.

»Sorry«, sagte sie. »So war es nicht gemeint. Ich weiß, dass es nicht deine Entscheidung ist.«

»Ich hasse das«, antwortete Tone. Dann schwieg sie wieder.

»Rufst du mich an, wenn du mehr weißt?«, fragte Lisa, um die Stille zu durchbrechen. »Ich werde William und die anderen informieren. Sobald wir mit der Vernehmung anfangen, kümmere ich mich um die Dinge, die auf meiner To-do-Liste stehen. Egal, ob es etwas bringt oder nicht, man fühlt sich jedenfalls besser dabei.«

»Abgemacht«, sagte Tone. »Ich rufe dich an.«

William gefiel nicht, was Lisa ihm da erzählte, und er reagierte wie sie, indem er sich fragte, was sie über die geplanten Ermittlungsschritte hinaus tun konnten. Vor Ort verstärkt Streife fahren war natürlich eine Möglichkeit, aber das setzte voraus, dass Tonje wirklich in der näheren Umgebung gefangen gehalten wurde. Die deprimierende Wahrheit lautete, dass die Kidnapper die besseren Chancen hatten, wenn sie Tonje außer Landes bringen wollten.

William und Lisa stellten sich hinter Stian. Aksel und der Kollege aus Vestby arbeiteten weiter an dem Computer. Nach einigen Experimenten mit einer CD kam plötzlich von Aksel ein enthusiastisches »Yes«, während Stian sich vorbeugte, um besser sehen zu können.

Die Festplatte war groß, dreihundert Gigabyte, und sie war zu mehr als zwei Dritteln voll.

»Der Typ hat etwas von einem Hamster«, sagte Aksel. »Ich habe auf meinem dreißig Gigabyte und Schwierigkeiten, auch nur die Hälfte auszunutzen.«

»All yours«, sagte der Kollege aus Vestby und stand auf. Als er Lisa und William sah, streckte er eine kleine, feminine Hand aus und stellte sich als Magnus vor. Seinen Nachnamen bekam sie nicht mit. »Ich muss zurück zu meinen Akten, aber es wäre schön zu hören, wie es läuft.«

»Ja, klar«, sagte Aksel, ohne aufzublicken. Er startete gerade das Suchprogramm und gab den Namen der Datei ein, nach der sie suchten. Einige Sekunden später tauchte das Resultat auf dem Bildschirm auf, und Lisa erkannte die Kinder von dem Bild, das sie im Auto studiert hatte.

»Versuch es mal mit ›Meine Bilder‹«, schlug Stian vor, und Aksel klickte sich weiter, während Lisa näher trat. William folgte ihrem Beispiel.

»Versuch mal das da«, murmelte Aksel. »Der Ordner ist verdammt groß, er muss proppevoll mit Dateien sein. Kein Wunder, dass er so viel Platz braucht.«

Er öffnete den Ordner und zögerte einen Augenblick, bevor er weiterklickte. Seine rechte Hand manövrierte die Maus routiniert von Datei zu Datei, und ein Bild nach dem anderen erschien auf dem Bildschirm.

»Bingo«, lächelte Stian. Lisa fühlte sich unwohl.

»Das sind Tausende von Bildern, dazu brauchen wir Tage«, sagte William und sah weg. Die Dateien waren eine Mischung aus kürzeren und längeren Filmausschnitten und einer Unmenge an Fotos, die Kinder und Jugendliche beim Spielen, aber auch in brutalen Missbrauchssituationen zeigten.

Im gleichen Moment dachte Lisa an das, was Sander nach dem Gespräch mit Göran Bard erzählt hatte, und ihre Idee ließ ihr einen kalten Schauer das Rückgrat hinablaufen.

»Gib Tonje ein«, sagte sie. Ihre Stimme zitterte.

»Tonje?«, fragte Aksel überrascht. »Glaubst du …«

William sah Lisa an und begriff, was sie dachte.

»Tu's einfach«, sagte er.

Aksel rief das Suchfenster auf. Er gab den Namen ein und klickte. Diesmal dauerte es länger und Lisa wusste nicht, ob das ein gutes Zeichen war. Im nächsten Augenblick tauchten die Dateien auf dem Bildschirm auf, eine Liste, die bald das Suchfenster ausfüllte und sekundenlang weiterwuchs. Film- und Bilddateien, alle unter dem Namen ›Tonje‹, nummeriert und mit Datumsangabe.

»Klick ein paar davon an«, sagte Lisa.

Aksel klickte und das erste Bild ähnelte dem, das Tone Helle eine Woche zuvor heruntergeladen und analysiert hatte. Die nächste Datei zeigte die Dreizehnjährige mit nacktem Oberkörper, vor einer Wand platziert. Die kleinen Brüste wirkten noch unausgebildet, und Lisa musste an sich selbst als junges Mädchen denken.

Die nächsten Dateien waren eine Serie, aufgenommen mit kurzen Zwischenräumen. Tonje war offenbar befohlen worden, sich auszuziehen, Stück für Stück. Als das halbnackte Mädchen nur in Unterhose den Bildschirm ausfüllte, sagte Lisa »Stopp, das reicht. Überprüf die Daten; wann sind die letzten Bilder aufgenommen worden?«

Aksel scrollte zum Ende der Liste mit den Suchresultaten. »Gestern. Gestern Abend.«

Lisa richtete sich auf und sah William an. »Sollen wir anfangen?«

»Jederzeit. Er sitzt im Vernehmungszimmer?«, fragte William. Lisa nickte bestätigend.

Als sie schon halb aus dem Raum war, bat sie Stian, Tone Helle anzurufen, zu informieren und dafür zu sorgen, dass die Dateien so bald wie möglich zu ihr hinübergeschickt wurden.

»Vielleicht finden sie noch mehr heraus, wenn sie das Material durchgehen«, sagte sie. »Es ist zumindest einen Versuch wert.« Dann blieb sie abrupt stehen. »Übrigens ...«

William blieb einige Meter vor ihr stehen.

»Was ist, wenn er Tonje hat?«, fuhr Lisa fort. »Wenn sie draußen in seinem Haus ist? Wir sollten keine Zeit mit ihm verschwenden, sondern sofort hinausfahren und nach ihr suchen.«

»Wir geben ihm zehn Minuten«, antwortete William. »Wenn er sie hat, wissen wir immer noch nicht, wo er sie versteckt hält. Sie kann im Schuppen oder in einem Brunnen oder in einer Höhle im Berg sein. Wenn er den Ernst der Lage begreift, kann er uns viel Zeit ersparen.« Lisa ließ sich widerwillig überreden. Sie spürte das Herz in der Brust schlagen und ahnte, dass ihnen die Zeit davonlief.

William blieb vor dem Spionspiegel stehen und starrte den Mann an, der zurückgelehnt am Tisch saß.

»Was macht der denn hier?«, sagte er überrascht.

»Der?«, sagte Lisa. »Was meinst du mit der? Das ist doch der Typ, den wir heute früh festgenommen haben. Ist etwas ...?«

Williams Augen wurden schmal, und noch bevor Lisa ihren Satz beenden konnte, hatte er die Tür geöffnet und war in den Raum getreten. Lisa folgte ihm, schloss die Tür hinter sich und versuchte die Reaktionen beider Männer zu beobachten. William blieb mitten im Raum stehen und starrte den Mann an. Der Mann hinter dem Tisch lächelte schwach, nur eine leichte Regung der Mundwinkel, und starrte zurück.

»Was zum Teufel geht hier vor?«, fragte Lisa.

Keiner der beiden Männer sagte etwas. William ging langsam zum Tisch, zog einen Stuhl heraus und setzte sich. Sein Blick wich nicht eine Sekunde von dem Mann, und Lisa dachte an zwei Tiere, die einander mit Blicken zu töten versuchen.

»Frag ihn, wie er heißt«, sagte William mit leiser, drohender Stimme. »Verdammt, war ich dumm, ich hätte es längst wissen müssen, dass dieses perverse Schwein ...«

Lisa verstand noch immer nicht, was er meinte.

»Frag«, wiederholte er.

Sie setzte sich, stellte das Aufnahmegerät an, sprach Datum, Ort und Williams und ihren Namen darauf. Sie blickte auf, bevor sie fortfuhr.

»Fangen wir an. Name, Geburtsdatum, Adresse.«

Zuerst sagte der Mann nichts, als hielte er das wirklich für einen Ausweg. William ließ ihn nicht aus den Augen.

»Alfred.«

Lisa wartete auf den Rest. »Ja? Ist das Ihr Nachname? Alfred?«

Der Mann holte Luft, richtete sich auf und sah Lisa direkt an. Erneut war sie sicher, dass sie das, was der Mann zu sagen hatte, gar nicht wissen wollte.

»Alfred Kant. Mein voller Name ist Alfred Lorang Kant. Ich bin am 16. Mai 1960 geboren. Die Adresse haben Sie. Ich bin Konrektor am Gymnasium in Ski.«

38

Sander hatte das Hinterrad aufgepumpt, bis er fürchtete, es könnte platzen. Dann setzte er sich hin und wartete. Das Licht in der Garage war schlecht, doch die Ohren waren gefragt, nicht die Augen. Er saß ganz still und lauschte. Es war fast zehn. Vor einer Viertelstunde hatte er in den Wald hochfahren wollen, als er plötzlich gemerkt hatte, wie der Kies durch den Reifen an der Felge rieb. Um herauszufinden, ob er einen Platten hatte, hatte er das Fahrrad in die Garage geschoben, die alte Luftpumpe herausgeholt und so viel Luft in den Reifen gepumpt, wie er sich traute. Und die Ohren gespitzt.

Nichts. Er spürte die Kälte des Betonbodens durch den Stoff seiner dünnen Radlerhose kriechen und hörte eine Horde Kinder, die unten auf dem Weg vorbeizogen. Von dem Fahrradreifen, der nur wenige Zentimeter von seinem Ohr entfernt war, kam kein Laut.

Er hatte sich am vergangenen Abend gelangweilt, bis es fast neun war und er beschlossen hatte, sich einen Film anzusehen. Vielleicht half ihm das, an etwas anderes als an Elin zu denken. Dann hatte er sich plötzlich an das Versprechen erinnert, das er Konrektor Kant gegeben hatte. Er hatte die Nummer von Morten herausgesucht und sich gefragt, ob es schon zu spät für einen Anruf war. Er hatte keine Ahnung, wann die Eltern eines Babys schlafen gingen, ob sie sich zeitig hinlegten oder in Etappen schliefen, wenn sich gerade die Möglichkeit dazu bot. Wie dem auch sei, neun Uhr war noch eine akzeptable Zeit.

Morten war sofort interessiert gewesen, als Sander Kants Vergangenheit bei dem Spezialkommando erwähnte. Er hatte bereits ein paar Patienten, die abends zu ihm kamen, und würde den Konrektor gerne annehmen. Voraussetzung war jedoch, dass Sander Kant dazu bewegen konnte, zwei Seiten über sich und seine Probleme zu schreiben. Wenn Morten den Brief gelesen hatte, würde er Kontakt zu ihm aufnehmen und einen Termin vereinbaren. Er hatte keine Pläne zu verreisen, könnte sofort mit der Therapie anfangen, obwohl Ferien waren.

Sie unterhielten sich noch ein paar Minuten, bis Sander das Gespräch unter einem Vorwand beendete.

Er hatte versucht Konrektor Kant anzurufen, ehe er die Sportsachen angezogen hatte, und das Telefon mindestens dreißig Mal klingeln lassen, bevor er auflegte. Dann hatte er sich entschieden, trotzdem zu ihm hinauszuradeln. Wenn Kant im Schuppen arbeitete oder draußen im Garten war, hörte er das Telefon nicht. Umsonst war die Fahrt auf keinen Fall, er wollte ohnehin Sport treiben.

Sicherheitshalber schraubte er das Ventil an dem Reifen noch einmal extra fest zu, bevor er aufstand und das Fahrrad aus der Garage schob, vorsichtig an seinem Lexus vorbei bis zu der Treppe, wo er es ans Geländer lehnte.

39

»Sie ist in Sicherheit, Sie brauchen sich keine Sorgen zu machen. Sie ist in Sicherheit, aber Sie werden sie nicht finden.«

Er ist eiskalt, dachte Lisa, als sie den Schock überwunden hatte und ihr klar geworden war, wer da saß. Alles passte zu dem, was Sander gesagt hatte. Eine Person aus dem engeren Umfeld, einer, der mit Jugendlichen arbeitete, einer, der reichlich Zeit hatte, mit seinen Opfern Bekanntschaft zu schließen.

Und die Webcam natürlich. Sie waren die Möglichkeit durchgegangen, dass jemand vom Schulpersonal die Kamera im Umkleideraum angebracht hatte, hatten aber keinen Hinweis darauf, wer. Alle kamen in Frage, was in der Praxis hieß, dass sie keinen Schritt weiter waren.

Das Haus lag perfekt, und sie fragte sich, wie viele Mädchen da draußen im Wald festgehalten worden waren auf ihrem Weg nach Europa. Und sie dachte an Filippa, die nur bis Ski gekommen war, bevor jemand ihr kurzes Leben ausgelöscht hatte.

Jetzt ging es um Tonje. Sie mussten sich auf Tonje konzentrieren, bevor sie Fragen stellten, die das schwedische Mädchen betrafen.

Wieder musste sie sich zwingen, ruhig zu bleiben. Aggressionen würden zu nichts führen, und sie hatte das Gefühl, dass die nächsten Minuten für den Ausgang dieses Falles entscheidend waren.

Er weigerte sich zu sagen, ob sie sich in seiner Gewalt befand, und die Bilder bewiesen streng genommen gar nichts. Sie brauchten Beweise oder ein Geständnis. Sie versuchte es mit einem anderen Ansatzpunkt. »Warum haben Sie sie entführt? Warum ausgerechnet Tonje? Ist das Risiko bei Mädchen, die weiter weg wohnen, nicht wesentlich geringer? Wie bei Filippa zum Beispiel?«

Für den Bruchteil einer Sekunde verschwand der selbstsichere Ausdruck aus seinem Gesicht. Er hatte sich schnell wieder unter Kontrolle, doch der Moment hatte ausgereicht, um zu sehen, welche Wirkung die Frage auf ihn gehabt hatte. »Was meinen Sie mit entführt? Ich habe niemanden entführt. Ole Tom ist mit ihr gekommen. Das schwedische Mädchen war auch seine Idee.«

»Mit ihr gekommen?«, fragte Lisa. Sie verstand nicht, was er meinte.

»Ja, mit ihr gekommen. Er wollte ihr eine Lektion erteilen, von wegen Internet und Chatten. Ich sollte nur auf sie aufpassen wie auf die anderen. Ole Tom regelt das mit den Mädchen, ich passe nur eine Weile auf sie auf.«

»Sie wissen, dass wir mit Ole Tom gesprochen haben?« William schaltete sich in das Gespräch ein.

»Natürlich«, sagte Kant.

»Er hat uns eine etwas andere Version erzählt als Sie, aber das ist Ihnen möglicherweise klar«, fuhr William fort.

»Ole Tom sagt, was er sagen muss, um sich zu schützen, das hat er immer getan.«

»Auch als Sie bei dem Spezialkommando waren?«, fragte Lisa.

»Da auch. Immer.«

»Ole Tom hat uns gesagt, dass er gesehen hat, wie Tonje im Idrettsvei freiwillig in einen Lieferwagen gestiegen ist«, sagte Lisa. »Und dass ihn anschließend jemand angerufen und ihm gedroht hat. Das waren Sie, nicht wahr?«

Kant wurde unruhig. Seine Fassade wurde langsam brüchig, und es befriedigte Lisa, seinen Schutzwall zu durchdringen.

»Hören Sie, ich habe keine Lust, für etwas die Schuld auf mich zu nehmen, das Ole Tom getan hat. Er ist mit Tonje gekommen, er ist mit dem schwedischen Mädchen gekommen, und als sie …«

Er zögerte, suchte nach Worten, »… nicht ordentlich versorgt worden ist, hat er sich auch darum gekümmert. Ich war nicht da, ich habe nicht gewusst, was mit ihr passiert ist, bevor ich gelesen habe, dass man sie oben im Wald gefunden hat.«

Lisa hatte so viele Fragen und so wenig Zeit, dass sie nicht wusste, wo sie anfangen sollte. »Vielleicht sollten Sie sich ein bisschen mehr an die Reihenfolge halten?«

Kant versuchte sich wieder zu beruhigen. Er bemühte sich, still zu sitzen, und Lisa erkannte die gleiche Kontrolle, die sie am Vortag bei Ole Tom erlebt hatte. Sie wusste nicht, was sie glauben sollte.

»Ole Tom hat Kontakt zu mir aufgenommen, nachdem wir aus Bosnien zurück waren, wir haben beide danach aufgehört. Ich hatte es satt, und er hatte schon länger entschieden, dass zwanzig Jahre beim Militär genug waren. Dann hat er sich an mich gewandt, ist plötzlich eines Abends vor meinem Haus aufgetaucht und hat viele Stunden in meiner Küche gesessen.«

»Nur um zu quatschen?«

»Zuerst ja. Kurz bevor er gegangen ist, habe ich gemerkt, dass er mich etwas fragen wollte. Dann hat er angefangen, Anspielungen zu machen … er wusste, dass …«

Er schien sich erneut festzufahren. Lisa beschloss, ihm zu helfen. »Er wusste, dass Sie … junge Mädchen mögen«, sagte sie, bedacht, ihn nicht zu provozieren.

»Ja«, sagte Kant und sah weg. Er rutschte auf seinem Stuhl nach vorn und fuhr fort: »Er wusste das von früher. Man lebt sehr eng aufeinander, wenn man Teil einer so kleinen Einheit ist, aber er war der Einzige, der davon wusste, und es war auch nur ein einziges Mal, ein Bild, das ich dummerweise ausgedruckt hatte und mit mir herumtrug. Er hat es gefunden.«

»Und den Zusammenhang durchschaut?«

»Ja. Aber er hat mir nie gedroht, es nie erwähnt. Aber ich wusste, dass er es wusste.«

»Und dann hat er es an dem Abend zur Sprache gebracht und Sie um einen Gefallen gebeten«, warf William ein. Er hatte verstanden und nutzte die Gelegenheit, Lisa daran zu erinnern, dass die Zeit drängte.

»Ja«, bestätigte Kant. »Er hat gesagt, dass er aus der Zeit beim Spezialkommando ein paar Freunde hat, denen er einen Gefallen schuldet. Einen großen. Er werde ein Mädchen vorbeibringen, ich hätte die Aufgabe, auf sie aufzupassen, bis sie abgeholt wird.«

»Wie viele waren es vor Filippa?«, fragte Lisa.

»Zwei, über einen Zeitraum von mehreren Jahren verteilt.«

»Wo sind sie jetzt?«

»Das weiß ich nicht. Ich habe meine Anweisungen anonym per Mail bekommen, und wenn sie abgeholt werden sollten, bekam ich Order zu verreisen. Wenn ich zurückkam, waren sie fort. Bis auf Filippa. Da ist etwas schiefgelaufen.«

»Das kann man so sagen, ja.« Lisa konnte es nicht lassen. Sie war sich nicht sicher, ob er tatsächlich ein Geständnis abgelegt hatte oder ob er noch immer daran festhielt, dass Filippa von Ole Tom ermordet worden war.

»Und Tonje, was ist mit ihr?«, fuhr sie fort.

»Tonje sollte eine Lektion erteilt werden, sie sollte nur ein paar Tage dort sein.«

»Dort?«

Lisa versuchte es, aber Kant überging ihre Frage. »Ole Tom hat gesagt, sie muss lernen, dass sie mit dem Feuer spielt, und was passieren kann, wenn sie nicht aufhört. Er hat dafür gesorgt, dass sie mich nicht gesehen hat, als er mit ihr gekommen ist, ich sollte ihr nur einmal am Tag Essen und Wasser hineinschieben. Dann wollte er sie nach ein paar Tagen wieder abholen.«

»Aber …?«, fragte Lisa. »Was ist passiert?«

»Er konnte Siv nicht davon abhalten, zur Polizei zu gehen, und dann brach plötzlich die Hölle los. Ein paar Tage später ist er zu dem Schluss gekommen, dass man Tonje unmöglich wieder nach Hause lassen konnte und er sie außer Landes bringen muss wie die anderen. Von da an brachte es nichts mehr, meine Identität geheimzuhalten, und ich habe die Bilder gemacht, die Sie gefunden haben. Ich habe das verdient, ich habe das größte Risiko auf mich genommen. Ich hatte einen Anspruch darauf, etwas dafür zu bekommen.«

Er klang wie ein Kind, das sich ungerecht behandelt fühlt. »Sie haben gesagt, ich dürfte keine Bilder machen, weil sie das verraten könnte. Aber warum sollte ich es dann überhaupt tun, auf die Mädchen aufpassen, meine ich? Die Fotos waren meine Eintrittskarte …«

Lisa wurde ungeduldig. Ihnen lief die Zeit weg, und wenn Kant nichts sagte, würden sie ausrücken müssen, ohne sicher zu sein, zur richtigen Stelle zu fahren. Sie unterbrach ihn. »Soll Ole Tom Tonje abholen, Alfred? Oder kommt jemand von außerhalb, jemand, der sie mitnimmt?«

»Tonje ist in Sicherheit. Nur ich und Ole Tom haben den Schlüssel, kennen die Kombination und wissen, wo sie ist. Solange Sie Ole Tom in Gewahrsam haben und ich hier sitze, kann niemand zu ihr. Nur wir zwei.«

40

Ole Tom Strøm spürte seine trägen Oberschenkelmuskeln zum Leben erwachen. Zu lange hatte er dem Körper nichts abverlangt als Gartenarbeit und die Gänge ins Geschäft.

Die Entscheidung für das Fahrrad war schlau. Er hatte die Wahl zwischen unzähligen Pfaden in den Wald und musste nicht den auf der Karte eingezeichneten Wegen folgen. Das war sein Gebiet, und er würde längst dort sein, bevor die Polizei ihn daran hindern konnte. Hoffentlich bevor es zu spät war.

Als sie ihn am frühen Morgen freiließen, hatte er versprochen, ihnen zur Verfügung zu stehen, falls sie noch einmal mit ihm reden mussten. Er war erleichtert, dass sie ihm seine Geschichte abgekauft hatten. Das Handy hatte er zu Hause gelassen. Er wusste zu viel über die Ortung von Menschen mit Hilfe von Sendemasten, um dieses Risiko einzugehen. Wenn sie anriefen und er sich nicht meldete, dann war es eben so.

Das Geräusch eines Hubschraubers ließ ihn innehalten und das Fahrrad unter einen Baum ziehen, unter dem er still sitzen blieb und wartete, bis der Hubschrauber vorbeigeflogen war. Durch die Äste sah er den roten Rettungshubschrauber in niedriger Höhe über den Wald gleiten, zum Krankenhaus von Ski. Er wartete, bis er sicher war, dass er nicht zurückkommen würde. Ein ganz gewöhnlicher Einsatz, dachte er. Er wusste, dass der Hubschrauber auch bei Suchen eingesetzt wurde, wenn er nicht anderweitig gebraucht wurde.

Einen Augenblick lang fand er sich paranoid. Was sollte die Polizei jetzt zu einer Suchaktion veranlassen? Dass er nicht an sein Handy ging, hatte nichts zu bedeuten. Sie wussten nichts von Kant, und es konnte viele Gründe haben, dass der nicht ans Telefon gegangen war, als er die Nummer angerufen hatte, die nur für Notsituationen vorgesehen war.

Er dachte an Tonje. Er sah ihr unschuldiges Gesicht vor sich und fragte sich, warum alles so gekommen war. Warum alles so kompliziert geworden war, als sie in die Pubertät kam? Was war an Aufruhr eigentlich positiv? Wo hätte er die Grenze ziehen müssen, bevor es zu spät war?

Siv hatte sich herausgehalten und alles ihm überlassen. Deshalb hatte er jetzt niemanden mehr zum Reden und saß alleine im Keller, während Siv in Tonjes Bett lag und weinte.

Sein Bein schlief langsam ein. Er stand auf und streckte es vorsichtig, schüttelte es, spannte es an und entspannte es wieder, bis das prickelnde Gefühl nachließ und schließlich ganz verschwand. Dann setzte er sich aufs Fahrrad und lauschte fast eine halbe Minute, bevor er weiterfuhr.

So konnte er nicht weitermachen. Er hatte einen Entschluss gefasst und wusste, was er zu tun hatte.

41

Sie hatten Kant noch keine Viertelstunde vernommen, doch mit jeder Minute spürte Lisa ihre innere Unruhe größer werden. Die Minuten kamen ihr vergeudet vor, und wenn Kants Behauptungen über Ole Tom stimmten, sollten sie ausrücken, sich das Haus vornehmen, nach dem Versteck suchen und irgendwie nach dieser ausländischen Person Ausschau halten, über die sie nichts wussten.

Frustriert stand sie so abrupt auf, dass der Stuhl hinter ihr umfiel. Sie sah William an. »Komm bitte mal mit. Sofort!«

William folgte ihr. Lisa versicherte sich, dass die schalldichte Tür geschlossen war. »Warum verschwenden wir noch mehr Zeit mit ihm? Wir haben mehr als genug, um uns das Haus noch einmal vorzunehmen. Falls das, was er über Ole Tom gesagt hat, stimmt, stehen wir ziemlich lausig da, wenn hinterher im Bericht steht, dass wir hier drinnen gesessen haben, während Tonje abgeholt oder ermordet worden oder was weiß ich was ist.«

Sie wollte fortfahren, doch Williams erhobener Finger ließ sie innehalten. »Ich gebe dir recht, Lisa, ich wollte ihn nur ein paar Minuten verhören, um ihm die Chance zu geben, uns das Versteck zu verraten. Aber so, wie er sich windet, ist das im Moment wenig wahrscheinlich. Es ist allerdings seltsam, ich habe das Gefühl, dass er versucht, uns aufzuhalten, uns an irgendetwas zu hindern. Aber er ist doch schon geliefert.«

Lisa dachte an die Sache mit dem Passwort und fragte sich, ob es da einen Zusammenhang gab. »Was kann er dadurch gewinnen? Er hat selbst erzählt, dass er jedes Mal verreist war, wenn ein Mädchen abgeholt wurde. Als wir ihn heute Morgen festgenommen haben, deutete nichts darauf hin, dass er fort wollte.«

»Aber letztes Mal ist etwas schiefgelaufen, nicht?« William dachte laut.

»Filippa«, sagte Lisa.

»Genau. Was ist, wenn er diesmal nicht das Risiko eingehen wollte, weil er Angst hatte, das Gleiche könnte noch einmal passieren? Du kannst dir vorstellen, wie es gewesen sein muss, zurückzukommen und ein ausgehungertes und verdurstendes Mädchen vorzufinden, von dem du dann später in der Zeitung liest, dass es umgebracht worden ist. Was, wenn er vorhatte, diesmal dazusein und aufzupassen, dass alles klappt?«

»Verdammt«, sagte Lisa. »Dass er zu Hause war, hat also nichts zu bedeuten, es kann durchaus sein, dass sie Tonje trotzdem heute außer Landes schaffen wollen.«

William schloss die Tür zum Vernehmungszimmer ab und ging mit langen Schritten zu den Büros von Aksel und Stian. Sie saßen auf der Sofagruppe davor und warteten.

»Wir rücken aus«, sagte William, ohne stehen zu bleiben. »Lisa und ich in einem Auto, ihr in einem zweiten und ein Streifenwagen als Verstärkung. Uns läuft die Zeit davon.«

Lisa informierte die beiden Kollegen auf dem Weg zum Parkplatz und verabredete mit ihnen, Hunde anzufordern, wenn sie am Haus nicht schnell eine Spur von Tonje fanden. Dann fiel ihr ein, dass Sander ihr am Vorabend erzählt hatte, er wolle sich für Kant nach einem Psychologen umsehen, und während William das Auto auf den Nordbyvei hinausmanövrierte, wählte sie seine Nummer und wartete auf Antwort. Aber nach fünfzehn Sekunden meldete sich die Mailbox, sie legte auf und versuchte es erneut, wieder vergeblich.

»Geht er nicht dran?«, fragte William.

»Nein, aber das muss nichts heißen. Ich schicke ihm eine SMS und bitte ihn, sich die nächsten Stunden von Kants Haus fernzuhalten. Es bringt nichts, wenn er auch noch da draußen auftaucht, vor allem, wenn sich ein möglicher Drahtzieher ebenfalls dort aufhält.«

42

Das Anwesen wirkte verlassen. Sander drehte eine Runde um das Haus, um nachzusehen, ob Kant dahinter war, doch bis auf ein Kaninchen in einem Käfig unten am Waldrand sah er nichts.

Er klingelte. Es war so laut, dass die Wände vibrierten und Sander erinnerte sich an eine der letzten Szenen in ›Das Schweigen der Lämmer‹, in der Agentin Starling am Haus des irren Täters läutet. Er lächelte vor sich hin und stieß mit einem Fuß gegen die Tür. Sie glitt an gut geölten Scharnieren auf und ließ das Sonnenlicht in die dunkle Diele fallen. »Hallo?«

Keine Antwort. Sander ging neugierig hinein.

Die Sonne hatte das Haus aufgewärmt und die Luft war feucht, so als hätte jemand gerade geduscht. Es roch nach einem Sander unbekannten Aftershave.

In der Küche standen zwei Kaffeetassen, die eine halbleer, die andere unangerührt. Er legte die Hand um die halbleere. Kalt.

Die Tür am Ende der Diele führte ins Wohnzimmer. Sander fragte sich, ob er sich in die obere Etage wagen sollte, kam jedoch zu dem Schluss, dass das zu weit gehen würde. Wenn er im Wohnzimmer wartete, konnte er das erklären, falls Kant hereinkam. Hochzugehen und dort nach ihm zu suchen ging entschieden zu weit.

Die Sonne schien durch die Wohnzimmerfenster und Sander blinzelte, während seine Augen sich an das grelle Licht gewöhnten. Die Luft stand still und der Geruch nach Rasierwasser war hier intensiver als in der Diele.

Er sah einen alten Esstisch mit ebenso alten Stühlen. In einer Ecke stand ein *Stressless*-Sessel mit Hocker aus den achtziger Jahren, dessen Leder aufgeplatzt war. Keine Pflanzen, ein großer Fernseher in einer Mahagoni-Schrankwand. Das Sofa stand an einer der Wände in Sanders Rücken. Er befand sich immer noch mit dem Gesicht zu den Fenstern und dem Garten hinterm Haus. Das Gefühl, nicht alleine zu sein, verstärkte sich.

Sander blieb stehen. Hier stimmte etwas nicht. In der Stille hörte er jemanden atmen, ruhig, rhythmisch, direkt hinter ihm. Wäre es Kant, hätte er längst etwas gesagt.

»Sander Mørk«, sagte plötzlich eine Stimme vom Sofa her. Fieberhaft suchte sein Gehirn nach dem Gesicht zu dieser Stimme. Langsam drehte er sich um.

»Was für eine Überraschung, Sander. Aber vielleicht hätte ich es mir auch denken können? Expect the unexpected, sagt man das nicht? Und dass du irgendwie beteiligt bist, wusste ich ja.«

»Wie meinst du das?«, fragte Sander mit rauher Stimme.

»Die Welt ist klein, Sander, manchmal zu klein, believe me.« Göran Bard beugte sich vor und setzte sich auf die Sofakante. Das Sofa war so alt wie die restlichen Möbel und unbequem.

Sander antwortete nicht. Er hatte das Gefühl, dass in seinem Kopf grundlegende logische Strukturen zusammenbrachen, und er versuchte, neue, haltbare Zusammenhänge zwischen dem, was er wusste, dem Ort, an dem er sich befand, und der Person, die vor ihm saß, zu etablieren.

»Kapierst du es nicht, Sander? Du, der du doch der Cleverste von uns allen bist. Du, der sich nie irrt und nie Fehler macht. Die Zukunft deines Faches, haben sie dich in Stockholm nicht so genannt, bevor du abgehauen bist?«

»Tonje?«, fragte Sander und suchte einen Ansatz, etwas, woran er sich festhalten konnte, bevor der Gedankenstrom ihn lähmte.

»Natürlich, wer sonst?«, antwortete Bard bestätigend.

Plötzlich passte alles zusammen. Bard, der Pädophile, der international anerkannte Akademiker, der Referent und Forscher, immer unterwegs, ständig eine neue Stadt, ein neues Land. Der perfekte Deckmantel für ein internationales Netzwerk von Pädophilen und Pornoproduzenten.

Bard musste Sanders Gedanken erraten haben. »Ich gehöre nicht zum Netzwerk, Sander, ich bin das Netzwerk. Du denkst zu klein.«

»Schwein«, murmelte Sander. In seinem Kopf standen die Fragen Schlange.

»Da irrst du dich gewaltig. Meine Kunden sind die Schweine. Ich liefere lediglich die Ware. Und im Gegensatz zu dir würde ich Jugendliche und wehrlose Mädchen niemals anfassen.«

»Wie meinst du das?«, fragte Sander. »Du lieferst die Ware?«

»Warst du wirklich in Elin verliebt? War sie das wert?«

»War sie was wert?«

»Du bist hereingelegt worden, Sander. Sie hat dich benutzt, um mich zu kriegen. Und du hast dich benutzen lassen, du Idiot! Dass mir ein Umzug ganz gut in den Kram passte, ist eine andere Sache. London ist ein guter Ausgangspunkt für das Geschäft, wesentlich besser als Stockholm.«

Wenn Sander aussah, wie er sich fühlte, musste er einen total verwirrten Eindruck machen. Als Bard erneut das Wort ergriff, redete er mit väterlicher Stimme, als wollte er einem Sohn etwas über die großen Zusammenhänge des Lebens erklären.

»Ich habe Elin nie angerührt, nicht so, wie sie es behauptet hat. Wir hatten ein gutes Verhältnis, bis sie Dinge entdeckt hat, die sie besser nicht gesehen hätte. Dinge, die nichts mit meiner Forschungsarbeit zu tun hatten, um es einmal so zu sagen.«

»Sie hat herausgefunden, dass es das Netzwerk gibt? Die Jugendlichen und die Bilder und die Filme, die ihr produziert?«

Bard nickte bestätigend. »Elin hatte einen Verdacht, und das Verhältnis zwischen uns veränderte sich. Sie betrachtete es als ihre Aufgabe, mich zu stoppen. Deshalb hat sie die Situation und ihre psychischen Probleme ausgenutzt, als sie dich traf. Einen nützlichen Idioten hat sie dich genannt, unmittelbar bevor du mich mit ihren Behauptungen konfrontiert hast.«

Sander war innerlich kalt. Er wollte gehen. Aber etwas sagte ihm, dass dies eine Option war, die er hier und jetzt nicht hatte. »Ist Ole Tom dein Mann? Und was ist mit Kant?«

»Kant ist mein Mann«, antwortete Bard und klang fast stolz. »Er ist mein Werk, wenn ich das so sagen darf, ohne eingebildet zu wirken. Ich habe noch nie eine so schwache Persönlichkeit mit einer solchen Loyalität getroffen, kombiniert mit Handlungskraft und Zielstrebigkeit. Er war der perfekte Mann für das Spezialkommando, und, er ist perfekt für das, was er jetzt tut. Wie ein Klumpen Ton, der nur darauf wartet, geformt und benutzt zu werden.«

»Und du hast ihn benutzt?«, sagte Sander.

»Natürlich, alles andere wäre dumm gewesen. Kant hatte die Übersicht und steuerte die Operationen hinter den Linien. Ich habe im Feld operiert, die Kinder ausgesucht und geliefert. Er hat alles organisiert.«

»Demnach war das Spezialkommando nur Tarnung?«

»Das Spezialkommando für Kant und ein entsprechendes in Schweden für mich. So sind wir uns begegnet. Die Operationen, bei denen wir mitgemacht haben, waren durchaus real. Sie waren unser Job und lieferten uns die perfekte Tarnung. In den Gebieten, in denen wir agierten, wimmelte es nur so von Kindern, die ihre Eltern verloren hatten und nach denen niemand fragte, wenn sie verschwanden. Und in Belgien und den Niederlanden hatten wir die Infrastruktur und den Markt für so etwas. Es war perfekt. Das Netzwerk ist in über fünfzehn Jahren aus dem Nichts entstanden. Kant war von Anfang an eine zentrale Person. Vielleicht sollte ich besser von unserem gemeinsamen Werk reden, obwohl er nur funktioniert, wenn man ihm sagt, was er zu tun hat.«

»Wie kommt Ole Tom ins Spiel? Er war bei dem Spezialkommando auch einer der euren.«

»Ole Tom ist ein armer Arsch, der sehr viel Pech gehabt hat.«

Sander zuckte bei dem Wort zusammen. Bard hatte sich zurückgelehnt und lächelte, als täte Sander ihm leid.

»Wieso Pech?«, fragte Sander, um das Gespräch in Gang zu halten.

»Ole Tom stieß Mitte der Neunziger zu Kants Team. Tüchtig, ja, aber ein Stratege war auch er nicht. Und vor dem Balkan hatte er nichts mit dem Netzwerk zu tun. Dann ist etwas passiert. Er hätte alles kaputtmachen können, hätten wir nicht schnell gehandelt.«

»Kant hat erzählt, dass etwas schiefgelaufen ist. Was hat er damit gemeint?«

»Ole Tom hatte den Verdacht, dass etwas Illegales vor sich ging. Er hat wahrscheinlich gedacht, es ginge um Schmuggel, es ist gar nicht so unüblich, dass ausländische Truppen, die Recht und Ordnung aufrechterhalten, sich diesseits und jenseits der Grenze bewegen. Aber dann hat er begriffen, dass es nicht um Drogen, Zigaretten oder Alkohol ging …«

»Was habt ihr unternommen?«

»Hast du schon einmal ein gut entwickeltes Mädchen gesehen, Sander, eine Dreizehn-, Vierzehnjährige, mit kleinen, runden Brüsten, Hüften und einem Hintern, von dem die Mütter nur träumen können, und, entschuldige, einem geilen Geschlecht, und das alles in schönster Vereinigung? Das wünschen sich Männer, das bringt sie dazu, niedliche Unterhöschen mit kleinen Herzen für ihre Liebste zu kaufen, von rasierten weiblichen Geschlechtern und von Rollen- und Machtspielen im Bett zu träumen. Es spielt keine Rolle, ob du die Veranlagung hast oder nicht, wenn so ein Mädchen sich ins Zeug legt, hast du keine Chance. Du bestimmt nicht, Sander. Auch Ole Tom hat nicht einmal versucht, nein zu sagen. Als er die Bilder sah, die wir gemacht hatten, kapierte er, dass das Spiel verloren war. Er konnte es nicht riskieren, seine Karriere nach dem Spezialkommando oder vielleicht sogar den Rest seines Lebens dadurch aufs Spiel zu setzen, dass er unsere Tarnung auffliegen ließ.«

Bard lächelte wieder. Sander begriff, und begriff nicht.

»Was hat das alles mit Tonje zu tun? Es kommt mir ziemlich idiotisch vor, Mädchen aus dem direkten Umfeld zu entführen, wenn du Konrektor an einer Schule bist und zwanzig Minuten vom Zentrum entfernt wohnst.«

»Nach dem Balkan verließen wir das Spezialkommando, eins meiner Beine war fast steif und Kant hatte es satt. Aber das war kein Grund, das Netzwerk aufzugeben. Das Geld, die Reisen, und für Kant ging es schließlich auch um die Mädchen. Er braucht sie. Deshalb haben wir in mehreren Ländern Zellen aufgebaut. Kant hatte hier in Norwegen die Verantwortung für die Logistik. Tonje war nicht geplant, nach dem Unfall mit Filippa wollten wir die nächsten Jahre keine neuen Mädchen aus Skandinavien holen. Kant war viele Wochen nicht mehr er selbst, nachdem er sie umgebracht hatte. Aber Tonje hat sich ihre eigene Falle gestellt, sich ihren eigenen Käfig gebaut.«

»Wie meinst du das?«, fragte Sander. Er wusste, dass er sich dem Kern näherte, den Antworten auf die Fragen, die in den letzten Wochen sein Leben bestimmt hatten.

»Die Webcam«, sagte Bard. »Zunächst schien es eine gute Idee, die einzige gute Idee zu sein, die Kant je gehabt hat. Aber wir haben das Risiko nicht genug bedacht, die Gefahr, dass jemand die Kamera entdeckt oder die Bilder auf Abwege geraten. Dann hat Kant es selbst vermasselt, als er die Batterien ausgetauscht hat. Tonje hat ihn dabei entdeckt. Mit ihren Computerkenntnissen wusste sie sofort, was er da machte, sie war schließlich keine Anfängerin, die kleine Lolita.«

»Du spielst auf das an, was sie im Internet gemacht haben, sie und Lena.«

»Genau. Und es dauerte auch nur ein paar Tage, bis sie Kant erpresste. Sie hatte natürlich keine Ahnung, in was sie da herumstocherte oder was sie riskierte, als sie einwilligte, ihn nach dem Training zu treffen. Sie hat gedacht, er hätte zweitausend Kronen für sie dabei. Der eigentliche Plan sah etwas anders aus.«

»Und Ole Tom hatte wieder einmal Pech. Er hat euch gesehen?«

»Er hat gesehen, was passiert ist, und natürlich Kant erkannt. Hätte ein anderer sie entführt, hätte Ole Tom die Polizei gerufen. Jetzt wusste er, wie die Konsequenzen aussehen würden. Die Bilder waren unsere Garantie, dass er den Mund hielt. Er bekam Bilder und Filme, die zeigten, dass Tonje lebte, und das Versprechen, dass wir sie freilassen, sobald sie begriffen hat, wie ernst es ist. Ob er uns glaubte oder nicht, spielte keine Rolle, er war zu feige, sich für sie zu opfern. Die meisten sind das.«

Sander dachte plötzlich an das leere Haus und Kant, zu dem er eigentlich gewollt hatte. Bard las seine Gedanken.

»Kant hat es selbst vermasselt«, sagte er. »Sie haben ihn zur Vernehmung abgeholt, zusammen mit einem Dutzend anderer Pädo-Schweine in ganz Norwegen. Eine landesweite Aktion.«

»Sie haben ihn festgenommen, weil er Fotos aus dem Internet heruntergeladen hat?«

»Er hat seit Jahren unsere Sicherheitsvorkehrungen missachtet und jedes Mal, wenn er Mädchen hier hatte, Bilder von ihnen gemacht und gegen die von anderen eingetauscht.«

»Und die von Tonje? Die die Polizei gefunden hat?«

»Auch die. Er hat sie in einer offenen Gruppe ins Netz gestellt. Ole Tom muss auf eigene Faust gesurft und sie entdeckt haben. Keine halbe Stunde später hat er Kant angerufen und beschimpft. Kant hat die Bilder sofort wieder herausgenommen, aber weiter im Internet gesurft. Ob die Polizei ihn nun wegen der Bilder von Tonje oder anderer Bilder festgenommen hat, weiß ich nicht. Es spielt keine Rolle, er ist sowieso ein Lost Case. Wir finden schon Ersatz, wenn wir Tonje erst sicher auf den Kontinent gebracht haben.«

Langsam begriff Sander, was Bard da erzählte. Dass Tonje in der Nähe und Bard gekommen war, um sie zu holen.

»Wie?«, fragte er. »Du bekommst sie doch nie über die Grenze.«

»Oh doch«, antwortete Bard und lächelte erneut. »Hoch über die Grenze. Ski ist mit einem kleinen Flugplatz gesegnet und wir haben eine Cessna, die perfekt zu der kurzen Landebahn passt. Sie steht bereit, wenn ich mit ihr komme, was mich daran erinnert, dass ich nicht mehr so viel Zeit habe. Noch Fragen?«

Sander ignorierte die Arroganz. Er zwang sich, die Frage zu stellen, auf die er vor allem eine Antwort haben wollte. »Warum erzählst du mir das?«

»Warum nicht? Du wirst es ohnehin niemandem mehr erzählen. Wenn die Polizei hier auftaucht, nachdem sie auf der Wache ihre Zeit auf Kant verschwendet hat, werden sie nur einen toten Psychologen und, wenn sie gründlich suchen, einen leeren, hinter der Grundmauer im Keller versteckten Raum finden.«

43

Ole Tom Strøm hatte das Fahrrad an der kleinen Pferdekoppel stehen lassen, hundert Meter von Kants Haus entfernt. Lange bevor er dem Haus nahe genug war, um entdeckt zu werden, hatte er das andere Fahrrad gesehen und auch den Mercedes-Van, der, 150 Meter den Hügel hinunter, halb im Wald parkte. Er machte sich keine Illusionen, dass sie Tonje wieder freilassen würden.

Jetzt hing alles von ihm ab, mit der Polizei war nicht zu rechnen.

Er kannte das Gelände gut genug, um zu wissen, dass es mit dem Auto nur einen Zufahrtsweg gab. Es würde lange dauern, die Strecke zu Fuß zu gehen, egal, wie gut durchtrainiert die Männer im Haus waren. Mit einer unwilligen oder unter Drogen stehenden Dreizehnjährigen im Schlepptau würde sich der Zeitaufwand noch verdoppeln.

Quer durch den Wald brauchte er länger als auf dem Weg, aber er wollte auf keinen Fall entdeckt werden, bevor er bereit war, ihnen entgegenzutreten. Er ging in einem großen Bogen um das Haus herum und tauchte am Fuß des Hügels wieder auf, wo der Lieferwagen parkte. Er hatte nicht die Zeit, sich an dem elektronischen Schloss zu versuchen, um an den Motor zu kommen. Stattdessen entschied er sich für die alte Methode und zog das scharfe Messer heraus, das er sich fast jeden Morgen um die Wade band. Es glitt durch den dicken Gummi, und wenige Sekunden später sagte ihm ein zischender Laut aus allen vier Reifen, dass das Auto fahruntüchtig war. Das Einfachste ist oft das Beste, dachte er und fragte sich, wo er das schon einmal gehört hatte.

Er ging denselben Weg zurück, den er gekommen war. Als er sich auf gleicher Höhe mit dem Haus befand, schlich er sich so nahe heran, wie er im Schutz des Waldes konnte. Als er nicht mehr näher herankam, blieb er zunächst stehen, atmete tief durch und lief auf einem Weg, den man von drinnen hoffentlich nicht einsah, schnell zum Haus.

Die Wohnzimmerfenster auf der Rückseite boten eine gute Einsicht. Er vermisste den kleinen Spion, der zur Standardausrüstung des Spezialkommandos gehört hatte. Jetzt musste er sich stattdessen langsam, Zentimeter für Zentimeter, heranpirschen, bis er sich vergewissern konnte, dass niemand im Raum in seine Richtung schaute. Dann schlich er die letzen Zentimeter weiter, um ganz hineinsehen zu können. Beinahe wäre er gestolpert, als er sah, wer sich in dem Raum aufhielt. Der Schulpsychologe, der den Polizisten geholfen und voller Mitgefühl bei ihm zu Hause an seinem Küchentisch gesessen hatte, stand mitten im Wohnzimmer des Mannes, der Tonje entführt hatte. Ole Tom versuchte zu verstehen, gab jedoch auf. Die Zeit war nicht auf seiner Seite, und solange er sich auf das Ziel konzentrierte, Tonje zu befreien, war alles andere nichts als ein Hindernis, das es aus dem Weg zu räumen galt. So war es immer gewesen, und so war es auch jetzt.

Der Mann auf dem Sofa überraschte ihn nicht. Es lief Ole Tom Strøm kalt den Rücken hinunter, als er das Monster vom Balkan, Göran Bard, wiedererkannte. Sie hatten ihn Goran genannt, ohne ö, weil er so kalt war wie die einheimischen Söldner, und er hatte das als Kompliment genommen. Ole Tom dachte an die Bilder, an all die Fehler, die er gemacht hatte, und hatte zum ersten Mal in seinem Leben das Gefühl, etwas unumstößlich Richtiges zu tun. Dass dafür zwei Personen geopfert werden mussten, damit konnte er leben, solange Tonje freikam. Was Bard anging, hatte er keine Gewissensbisse. Der Psychologe war selber schuld. Entweder war er einer von ihnen, oder er war zur völlig falschen Zeit am völlig falschen Ort. Es spielte keine Rolle.

Er ging mehrere Strategien durch, aber es gab keinen einfachen Weg, ungesehen ins Wohnzimmer zu kommen. Die Terrassentür kam nicht in Frage, man würde ihn viel zu früh entdecken. Kam er auf die übliche Weise ins Haus, durch die Diele, musste er zunächst Mørk unschädlich machen, sich dann um 180 Grad drehen und darauf vertrauen, dass Göran Bard seine Fertigkeiten aus den alten Zeiten nicht so gut trainiert hatte wie er selbst. Sicher keine ideale Situation, aber er hatte keine Wahl.

Nachdem er unbemerkt die kleine Steintreppe auf der anderen Seite des Hauses hinaufgekommen war und festgestellt hatte, dass die Eingangstür offen stand, musste er sich entscheiden. Sollte er sich hineinschleichen und darauf vertrauen, dass er nicht entdeckt wurde, um möglichst nahe heranzukommen, bevor er zuschlug? Oder sollte er durch die Diele hineinstürmen, Mørk als Schutzschild benutzen und alles auf das Überraschungsmoment setzen?

Er entschloss sich schnell und atmete lautlos einige Male durch. Dann schob er die Haustür auf, trat über die Schwelle und durchquerte blitzschnell die kleine Diele. Die Tür zum Wohnzimmer stand offen – ein Hindernis weniger, und ein zusätzlicher Vorteil Bard gegenüber, der einen Moment brauchen würde zu begreifen, was los war. Mørk stand mitten im Zimmer und sah Ole Tom in dem Augenblick, als er ins Haus kam. Ole Tom brauchte weniger als eine Sekunde, um den Abstand zwischen Tür und Mørk zu überwinden. Mørk schaffte es nicht einmal, den Arm zu heben, nur seine Lippen bewegten sich, die Kiefermuskeln versagten ihren Dienst, und der Mund öffnete sich in dem Moment, als Ole Toms Handkante sein Kinn erwischte. Der Schlag saß perfekt. Die Beine gaben nach, und er sackte mit einem dumpfen Laut in sich zusammen.

Die nächste Bewegung war Ole Tom im Kopf mehrfach durchgegangen, bevor er hineingestürmt war. In dem Moment, in dem der Schlag Mørk traf, musste er sich umdrehen, die Wand erst als Puffer und dann als Ausgangspunkt für seinen Angriff auf Bard nutzen. Er hatte es vor sich gesehen, war mögliche Alternativen durchgegangen. Das Einzige, womit er nicht gerechnet hatte, war die Pistole, die Göran Bard nun aus dem Halfter in der Achselhöhle zog.

Natürlich hätte er daran denken müssen. Im ganzen Leben, bei allem, was er gelernt hatte, ging es darum, mögliche Situationen, die das Kräfteverhältnis auf den Kopf stellen konnten, vorherzusehen. Im gleichen Moment hörte er draußen auf dem Kiesweg die Geräusche mehrerer näherkommender Autos, was das Kräfteverhältnis nochmals veränderte. Ole Tom fragte sich einen Augenblick, ob er versuchen sollte, sich aus der Situation herauszureden. Bard hatte die Autos auch gehört und kam ihm zuvor. Er murmelte etwas, das in Ole Toms Ohren klang wie »Dafür habe ich jetzt keine Zeit«, ehe er die Pistole hob, bis die Mündung auf ihn zeigte. Als Bards Zeigefinger sich um den Abzug krümmte, warf Ole Tom sich zur Seite, um der Kugel auszuweichen.

Es knallte zweimal. Beim ersten Mal hörte er ein berstendes Geräusch, als der Schuss das Fenster durchschlug. Dann knallte es noch einmal und er spürte die Kugel im Rücken wie einen Schlag, zunächst als dunklen, ziehenden Schmerz, dann immer stärker, bis er den Schmerz in der Eintrittswunde nicht mehr von den Verheerungen unterscheiden konnte, die die Kugel in seinem Bauch angerichtet hatte.

Er hörte Göran Bard vom Sofa aufstehen, als draußen die Autos hielten. Bard wollte gerade die Pistole auf den Körper des Schulpsychologen richten, der bewusstlos auf dem Boden lag, als die Tür gegen die Dielenwand schlug.

»Verdammt«, murmelte Bard, während er die paar Meter durchs Wohnzimmer lief, Anlauf nahm und durch das große Fenster sprang, das zum Garten hinausging. Ole Tom wurde klar, dass er wahrscheinlich nur wenige Meter von dem Platz entfernt lag, an dem Tonje gefangengehalten wurde, ob nun im oder außerhalb des Hauses. Glas zersplitterte über seinem Körper, und eine der größeren Glasscherben traf ihn im Nacken und riss eine Wunde, aus der er sofort blutete. Er hörte Befehle und sah einen Schatten auf die Gartentür zuhasten. Es ist zu spät, dachte er und erinnerte sich, dass Bard immer ein Meister im Verschwinden gewesen war, unabhängig von Ort und Situation. Es ist zu spät, dachte Ole Tom ein letztes Mal, und im selben Augenblick wurde ihm bewusst, dass er sterben würde.

44

Er hatte das Gefühl, unter Wasser die Augen zu öffnen. Lisas Gesicht schwappte vor ihm auf und ab. Jemand hatte ihm eine Jacke unter den Kopf geschoben. An der Tür stand Stian über den leblosen Körper von Ole Tom Strøm gebeugt und versuchte das Blut zu stillen, das noch immer aus einer Wunde im Rücken lief.

»Bleib liegen«, sagte Lisa. »Er hat dich ziemlich schlimm erwischt.«

Sander versuchte etwas zu sagen, aber die Laute, die aus seinem Mund kamen, waren völlig unverständlich. Er versuchte es wieder, aber der Schmerz auf der rechten Seite seines Gesichts wurde so intensiv, dass er es aufgab.

»Tonje ist in Sicherheit«, sagte Lisa beruhigend, als hätte sie verstanden, was Sander zu sagen versuchte. »Wir haben sie draußen im Auto. Der Mann, der sie abholen sollte, ist im Wald verschwunden, aber Aksel und zwei andere sind hinter ihm her. Die Hunde sind auch unterwegs.«

Sie wusste offenbar nicht, nach wem sie suchten, und Sander strengte sich an, sich aufzusetzen. Als Lisa ihn davon abzuhalten versuchte, schüttelte er so heftig den Kopf, dass der Schmerz unerträglich wurde.

»Verda…«, kam zuerst. Er ignorierte den Schmerz und sah, dass Lisa sich bemühte zu verstehen, was er sagte. »Bard … Flugplatz … Ski.«

»Göran Bard?«, fragte sie. »Sollen wir Kontakt zu Göran Bard aufnehmen?«

»Drahtzieher«, sagte Sander leise und stöhnte. Er versuchte, die Worte auszuatmen. Er hatte das Gefühl, keine Kontrolle über seinen Kiefer zu haben, so als hinge er lose am restlichen Schädel.

Lisa dachte nach, und als sie endlich verstand, was Sander zu sagen versuchte, stand sie so abrupt auf, dass Sanders Kopf beinahe wieder auf den Boden geknallt wäre. »Göran Bard? Willst du mir sagen, dass Göran Bard die Spinne ist? Dass er der Mann ist, den wir da draußen suchen?«

Sander nickte. »Der Flugplatz«, wiederholte er.

»Der Flugplatz von Ski?«, fragte Lisa.

Sander nickte wieder.
»Warte hier«, sagte Lisa.
Ich will nach Hause, dachte Sander.

45

Seit dem Schulbeginn hatte Sander sie nur in Schwarz gesehen. Heute aber war etwas in ihren Augen, ein Leuchten, das bei früheren Gesprächen nicht da gewesen war. Sie saß ihm gegenüber, mit aufrechtem Rücken und wachem Blick, immer entgegenkommend, wenn er etwas wissen wollte. Er fragte sich, ob es wirklich sein konnte, dass die vier Wochen im Keller von Alfred Kant ihr nicht mehr zugesetzt hatten.

»Geht es dir besser?«, fragte er. Er konnte inzwischen ganz gut durch die Schiene sprechen, die den Unterkiefer gegen den Kopf presste, während der Bruch heilte. Es dauerte nur noch wenige Wochen, bis man sie ihm abnehmen würde, und er freute sich auf ein normales Leben, in dem der Schlüssel zum Überleben nicht aus einem Strohhalm und flüssigem Essen bestand. Wenn das vorbei war, würde er nie mehr Suppe essen.

»Etwas.«

»Du wirkst ... nicht mehr so deprimiert«, fuhr er fort. Tonje lächelte vorsichtig. Sie fand, er hörte sich lustig an, wenn er mit zusammengebissenen Zähnen versuchte, normal zu reden.

»Gestern hatte ich Lust auf Pfannkuchen. Wir hatten samstags immer Pfannkuchen mit Blaubeeren, bevor ... Ich hatte seit ... seit Kant keine Lust mehr auf Essen. Er hat mich immer gedrängt zu essen.«

Aus dem einen oder anderen Grund war Sander gerührt. Er erinnerte sich an die Samstage seiner Jugend mit rotem Saft und Milchreis und musste sich zusammenreißen, damit ihm nicht die Tränen in die Augen traten.

»Pfannkuchen sind super«, war alles, was er herausbrachte. Dann aß sie wenigstens wieder und erlaubte es sich, positiv an Ole Tom zu denken. Das deutete auf eine neue Phase in der Trauerarbeit hin.

Es war eine merkwürdige Beerdigung gewesen. Erst die Stimmung in der alten Kirche von Ski, die feuchte Luft hinter den meterdicken Mauern, die leidende Gestalt vor ihnen auf dem Altarbild und Siv und Tonje in der ersten Reihe, die auch litten.

Dann hatten sie am Grab Abschied genommen, Mutter und Tochter, aneinandergelehnt, während die restliche Menschenmenge respektvoll Abstand hielt. Uniformen in Reih und Glied, mit Tränen in den Augen hinter Pilotenbrillen aus den Achtzigern. Als Sander Stians Blick suchte, hatte der Polizist weggeschaut. Blutdurchtränkt hatte er in Kants Haus, Ole Toms Kopf in seinem Schoß, miterlebt, wie dessen Leben langsam versiegte. Er schaffte es nicht, die beiden Menschen anzusehen, die am Rand des offenen Grabes vor dem provisorischen Holzkreuz standen.

»Macht dir das Angst?«, fragte Sander. »Der Gedanke, dass Göran Bard noch immer da draußen ist?«

Tonje dachte nach. Dann schüttelte sie den Kopf.

»Kant ist schlimmer«, sagte sie. »Ich hoffe, er kommt nie mehr raus. Ich weiß nicht, wer Bard ist, erinnere mich nur an sein widerwärtiges Gesicht, als er in den Kellerraum gesehen hat. Und ich weiß, dass die Wahrscheinlichkeit, dass er noch einmal versucht, mich zu kidnappen, gleich null ist. Warum sollte er das tun?«

Sie sah Sander an, der zustimmend nickte. Göran Bard hatte getan, was man ihm beigebracht hatte, er war im Wald verschwunden. Die Hunde hatten seine Spur an einem Bach verloren. Die Grenzkontrollen waren verschärft worden, soweit sich das machen ließ, doch alle wussten, wenn jemand wirklich ungesehen außer Landes kommen wollte, konnte die Polizei nicht viel tun.

»Du wirst ihn nie wiedersehen«, sagte Sander. »Und Kant wird lange sitzen. Erst im Gefängnis, dann in Sicherheitsverwahrung. Angesichts der Reaktionen auf seine Untaten wird er schwerlich hierher zurückkommen, wenn er denn jemals herauskommt. Wahrscheinlich wird er das Land verlassen müssen, und zwar für immer.«

Tonje stand plötzlich auf und knüllte das Papier zusammen, in das ihr Schulbrot eingepackt gewesen war. Sander hätte nie geglaubt, dass er jemals jemanden um zwei Scheiben Brot mit warm gewordenem Schmierkäse beneiden würde.

»Die Zeit ist um«, sagte sie, als wäre sie seinetwegen da. Als brauchte er die Gespräche.

46

»Wie geht's?«

Sie hatten sich zufällig am Eingang des Einkaufszentrums von Ski getroffen. Lisa hielt zwei braune Papiertüten von McDonald's in der Hand, Sander war auf dem Weg zum Weinladen.

»Ich habe gehört, dass du gekündigt hast«, sagte sie.

»Da bin ich ja nicht der Einzige.«

Lisa lachte. »Verdammt, sind die Gerüchte hier schnell. Außerdem habe ich nicht gekündigt, ich habe ein Angebot, nach Oslo zurückzugehen.«

Sander lächelte. »Und du hast Ja gesagt?«

»Aber natürlich. Und du?«

»Genau wie du. Ich ziehe auch nach Oslo, aber ich weiß noch nicht, was ich dort machen werde. Sie haben einen qualifizierten

Pädagogen gefunden, der an der Schule fest eingestellt werden soll, da kam es mir richtig vor, einen Schlussstrich zu ziehen. Und ich muss schließlich nicht gleich einen Job finden, so gesehen bin ich ganz schön privilegiert.«

Lisa wirkte ungeduldig. Sie hob die beiden Tüten. »Stian wartet im Auto. Vielleicht sieht man sich …«

»Vielleicht«, antwortete Sander und lächelte. Lisa umarmte ihn schnell, bevor sie zum Ausgang ging.

Er hatte das Auto stehen lassen und ging nach Hause, während der Samstagsverkehr Richtung Zentrum langsam abnahm. Bei sich angekommen, marschierte er direkt in die Küche und holte die Plastikflasche mit dem Abendessen vom Vortag heraus. Brokkoli, Kartoffelbrei, Mais und Hähnchen, alles in einen kräftigen *Kitchen-Aid*-Mixer gegeben, der eine Minute bei voller Kraft gelaufen war. So konnte er das Geschmackschaos anschließend mit einem Strohhalm aufsaugen. Er nahm das dampfende Essen mit und ging hinunter zum Computer.

Im Laufe des Tages hatte jemand auf Messenger Kontakt zu ihm aufzunehmen versucht: »Wir arbeiten am Aufbau einer neuen Zelle in Norwegen. Ich wollte mich nur vergewissern, dass du kein Interesse hast, Kants Rolle zu übernehmen.«

Sander zuckte zusammen, goss sein halbes Mixgetränk über die Tastatur und sah bereits einen Kurzschluss vor sich. Ohne nachzudenken, drückte er den Power-Knopf, und während ihm klar wurde, dass Suppe in einer externen Tastatur dem Gerät selbst kaum etwas anhaben kann, sah er gerade noch den letzten Satz der Nachricht: »Wir brauchen jemanden, der die Ware zu schätzen weiß, um es mal so auszudrücken, deshalb habe ich an dich gedacht.«

Einen Augenblick lang fragte sich Sander, ob er sich versehen hatte. Dann wurde ihm klar, dass das wirklich dort gestanden hatte.

Sie verschwanden nicht einfach. Sie formierten sich neu, fanden andere Leute und begannen von vorn.

Ich muss doch etwas tun können, dachte Sander und starrte den leeren Bildschirm an.

Karin Alvtegen
SCHATTEN

Roman

Übersetzt von Dagmar Lendt
350 Seiten, gebunden
€ 19,90 (D) / sFr 35,40
ISBN 978-3-8321-8045-4

»Kümmert euch um das Kind. Verzeiht mir.«

Mehr steht nicht auf dem Zettel, der bei dem Vierjährigen gefunden wird. Eine Rabenmutter, die ihr Kind ausgesetzt hat? Oder steckt etwas ganz Anderes dahinter?

Eine Achterbahnfahrt durch die Abgründe der menschlichen Seele – das Meisterstück von Karin Alvtegen. Die 1965 geborene Schwedin ist in ganz Skandinavien die unangefochtene Königin des Psychothrillers. Aber auch international hat Karin Alvtegen es geschafft – ihre Romane wurden in mittlerweile 25 Sprachen übersetzt.

»Einfach atemberaubend, wie Karin Alvtegen die Handlung vorantreibt und die Spannung bis zum dramatischen Höhepunkt immer weiter steigert. Unbedingt lesen!« **GALA**

»Karin Alvtegen sollte man nicht in der Bahn lesen – man könnte versehentlich bis zur Endstation fahren.«

HAMBURGER MORGENPOST